五十分之一

宁航一　著

四川文艺出版社

图书在版编目（CIP）数据

五十分之一 / 宁航一著 . -- 成都 : 四川文艺出版社 , 2022.11
ISBN 978-7-5411-6270-1

Ⅰ . ①五… Ⅱ . ①宁… Ⅲ . ①长篇小说—中国—当代
Ⅳ . ① I247.5

中国版本图书馆 CIP 数据核字（2022）第 163006 号

WUSHI FEN ZHI YI

五十分之一

宁航一　著

出 品 人　张庆宁
责任编辑　邓　敏
责任校对　段　敏

出版发行　四川文艺出版社（成都市锦江区三色路 238 号）
网　　址　www.scwys.com
电　　话　028-86361781（编辑部）

印　　刷　三河市中晟雅豪印务有限公司
成品尺寸　166mm × 235mm　　开　　本　16 开
印　　张　17　　字　　数　280 千
版　　次　2022 年 11 月第一版　　印　　次　2022 年 11 月第一次印刷
书　　号　ISBN 978-7-5411-6270-1
定　　价　48.00 元

目　录 | CONTENTS

前言　/ 01

楔子　/ 001

一　贫穷　/ 004

二　意志　/ 007

三　力量　/ 009

四　游戏　/ 014

五　情感　/ 017

六　被选中的 13 班　/ 020

七　神之游戏　/ 026

八　初试能力　/ 034

九　启示　/ 038

十　隐藏祸心　/ 042

十一　隔空移物　/ 048

十二　觉醒之夜　/ 051

十三　暴风雨前的宁静　/ 056

十四　　起点　/ 063
十五　　原来如此　/ 071
十六　　审讯　/ 076
十七　　能力交换　/ 082
十八　　地震　/ 091
十九　　辛娜的身份　/ 098
二十　　联盟　/ 104
二十一　　失控的力量　/ 109
二十二　　怀疑　/ 118
二十三　　残忍的善念　/ 125
二十四　　新伙伴　/ 129
二十五　　灾难的力量　/ 135
二十六　　援助　/ 144
二十七　　怨恨　/ 150
二十八　　噩梦　/ 157
二十九　　碧鲁先生的阴谋　/ 164

三十　你是接班人　/ 172
三十一　激战　/ 175
三十二　教训　/ 184
三十三　杭一的能力　/ 192
三十四　我要当老大　/ 202
三十五　冷面大少的悸动　/ 208
三十六　末日病　/ 214
三十七　传染源　/ 218
三十八　染病　/ 222
三十九　韩枫的危机　/ 227
四十　绝望　/ 235
四十一　劫后余生　/ 241
四十二　决斗　/ 247

目前结果统计　/ 261

前言

* 全世界最特殊的一本书，要求读者和身边的人参与到这个故事中来——你和你认识的人将分别扮演书中的一个角色（角色选择的方法，请阅读以下说明）。

* 这个故事可以测试一个人的“第六感”——超感官知觉（ESP）。

1	2	3	4	5
6	7	8	9	10
11	12	13	14	15
16	17	18	19	20
21	22	23	24	25
26	27	28	29	30
31	32	33	34	35
36	37	38	39	40
41	42	43	44	45
46	47	48	49	50

1. 请你不假思索，在 1 ~ 50 中迅速选择一个数字，把自己的名字写在那个数字的右侧；或者闭上眼睛，把书左转三圈，再右转三圈，用手指随机戳一个数字（如果戳到空白处，就选挨得最近的一个），在那个数字右侧写上自己的名字。

2. 请分别将你认识的人（如同事、朋友）的名字随机安排在剩余的 49 个数字的位置上。

3. 50 个名字全部填满后，请拍照或扫描，将图片上传到微博、微信或贴吧，作为将来“获胜者”的凭证。

4. 随着故事的发展，故事中的人物（50 个角色每人对应一个号码）将一一登场。你和身边的人分别对应故事中的哪一个角色，会获得何种超能力，最后是生是死，全是未知数。但是，如果本书全部完结后，这场游戏中最后的“获胜者”恰好是你的话，证明你是一个具有超强“第六感”的人——你，也是一个拥有特殊能力的人。

楔子

游泳池的五米跳台上，站着一个长相英俊、身材匀称的年轻男人。泳池边的人等待着欣赏帅哥跳水，只有站在他背后的两个朋友注意到，他的双腿在微微颤抖。

对于跳水运动员来说，五米跳台可能不算什么。对普通人而言，却是一种挑战，特别是有恐高症的人。

刚才站在下面看的时候，付天觉得还好，但现在站在跳台上俯视，才发现真的有些犯晕。他回过头看了一眼两个朋友——杭一和辛娜，咽了口唾沫。

杭一感觉到了付天的畏惧，想劝他不跳就回来吧。但之前鼓动付天上五米跳台的辛娜，明显对付天有着某种期盼，不愿他在众目睽睽之下胆怯退缩，她鼓励道："付天，没事！你跳了我马上就跳！"

辛娜这么一说，付天知道没有回头路了，否则岂不是承认自己输给了女生？对他这样的帅哥来说，面子可是比什么都重要。付天咬紧牙关，站到了跳台边缘。

下面的人以为他总算要跳了。没想到付天始终下不了决心，在跳台边缘站了一分钟也没跳下去。底下的人都没耐心了，有人说："他到底跳还是不跳？不敢跳别站在那儿耽搁时间呀！"

辛娜也有点儿替付天着急了。她想了想，小声对杭一说："我帮他一把！"

杭一知道辛娜想干什么，不知为什么，他心里隐隐觉得有些不妥，但还没来得及阻止，辛娜已经悄悄从背后接近付天，“咯咯”笑着，双手一推，把付天从跳台上推了下去。

付天“啊”地大叫了一声，从五米跳台上扑了下去。在空中，他迅速调整身形，将双臂合拢，做出跳水的姿势。

刚才跳台下面那些看见辛娜悄悄推付天的人都发出一阵笑声，但是看见付天随机应变，临“危”不乱，又忍不住拍掌叫好。

但是，在付天坠入水中的一刹那，令所有人意想不到的事情发生了。

付天的身体接触到水面的瞬间，发出了一种异常的闷响，接着是他的一声惨叫。大家还没反应过来是怎么回事，就看见他沉入了池底。很快，池里泛起鲜红的血色，将跳台下方的池水染成一片血红。

“啊——”游泳池边的人发出一阵惊恐的尖叫。

站在跳台上的辛娜和杭一从上方看到，游泳池里就像盛开了一朵红色的鲜花，在向四周扩散。他们吓得目瞪口呆，惊恐万状。如果不是被杭一扶住，辛娜几乎要从跳台上跌落下去了。

“这……这是怎么回事？”辛娜用双手捂住嘴，惊骇地说。

杭一心里怦怦直跳，他意识到出事了，对辛娜说：“我们赶快下去看看！”两个人迅速沿着阶梯从跳台上下来。

另外几个朋友也急匆匆地赶到他们面前，惶恐地问道：“付天落到水里，怎么会摔出血？不可能的事呀！”

“我也不知道……”杭一焦急地说，“他现在还没浮上来，得赶紧下水去救他才行！”

游泳池的两个救护人员已经跃入了水中。他们在一片血水里搜寻了许久，终于在水底找到了付天。两个救护员和周围的人一起将他托上岸。

付天现在浑身是血，一动不动。奇怪的是，他的两只手臂都折断了，露出了触目惊心的白骨。他的头上也有一个大洞，鲜血还在汩汩地流淌出来。周围的人全都吓得不敢也不忍多看。一个救生员俯下身去，试探了一下付天的鼻息，又摸了摸他的胸口，抬起头来说道：“他死了！”

杭一的脑子“嗡”的一声炸了。辛娜更是几乎昏厥过去，杭一赶紧把她扶住。

付天从跳台落入水中，竟然会像坠楼而亡那样死去。毫无疑问，这是不符合常理的。

开始了。杭一突然明白：这场残酷的“竞争”，以此次事件为起点，开始了。

现在他再也不会怀疑，三天前那件事的真实性。

一　贫穷

四天前。

星期四，晚上 7 点。琮州市阜宁区袁家桥村。

贺静怡已经有半个月没尝过肉味了。为了节省水和蜂窝煤，她也有近十天没洗澡了。

由于没法天天换洗衣服和洗澡，贺静怡现在走路都不敢太快——生怕出汗。不过她本来也没法走太快，每天的伙食太差导致她严重营养不良，能支撑着工作就很不错了，怎么可能像一般人那样体力充沛、精力旺盛？

所有的一切，都是因为她家里实在是太穷了。

贺静怡的父亲很早就去世了，母亲又因为类风湿而下身瘫痪，卧病在床。生活的重担全部压在了这个 21 岁的女孩身上。政府的救济金只能勉强糊口，无法负担母亲的医药费。贺静怡只能跟亲戚借些钱，如今也全部花光了。她不敢告诉妈妈，家里只有不到五十元钱了。

由于要照顾母亲，高中毕业后，贺静怡就在一家外语培训中心兼职，通过做卫生和打杂来换取免费上课的机会。贺静怡一直没有放弃学习，期盼着有朝一日能通过成人高考来改变自己的命运。

一天的工作结束后，她回到一贫如洗、破败不堪的家中，帮母亲翻了一下身，准备淘米做饭。母亲看到女儿面黄肌瘦的模样，心疼不已，问道："静怡，今天晚上吃什么？”

“吃饭呀。”

“我是问菜是什么。”

“炒白菜。”

“是你下午到菜市捡的烂菜叶吗？”

“……嗯。”

母亲说：“静怡呀，妈妈倒没什么。但你总吃这些烂菜叶，既没营养，又不利于健康，这可不行呀。”

贺静怡咬着嘴唇不吱声。家里一共只有四十六元零七毛钱了，还能吃什么？她说不出口。

“去买些肉来吃吧，”母亲说，“你多久没吃过肉了？别太亏着自己。”

“没关系，妈，我不想吃肉。”

母亲知道女儿说的是假话，她说：“我想吃，你去买些回来吧。”

贺静怡也知道母亲这样说只是为了让自己去买肉而已，真正买回来了，她可能一口都不会吃。

贺静怡揣着五元钱出门了。这是她定的上限，不能超过这个数字。

但是五元钱，能买到什么肉呢？贺静怡的家在非常偏僻的城乡接合部，附近没有菜市，更没有超市什么的。沿途走了一阵，她只找到一家小吃店。

贺静怡走进店内，问老板：“请问有些什么小吃？”

老板指了指墙上：“这上面都写着呢。”

贺静怡看见价目表上写着：杂酱酸辣粉六元、酸菜肉丝面七元、牛肉河粉八元……基本上都在五元以上，只有一样——小面四块五一碗——但这个是素的，没有肉。

老板见贺静怡看了许久也没拿定主意，说：“我家的杂酱酸辣粉正宗，就吃这个吧。”

贺静怡知道附近没有第二家店了，她窘迫地说：“我只带了五元钱……有小份的吗？”

老板从衣着和神态看出她经济拮据，笑着说：“没关系，我卖一碗杂酱酸辣粉给你，只收五元。”

“谢谢，”贺静怡心生感激，补充了一句，“我打包带走。”

不一会儿，老板端着一碗装在纸盒里的热气腾腾的酸辣粉出来了，贺静怡看到上面有厚厚的一层杂酱肉臊——看来这个老板真是好心人，不但少收了钱，还多加了肉臊。老板笑盈盈地说：“慢点儿端，别烫着。”

贺静怡再次道谢，小心翼翼地把这碗杂酱酸辣粉端回了家。果然，妈妈一口都舍不得尝，叫女儿吃。贺静怡只有谎称刚才自己已经吃了一碗，妈妈这才答应吃一半。

母女俩坐在床边，一碗酸辣粉像什么美味珍肴一般，你吃几口、我吃几口地慢慢品尝，足足吃了半个小时。里面的肉臊，母女俩谁都舍不得吃，推来推去。到最后，母女俩一起哭了，眼泪中包含着太多心酸和苦楚。

什么时候，我和妈妈才能摆脱这种贫穷的生活呢？贺静怡悲哀地想。什么时候，我才能不再为钱发愁？

二　意志

星期四，晚上 11 点。琮州市江北区湖滨小区。

今天晚上不能再“那个”了。孙雨辰对自己说。前天晚上弄了两次，昨晚又弄了一次，已经严重超标了。再这样下去，身体会吃不消的。实际上，现在他都感觉肾脏部位隐隐有些酸痛。

孙雨辰看了一眼房间里的电子钟，11 点。把电脑关了，睡吧。别想那些了。

他走到电脑桌前，移动鼠标到屏幕左下角的“开始”—“关闭计算机”。

他心里是这样想的，却惊讶地发现，他的手竟然没有听从大脑的指挥。鼠标点开 G 盘，一个新建文件夹里包含着四个子文件夹，分别是“日本 AV 女优”“欧美艳星”“清新小妹”和“激情电影”。

鼠标点开了“清新小妹”这个文件夹。孙雨辰的手在微微发抖。我在干什么？我……管不住自己了？他的肾又开始痛起来。

迟了。孙雨辰的眼睛一接触到这几百张图片的缩略图，他就知道已经来不及了。仅仅是缩略图，就已经将他点燃。他的下身蠢蠢欲动，难以自控。

他点开了一张图片。一个全身上下只穿着一条围裙的女孩趴在地上，伸出舌头，像猫一样盯着他。

Oh，no……别这样看着我，我……受不了了。

孙雨辰一张一张地浏览着图片，之前的告诫已经抛到了脑后。他慢慢褪下了自己的短裤，从电脑桌上的纸盒里抽出几张纸巾……

几分钟后，他闭着眼睛仰靠在椅背上，精疲力竭、全身虚脱。

又过了几分钟，他铆足劲儿给了自己一个大嘴巴。

我怎么这么贱？他在心中痛骂自己。连续一个星期了……每天晚上……再这样下去，我他妈真要精尽人亡了！

不能再沉溺于这些东西了，我要拯救自己。孙雨辰痛下决心，将鼠标移到这个文件夹上，点击右键，选择"删除"。

但是，在确认文件删除的时候，他却迟迟未能点下"是（Y）"——不是舍不得删除，而是他想起，这种决心已经痛下过无数次了。但每一次删除之后，他都会在几天之内，在网络上搜寻、下载和收藏更多。没用的，前面若干次都没用，这次也不会有用。

自从大学毕业后，孙雨辰就一个人在外面租了房子。为了进入外企，他报名参加了培训班，以提高自己的英语水平。脱离了父母的管束固然自由自在，但意志薄弱的他每天必须在涌动的荷尔蒙和自律之间作战。每天他都输得一败涂地。自律变成自慰。

怎么办？孙雨辰瘫在电脑椅上，无比苦恼。我就一直这样下去吗？白天的时候精力已经集中不起来了，但是一到晚上，又总是忍不住要……我怎么这么没用，管不住自己？有没有什么方法，能增强我的意志力？

三　力量

星期四，晚上 9 点半。琮州市江北区砂中路。

为了考到英语导游证，陆晋鹏拼命学习英语。对于他来说，导游不仅是一份工作，更是逃离这座城市、离开这个家最好的借口。

当导游的话，就可以一年当中绝大多数时间待在外地。陆晋鹏后悔自己没早点儿意识到这一点。如果他在高中时期就想到这个的话，大学就会选择旅游专业，而不是令人沮丧的统计学。

家，对于大多数人来说，是温暖的港湾，但在陆晋鹏心中，家只是一个冷冰冰的收容所，一个容纳他吃饭睡觉的盒子。

准确地说，这个概念是 9 岁那年形成的。那一年，陆晋鹏的父亲上吊自杀了，不久后，母亲带着他改嫁，他的生命中出现了“继父”这个生物。从此以后，他过上了寄人篱下、受尽欺辱的日子。

往事不堪回首。陆晋鹏在继父家待了 13 年，领悟到一件事——如果自己不想效仿亲生父亲的话，只有远远离开这座城市和这个家。

为此，他利用大学毕业前夕最后的时光报名参加了英语培训，只求考取导游证，以一个名正言顺的方式远走高飞。

每天，陆晋鹏都在培训中心留到最后，然后一个人在街上徘徊，尽可能地延迟回家的时间。

但他没想到，今天晚上居然发生了这种事。

在公交车站，陆晋鹏被人从后面拍了一下。接着，两条手臂一起挽到他肩膀上。陆晋鹏左右一看——身边站着两个凶神恶煞的男人，身材都比他高大。他们嘴里叼着烟，斜眉吊眼地盯着他。

“你们干什……”话没说完，夹在脖子上的两条手臂就像枷锁一样把陆晋鹏架到了大路旁的一条小巷子里。

这条巷子里没有路灯，也没有行人，两个地痞把陆晋鹏推到墙角，贴着他的鼻子说：“兄弟，借点儿钱来花吧。”

陆晋鹏看出来这两个地痞把他当成中学生了，不过提醒他们自己是成年人似乎毫无意义。因为他的身材和体能实际上就只有中学生的水平——一张娃娃脸、一米五八的个头、四十公斤的体重——大多数女生看上去都比他强壮、结实。长得如此瘦小，除了营养不足，更源于遗传基因。他的父亲就是这样一个小个子。

从读小学开始，陆晋鹏就一直受到校外流氓的青睐，因为他永远是全班最瘦弱的男生。由于“身经百战”，他非常清楚这些地痞需要的是什么，也知道自己的立场。他不可能打得过，也不可能跑得赢，只有乖乖交出身上的财物。

陆晋鹏将两个裤兜里的零钱全都掏了出来，交给其中一个像山猪般的壮汉。

那个人数了一下，恶狠狠地瞪着陆晋鹏：“只有四十多块钱？你当我们是叫花子呢？”

“我只有这么多。”陆晋鹏不敢激怒他们。

另一个头发遮住半张脸的流氓推了陆晋鹏一下，手伸进他裤兜里去搜，把手机和公交卡给掏了出来。山猪在陆晋鹏的脑袋上扇了一下，两个地痞把财物揣进口袋，骂骂咧咧地走了。陆晋鹏松了口气，走出这条小巷子，步行回家。

回到位于江北区的家中，已经10点了。

进门之后，陆晋鹏的母亲从客厅里走过来问道：“今天怎么这么迟才回来？”

陆晋鹏没有别的借口，只能说实话：“我被两个流氓抢了钱和公交卡，只能走路回来。”

“啊，你被抢劫了？”母亲惊愕地说，“他们打你了吗？受伤没有？”

“没有。”陆晋鹏疲惫地说着，走进客厅。这时，继父从二楼下来了。

“你被抢了？”继父说，“你怎么这么没用？”

陆晋鹏不想跟继父说话。但继父不会放过这个讥刺他的机会，他走到陆晋鹏面前，斜视着他：“被几个人抢了？”

陆晋鹏面无表情地回答：“两个。”

“多大年龄？”

“十七八岁吧。”

“高中生？”

“可能是。”

“哧……”继父嘲讽地说，“一个22岁的大学生，被高中生抢了。我们家真是人才辈出呀！”

母亲走过来：“你别说这种话了。”

继父指着陆晋鹏说：“你看看你儿子这副窝囊废的样子，还不让人说？”

“那你要我怎么样？”母亲说。

“确实，你也没办法。”继父说，然后同情地看向陆晋鹏，“说实话，也不能怪你，谁叫你老爹就是个窝囊废呢？对吧，有其父必有其子嘛！”

对于继父长期以来的奚落、挖苦，陆晋鹏本来已经麻木了，但今天，他竟然说到了自己生父头上。陆晋鹏的胸中燃起了一把火，他睁大双眼，愤怒地瞪着继父。

“你说得太过分了！”母亲也怒不可遏，“人都死了，你嘴上就不能积点儿德吗！”

“怎么，我说错了吗？”继父看着陆晋鹏，挑衅地说道，“你自己说，你老爹是不是个窝囊废？想学人家做生意，结果被骗光了钱，就像个女人一样上吊自杀了。这些不是事实吗？我冤枉他了吗？”

陆晋鹏全身颤抖，喉咙里涌起一股血的滋味。他眼里迸射出愤恨的火光，一字一顿地说：“不——准——你——侮——辱——我——父——亲。”

继父盯着他看了几秒，问道：“你这样看着我，想干什么？”

陆晋鹏没有说话，只是瞪圆一双眼睛看着继父那张丑恶的脸。

继父和他对视了一阵，突然抬起手一耳光扇到陆晋鹏脸上，将他打得一个趔趄，险些没有站稳倒在地上。

“你打他干什么？！”母亲吼了继父一声，走过去扶住儿子。陆晋鹏甩开母亲的手，脸上虽然火辣辣地疼，但仍然像之前那样怒视着继父。

“对了，就是要这种情绪。”继父向陆晋鹏走过去，“你现在是不是很恨我？那就来呀，动手打我呀！你那个窝囊废老爹没教你的事，我来教你！”

陆晋鹏今天晚上第三次听到他说自己父亲是窝囊废了。他现在不仅想打他，连杀了他的心都有。但也只是有“心”而已，没这个胆，更没这个本事。继父身材魁梧、膀大腰圆，真要动起手来，他对付自己就像捏死一只蚂蚁那样容易。

继父走到陆晋鹏面前，居高临下地看着他那副敢怒不敢言的可怜模样，过了一会儿，摇着头说道：“你儿子果然是个没种的东西。这样刺激他他都不敢动手。看来，只有一辈子被抢、被欺负的命了。我是没辙了，教不会。”

这时，楼下卫生间的门开了。继父的亲生儿子——陆晋鹏同母异父的弟弟陆昊从卫生间出来了。陆昊今年 12 岁，长得跟继父一样高大健壮，尽管比陆晋鹏小十岁，却比他高出一个头。这小子在家洗完澡从来都是一丝不挂就走出来。现在也是，他光着身子，湿漉漉地走了出来。

“哥哥又被抢了？”陆昊幸灾乐祸地走过来，像对待小弟一样笑嘻嘻地拍着陆晋鹏的肩膀说，“没关系，下次我给你当保镖！”

陆晋鹏厌恶地把陆昊的手从自己肩膀上拿下来，懒得理他。

“哈哈哈哈！”继父开怀大笑，“不愧是我的儿子！有种！”

“陆昊，跟你说了多少次，把衣服穿上再出来！”母亲呵斥小儿子。

陆昊冲母亲做了个鬼脸，回自己房间去了。继父看着儿子的大白屁股，赞赏地说：“这才是男人，不拘小节！”

陆晋鹏知道这些话都是说给自己听的。在继父眼中，他在这个家里的唯一价值就是衬托弟弟陆昊，以证明继父的优良血统和遗传因子是多么出类拔萃。而这种高人一等的优越感很多时候都是从侮辱、嘲讽自己这一过程中获取的。

陆晋鹏非常清楚，在这个家里，自己和母亲是弱者，继父和陆昊是强者。自从母亲改嫁，他就一直活在这种阴影之中。这种生活让他感到绝望，他无数次想反抗，但以他单薄瘦小的身躯，能做什么呢？

如果有一天，上天赐予我力量……陆晋鹏紧咬着下唇，咬出了血。也许我就会……

四　游戏

星期四，晚上 11 点 20 分。琮州市江北区天和苑。

杭一连输七局之后，全身的血都涌到了头顶。

并不是输不起，但是以他这种骨灰级《拳皇 97》玩家，居然会在 ARC 网络对战平台上被虐成这样，实在不是常有的事——而且还是输在自己最擅长的《拳皇 97》上。对他来说，这真是奇耻大辱。

关键是，这个叫“南京小世界”的对手，是个非常讨厌的家伙，每赢一局之后，都会发一些讥讽的话来挑衅对手。比如“一不小心就赢了，忘了让你”“不好意思啊，又把你秒杀了”——这些话把血气方刚的杭一激得火冒三丈，明知道对方是故意影响他的情绪，让他丧失冷静、发挥失常，但还是中招了。

第八局，杭一调整情绪，选了自己的最强阵容——八神庵、暴走七枷社和山崎龙二。他倾尽全力，最后只差一丝血就赢了！该死！杭一猛地一拍大腿。再来，我已经摸清他的套路了，下一局一定能赢！

这时，妈妈走进杭一的房间，看到儿子还在全神贯注地玩游戏，不满地说：“这么晚了，还玩。”

杭一不敢分散注意力，头也没回。

妈妈见杭一盯着电脑屏幕，一副痴迷的样子，走过去将电脑显示器关了，说道：“考过雅思再玩吧。”

“哎呀！”杭一大叫一声，“您干什么呀！我这局马上就要赢了！”他慌忙打开显示器——但高手过招哪里容得这种闪失——再次看到的已经是对方获胜的画面了，还有“南京小世界”发过来的一句话——还没打完就自己认输了？哈哈哈！

杭一沮丧地叹了口气，一肚子火。他扭头看了一眼旁边的母亲，不好发作。

“二十多岁的人了，怎么还像小孩儿似的？就知道玩游戏！杭一，你就不能成熟点儿吗？这次雅思要是考不过，你怎么……”

眼看妈妈又要开始唠叨，杭一赶紧说：“得得得，我这就关电脑，行了吧？”

妈妈叹了口气，摇着头出去了，将房门带拢。

杭一无奈地关了电脑，脱了衣服上床。他关了灯，从枕头底下摸出跟好朋友借的新款 PSV 游戏机。

杭一玩的是 PSV 上的《大蛇无双 2》，和单打独斗的《拳皇 97》不同，这款游戏有种一骑当千的快感。他选了自己最喜欢的魏延、贾诩和宫本武藏，投入融合三国和战国的古代奇幻战场之中。

玩了一关，获得了一个重要的合成素材。杭一正在兴奋和欣喜之中，突然房门被推开，妈妈进来了。她看到杭一刚关电脑，又玩上了另一种游戏机，为之气结：“你怎么又玩上了？”

杭一说：“我玩一会儿就睡。”

妈妈蹙着眉头，走过去从杭一手中夺过游戏机。

“您干什么？”杭一愕然。

“这个我暂时帮你保管，等你通过雅思考试再给你。”

“什么？考完雅思？妈，这是我跟朋友借的！”

“那是你的事，我不管。”妈妈说，“我只负责督促你通过雅思。你朋友那儿，自己想办法交代。”

“妈，我都 21 岁了，你能别像管小孩儿一样管我吗？”

“你倒是像个 21 岁的样子呀！我还想省点儿心呢！”母亲板起脸说，“从小到大，要不是我管着你，你早被游戏给毒害了！”

“砰”的一声，门被带拢了。

杭一长吁一口气，仰面躺在床上，心里无比郁闷。今天晚上怎么这么倒霉？玩《拳皇 97》被人虐了，没机会翻盘；跟朋友借的 PSV 游戏机居然被老妈缴了——怎么玩个游戏就这么难呢？

如果有一天，我可以不用学习和工作，每天都舒舒服服地玩游戏，没有人干涉我，那该多好啊！杭一做着美梦。而且，如果能跟“她”一起开心地玩，这个世界就变成天堂了。

想到“她”，杭一暂时忘了所有不快。他摸出手机，打开储存的照片，一个可爱的女孩跃入眼帘。看到她那张清纯美丽的脸，杭一心里涌起一种难以言喻的美好感觉。他牵动嘴角，露出憨憨的傻笑。每次只要有什么不开心的事情，只要一看到她——哪怕只是自己偷拍的照片——阴霾的天空就在瞬间放晴了。

这个女孩，是杭一的高中同学，叫辛娜。两人现在都在为出国留学做准备，在同一家培训中心强化英语。杭一从高一第一眼看见辛娜时，就喜欢上了这个有着阳光般笑颜的美丽女孩。他暗恋她五年了，一直不敢说出口。

杭一痴痴地看着手机上辛娜的照片，看了足足十分钟。晚安。他在心里默默地说了一句，放好手机，带着一丝甜甜的暖意睡了。

五　情感

星期四，晚上 12 点。琮州市江北区康居园。

米小路做了一个决定 —— 他这辈子最重大的一个决定。

明天，他决定跟自己喜欢了 15 年以上的男生表白。

他们是从小一起玩到大的好朋友；

他们夏天一起偷着下河洗澡，周末一起去电玩城玩游戏；

他们的感情，比亲兄弟还要好；

唯一的问题是，他们两个都是男的。

米小路觉得，要让他接受自己的感情，比登天还要难。他是标准的直男（异性恋的男生），不可能理解和接受自己这种不正常的爱恋。

米小路喜欢的人，是一个有着一张英俊而不失可爱的脸庞、身材结实健壮的男生，名字叫杭一。

他们的父母是好朋友，让他俩成了发小。杭一比米小路大几个月。小时候，米小路把他当成哥哥一样，喜欢跟他一起玩。由于米小路从小长得白净斯文，身材又比较瘦小，加上名字也比较中性化，经常被一些小伙伴取笑和欺负，叫他“米妹妹”，有时还会想些花招来捉弄他。每次米小路被欺负哭的时候，杭一总是挺身而出，帮他打架，就算打得头破血流也满不在乎。米小路一开始是感激，后来不知不觉竟发展成了依恋。他觉得只要跟杭一在一起，就有种安全感。

到了十二三岁的时候，米小路惊恐地发现，他抑制不住地爱上了杭一。这是畸形的感情，是不正常的爱恋——他知道，但他管不住自己。

现在，米小路已经21岁了，他已经清楚和认同了自己的身份——他是个同性恋者。但麻烦也随之而来了——对杭一的感情，该何去何从？

一开始，他完全没有想过表白。他知道，杭一只是把他当兄弟看待，根本不知道自己内心隐藏着这种爱恋，更不可能接受这种事情。但时间越久，他对杭一的感情和依恋就越深，最后他终于发现自己已经爱得不能自拔了。这份爱对他来说，竟然成了负担——因为要他把这份爱永远埋藏在心底，是万分痛苦的事情。米小路曾经无数次想要把自己的感情告诉杭一，但始终不敢说出口，他能猜到结果，他害怕从此失去杭一。

但今天，他终于做出了这个决定。因为他活得太累了，也被这份感情压得太累。不管怎样，他明天都要向杭一表白。只有将这份感情亲口说出来——告诉他最爱的人，他才能松一口气。不然，他早晚会被憋死的。

对于结果，米小路预测了以下两种可能：

第一种是，杭一惊讶地表示，自己不可能接受这种畸形的爱恋，并且从此以后离自己远远的，再也不敢靠近他；

第二种是，杭一声明自己虽然不能接受，但可以理解。他们不可能成为恋人，但可以继续做好朋友、好哥们儿。他没有因此而排斥和躲避自己，还是一样把自己当兄弟。

如果结果是第二种的话，米小路就感谢上天了。他从没想过要跟杭一成为恋人，他知道这是不可能的。他只求杭一能明白自己的心意，然后照样把他当哥们儿看待——这就足够了。

但是，如果是第一种情形的话——米小路也早就想好了——假如杭一因此而疏远我，也没什么，我去死就是了。这个世界上也没什么好留恋的了。我的世界里没有了他，就毫无意义了。

不管怎么样，明天，我要一个结果。我要给自己的人生一个交代。

米小路在自己的书包里放了一把有刀鞘的水果刀。如果明天出现第一种情况，他就不打算回家了——他不想吓着自己的父母。虽然他们最终还是会在一家宾馆的浴缸里，看到他们的儿子全身血液流干后的样子，但总比在家里看到这一幕好吧。

想到这里，米小路不禁感到一阵凄凉。他悲哀地想，如果上天真要安排我走上这条道路，那我就顺应天意吧。只求来世，让我变成女孩，能名正言顺地爱上杭一哥……

现在是暑假的星期四。明天——贺静怡、孙雨辰、陆晋鹏、杭一、米小路——这五个年轻人以及补习班另外 45 个人的命运，将发生意想不到的重大转折。他们的人生，将在 12 个小时后彻底改变。

六　被选中的 13 班

星期五，中午 12 点。琮州市明德外语培训中心。

明德外语培训中心是琮州市首屈一指的成人外语培训机构，位于市区繁华地段的一栋写字楼内。整整一层楼分出了二十多间教室和办公室。人们出于不同的目的来此突击外语——出国留学、出境旅游、应聘外企、职称评比……明德号称能在 30 天到 60 天内让学员达到跟外语有关的一切目的。

暑假是培训中心的旺季，20 个班全部招齐，每班 50 人。学员们基本上都是 20 岁到 30 岁的年轻人，偶见一两个中年人。上课方式十分正规，每天上午、下午各三节课。现在是 8 月，课程已经进行一大半了。

杭一、孙雨辰和陆晋鹏同为 13 班的学员。贺静怡虽然不算正式学员，老师也安排她工作之余在 13 班听课。

上午下课后，学员们纷纷离开教室。离家近的人回家吃饭，家远的人就在附近的餐馆吃午饭。上了半天的课，大家都饿了，五分钟之内，教室就基本上空了。

13 班只有一个人——贺静怡留了下来。家里的经济条件不允许她在外面吃饭。每天中午，她都一个人悄悄在教室里吃自己从家里带来的简便午餐。

贺静怡从书包里拿出一个塑料饭盒，里面是一盒冷饭，饭上面是自己腌制的小咸菜——这就是她每天的午饭了。培训中心的每间教室都配有一台饮水机，这为贺静怡提供了极大的方便。她打开饮水机，等水烧开后，用开水把冷饭泡热，就开始吃了。

杭一家虽然离培训中心不算太远，但他懒得回家，每天都在外面吃午饭。一方面是不想挤公交车，另外他觉得跟朋友一起吃饭、聊天是件好玩的事。

米小路从来都是无条件跟随杭一。杭一参加英语培训，他想都没想就陪他一起报了名，不料居然被分到了另一个班——16 班。这天中午，米小路来找杭一，说想跟他一起吃午饭。要是以往，杭一会爽快地一口答应。但是今天，他看到米小路后，显得有些不安。

杭一昨天被妈妈没收的那个 PSV 游戏机，就是跟米小路借的。

米小路看出杭一的神情有些不对，问道："你怎么了，杭一哥？"

杭一面有难色："我想跟你说件事。"

米小路心中暗暗吃惊——这是怎么回事？杭一哥恰好也有事情跟我说？他看出我的心思了？不可能。他试探着问："什么事？"

杭一咂了咂嘴，搂着米小路的肩膀说："走走走，今天中午我请客，你想吃点什么？"

米小路被莫名其妙地带了出去，他现在根本没心思吃东西，只希望找个安静的地方跟杭一摊牌。最后，他们选了附近一家相对冷清的西餐厅。

"点菜吧，小米，你想吃什么？别客气。"杭一大方地说。

米小路狐疑地看着杭一："你今天怎么怪怪的？你到底想跟我说什么事？"

"先吃东西吧，你不饿吗？"杭一对侍者说，"我要一份西冷牛排，七成熟，你呢？"

"跟你一样吧。"

侍者离开了。米小路喝了一口柠檬水，看着杭一。"说吧。"怎么反过来了？跟预想的状况完全不同。他在心里思忖。

"嘿嘿……"杭一挠了挠脑袋，"我说了你可别生气。"

"到底什么事呀？"

"是这样的，你借给我玩的那个 PSV，昨天晚上被我妈给没收了。她说……要等我考过雅思后，才还给我……"

“然后呢？”

杭一摊了下手：“就这样呀，意思是这个游戏机我暂时还不了你了……小米，你不会怪我吧？”

米小路盯着杭一：“你要跟我说的就是这事？”

“是啊。”

米小路苦笑了一下。还当是什么大不了的事呢。比起我要告诉他的，这简直是鸡毛蒜皮。

杭一看出米小路好像满不在乎：“你不介意？”

米小路轻轻摆了摆手：“没事。”

有些事情，米小路瞒了杭一很多年，一直没让他知道。比如，自己根本就不爱玩游戏，之所以经常和杭一一起玩各种电玩，纯粹是为了陪在杭一身边，才假装喜欢的。这台 PSV，是他专门给杭一买的，只是不好明着送给他，才说是借给他玩，其实压根儿就没想过要让他还。

杭一见米小路根本没责怪自己，心里一块石头落了地，高兴地拍着米小路的肩膀说：“不愧是我的好兄弟！”

米小路心里暖暖的，他很喜欢杭一跟自己称兄道弟，感觉特别亲。

“可惜的是，现在玩不了《大蛇无双 2》了。”杭一叹息道，“这游戏太好玩了，我昨天刚得到一件珍稀道具，我妈就进屋把游戏机给收了。”

“你都 21 岁了，怎么你妈还像管初中生一样呀？”米小路哭笑不得。

杭一苦闷地叹息道：“我也在想这个问题，你说这叫什么事呀？”

米小路浅笑一下，凝视着杭一那张可爱的脸，轻柔地说：“谁叫你像个长不大的孩子呢，傻瓜。”

他从随身背的小挎包里拿出另一台白色的 PSV 游戏机，递给杭一：“喏，拿去玩吧。”

“啊，这不是你跟我联机一起玩的那台吗？你把它给了我，你怎么办？”

“没事，我玩腻了，你玩吧。”米小路撒谎。其实这两台游戏机，都是为了杭一才买的。

“哎呀，我的好兄弟！”杭一欣喜地跳了起来，走过来猛地抱住米小路，“真是太谢谢你了！”

米小路的心跳骤然加快。抱紧些，再抱我久一点儿。老天啊，让时间停住吧……

但杭一很快就放开了他，坐到对面的位置。他迫不及待地打开游戏机，注意力立刻集中到了游戏上。

米小路微微有些失落，但转念一想——也好，要不然让杭一看到自己面红耳赤的模样，还真不知道该怎样解释。

等等。他突然惊醒。我今天不是打算好了，要向他表白的吗？现在他对我充满感激，不正是时候？

米小路的心狂跳起来。他盯着面前这个低头玩着游戏的大男孩——他一生中唯一的、最爱的一个人。之前准备好的话涌到嘴边。

“……杭一哥，我想跟你说件事。”他终于鼓起勇气，开口了。

“啊？什么事？”杭一头也不抬地说，沉浸在游戏里。

米小路的心脏快要从胸腔里跳出来了：“这么多年了，我发现，我……”

话没说完，杭一突然抬起头来，激动地把游戏机伸到米小路眼前：“就这关！我昨天好不容易才打过的！超难呀！”

“啊，是吗……那你一会儿接着玩吧。”米小路话茬儿突然被打断，一下有点儿黯然。他调整了一下情绪，正打算接着说，看见侍者端着牛排过来了，只有缄口。

杭一早饿了，看见热腾腾、香喷喷的牛排端了上来，关闭了游戏机，说道：“开动喽！”

两个人开始吃牛排。进餐的过程中，米小路不断偷瞄杭一，看到杭一吃得津津有味、大嚼特嚼，觉得不是说事的时候，只有先吃东西。

没想到，吃过之后，杭一用纸巾一抹嘴，说道：“我们到培训中心的教室去玩游戏吧。”

“教室？干吗不就在这里玩？”

“教室里还有别的人呀，大家一起才好玩嘛。”没等米小路反对，杭一就冲侍者喊道：“服务员，埋单！”

米小路有些气馁，他本来是想跟杭一独处的，还要跟他说重要的事呢。到教室里去，他还怎么表白？也罢，他在心里叹息，还有下午呢。等下午回家的时候再说吧。

结完账之后，杭一和米小路返回培训中心。米小路本想回自己班上去，但杭一搂着他的肩膀，叫他到自己班的教室去一起玩游戏，米小路答应了。

教室里现在只有八九个人。贺静怡当然是其中之一，还有另外几个人，有些在看书，有些趴在桌子上睡觉。两人进教室后，杭一招呼米小路坐自己旁边的座位，拿出 PSV 玩起来。

两个年轻小伙被吸引了，走过来看杭一玩。杭一最喜欢自己玩游戏的时候有人在旁边看，有种满足表演欲的快感。那两个男生显然也是游戏爱好者，一边看，一边评头论足、出谋划策。后来又轮着玩，十分开心。

只有米小路觉得无聊。但为了照顾杭一的情绪，也只好在一旁假装参与。实际上心神不宁，总想着自己计划中的事。

一直玩到 2 点 10 分。米小路见时间不早了，对杭一说："快上课了，我回班上去了。"

杭一把游戏机放进包里，但明显意犹未尽。他眼珠转了一下，咧嘴笑着说："要不你别走了，今天下午就在我们班上课吧。咱们可以偷偷玩游戏。"

"在这个班上课？我坐哪儿？有我的座位吗？"

"就坐现在这儿呀。我旁边这人今天生病了，请假在家休息，正好。"

米小路心里非常愿意。因为从小到大，他和杭一虽然是好朋友，但还从来没在一个班上过课，特别是当同桌。这次跟杭一一起参加英语培训，本就想在一个班补习，无奈没分到一个班。此刻杭一的提议，他当然求之不得。只要是能跟杭一在一起的机会，他都不愿放过。但他想到培训中心严格规定不准私自换班，又有些担心，说道："你们老师要是发现我不是这个班的，怎么办？"

"不会的，我们这个班的英语老师是个五十多岁的老头儿，老花眼。再加上我们坐在后排，他才看不出来呢。"

米小路想了想，点头道："好吧。"

到了上课时间，英语老师走进教室——果然如杭一说的那样，是一个头发花白、年近六旬的老头儿，戴着厚镜片的老花眼镜。米小路放心了。

开始上课的同时，杭一就把 PSV 拿了出来，放在桌子下面，偷偷地玩。

米小路小声说："你不听课，白花钱来补习吗？"

杭一小声回答："这关玩到一半，没法存档，我先过关再说。"

米小路不说话了。上课的时候，杭一几乎一直埋着头玩游戏，驰骋在战场之中。米小路坐在他旁边，反倒在认真听课。他和杭一虽然没有交流，但只要是挨着他坐，体会当同桌的感觉，就已经非常满足和幸福了。

课上到一半的时候，准确地说——2 点 55 分的时候——令人意想不到的事情发生了。

七　神之游戏

米小路和班上的另外几十个学员一起听着课。英语老师转过身，一边讲解，一边在黑板上板书。突然，老师的声音戛然而止，动作也停了下来，整个人好像凝固了似的。

米小路左手撑着头，正帮杭一做着笔记，见老师骤然停止讲课和板书，整个教室也蓦地安静下来，不明白发生了什么事。他直起脑袋，愣愣地看向前方。

不只是他，教室里的几十个学员都察觉到了异样，他们全部看向讲台，看着背对他们的英语老师。

过了大概 10 秒钟，英语老师还没有转过身来，他面朝黑板，一动不动，就像变成了雕塑一般。正玩得兴起的杭一也察觉到不对了，他抬起头来，看着老师。

坐在第二排，一个叫宋琪的姑娘试探着问道："聂老师，您……怎么了？"

这句话刚问完，就看到英语老师全身痉挛般地抽搐了一下，把全班的人都吓了一跳。接着，大家看到他慢慢转过身来，面无表情，神情和平常大不一样。

陆晋鹏由于身材矮小，坐在第一排。此刻，他是距离英语老师最近的人。不知为何，他看到英语老师转过身后遽然转变的表情和眼神之后，竟然感觉心中发冷，不自觉地打了个寒战。

英语老师双手撑在讲台上，以居高临下的神态冷冷地扫视了在座的几十个学员一遍，说话的声音和语调与平时截然不同："各位，请你们停下手中的一切事情，坐好，不要发出任何声音，认真听我说。”

全班的人都呆了，他们凭本能感觉到，接触了一个多月的英语老师此刻似乎变成了一个他们完全不认识的人。很快，事实证明他们的直觉是对的——英语老师接下来说出的惊人的话，印证了他们那恐惧的猜想。

“希望你们仔细听我现在说的每一句话、每一个字。我只会说一遍，没有听懂或者没能充分理解的人，只能自求多福。但我要提醒你们的是，我下面要说的事情，关系着你们在座每一个人的命运，以及——性命，并决定着你们的未来。

“很明显，我现在代表的不是你们的英语老师。我暂时借用了他的身体，来跟你们说这番话。那么我是谁呢？这个问题我一会儿当然会解释。现在，还是按照顺序来吧，首先我得让你们明白这是怎么一回事。”

他（现在已经不能再称其为英语老师了）以一种无比威严的神态睥睨众人，严峻地说道：“世界崩坏之前，上天会给人类一个机会，在人类中选出一个代表，让他（她）拥有超凡的能力，这种能力足以改变全世界的命运。这个人，将不再是一个‘人’，而成为‘新世纪的神’！我现在要做的，就是选出这个代表——而这个人，将在你们当中产生！”

13 班的教室里坐着 50 个人，但现在整个教室里鸦雀无声。每一个人都惊呆了，他们认为英语老师出现了精神分裂症。但他的神情、语态，又给人一种不容置疑的感觉。一时之间，所有人都感到不知所措，无法准确判断目前的状况。

“不用怀疑，这不是玩笑或恶作剧。”那个人严肃而缓慢地说道，“你们都是普通人，以前从来没有遇到过这么不可思议的事情，我非常理解。但你们要知道，我之所以选中你们，也是有道理的。

“琮州市是全国人口最多的一个市——在这里选出‘新世纪的神’，应该是具有代表性的。不过我要提醒你们，这件事对于你们来说，既是机遇又是挑战，甚至是你们的噩梦。原因是，我要选出来的‘神’只有一个，但这个人我不确定该是你们当中的谁。所以，我只能让这个人以‘优胜劣汰’的方式产生。

“这是一场生与死的残酷竞争，不管你们多不情愿，都没有选择的余地。如果不想死，就只能照我说的去做。”他停顿了一下，“具体实施方法——需要你们配合。现在，请你们按照我说的去做——从你们的本子上撕下一张白纸。”

全班的人都惊惶不安起来，他们面面相觑，显得无所适从，不知道是否应该照他说的去做。这时，宋琪站起来，忧虑地说道："聂老师，您到底怎么了？我扶您到办公室休息一下吧。"

讲台上的人凝视着这个女生，微微叹了口气，什么话都没说，只是一直盯着她。

几秒之后，班上的人看见，宋琪的神情变得木讷了，她一言不发地摘下眼镜，然后从文具盒里取出一个圆规，左手拿起圆规，缓缓移动手臂，把有尖针的那一头对准了自己的左眼。

"喂，等等……宋琪，你……你要干什么？"坐在前排的一个男生惊骇地说。

宋琪对他的话充耳不闻。圆规离她的眼珠越来越近了，几乎只有三四厘米，但她连眼皮都没有眨一下。周围的一个女生捂着嘴恐惧地大叫起来："……天哪！谁来阻止她！"

宋琪的旁边是一个小个子女生，此刻已经彻底吓傻了，大张着嘴，动弹不得。眼看着，宋琪就要把这根尖针刺入自己的眼球了。

就在尖针离眼珠只有不到一厘米的时候，宋琪突然抖了一下，恢复了神志。她看到自己举着圆规的手正对着眼珠，吓得惊叫了一声，手一松，圆规掉到了地上。

这时，讲台上的人说道："抱歉，让你们受到惊吓了。我刚才短暂地控制了这个姑娘，证明我能做到一些常人做不到的事情，当然也证明我现在的确不是你们的英语老师。我只想让你们不要再怀疑我的身份，并不想让这姑娘为此失去一只眼珠。但如果再来一次，恐怕我就不会这般仁慈了。"

这话分明是带有威胁性的，暗示他不希望谁再耽搁时间。现在，不管事情多么不可思议，也没人敢再质疑了。

"我重复一遍刚才说过的话——从你们的本子上撕下一张白纸。"他严厉地说道，"请配合我，好吗？"

谁也不敢怠慢了，教室里发出一阵撕纸的声音。杭一擦了一下额头上浸出的冷汗——他刚才被宋琪的举动吓坏了——赶紧从包里摸出一个本子，撕下两张白纸，递了一张给米小路。

孙雨辰坐在教室第四排，他震惊得呼吸都暂停了。直到身边的人都在用动作和声音提醒他，他才慌忙翻出一个笔记本，扯了一张纸下来。

“纸都准备好了吧？”讲台上的人说，“再随便拿一支笔。”

等了十几秒，他见班上的人都已经备好了纸笔，说道：“现在你们听好——我给你们 10 秒钟时间，在这张纸上写下任意一个‘概念’——你们都是成年人，不用我解释什么叫作概念吧？”

他等了一下，见没人提出疑问，接着说：“你所写下的这个概念，将成为你的特殊能力。简单地说，你将拥有控制这种事物的能力。10 秒钟，没有多余的思考时间，用你们的直觉做出选择。另外，我提醒两点——第一，不要让周围的人看到你写的是什么；第二，如果 10 秒钟过后，谁没能写下任何概念，就意味着他（她）选择弃权。那么，他（她）会立刻死亡。如果谁不相信，可以用生命来验证一下。”

他顿了一下，见班上的几十个人只是惊骇地看着他，提醒道：“你们还愣着干什么？ 10 秒钟，已经开始倒计时了。”

全班的人都慌了。虽然令人难以置信，但谁都不敢用自己的命来做赌注，纷纷拿起了笔，用手挡住纸，在纸上写起来。

这……这是真的。他们都当真了。孙雨辰惊恐地心想，控制一种事物的能力？对于我来说，也许应该选择……他略微迟疑了一下，在纸上写下了两个字。

让我控制某种事物？贺静怡的心脏在狂跳。如果这是真的，那我当然会选……她咬了一下嘴唇，把心中所想的写在了纸上。

我将获得一种特殊能力？陆晋鹏从来没有如此兴奋过。他太清楚自己需要的是什么了，几乎没有考虑，就迅速地写了下来。

大家都在写。米小路紧张地环视周围。对我来说，这辈子最重要的就是……他悄悄瞥了一眼身边的杭一，拿定主意了。他用左手挡住纸，快速地写下两个字。

杭一见米小路遮挡着写下了什么，很想问问他写的是什么，为什么不能让自己看见。但他意识到没时间做这些事情——10 秒钟一转眼就过了！可他实在想不出该写什么，他从没想过掌控任何事情——但总不能什么都不写呀！紧张焦急之中，他看到了桌肚里的游戏机，实在是不知道该写什么，只有提起笔，在白纸上写下了“游戏”两个字。这也算是一种概念吧？应该是。他不确定地想。

“好了，时间到。”讲台上的人宣布，露出一丝让人琢磨不透的笑意。“人果然是有潜能的。10 秒钟的时间非常短，但你们全都按要求完成了。而且如同我希望的那样，50 种能力没有重复——现在，在座的各位，你们是世界上最特殊的 50 个人。很快，你们就将拥有和纸上所写的概念相对应的特殊能力——你们可以理解为被唤醒了隐藏在潜意识中的超能力。那么接下来是重点，我将告诉你们‘新世纪的神’的选拔方法。”

他说下面这番话的时候显得有些兴奋，似乎这是他期待已久的事情。“每一个时代的文明，都有它的特殊之处。你们分别写在纸上的‘概念’，我相信能够充分代表这个时代的文明。那么，在这 50 个概念——或者说 50 种超能力中，到底哪一种是最强的呢？这件事不经过论证，谁也不知道。但用以下我说的这种‘优胜劣汰’的竞争方式，将得出毫无争议性的结论。”

他双手撑在讲台上，上身前倾，冷峻的目光注视着台下的 50 个人。“你们此刻获得的特殊能力，可以称为‘起始能力’，一开始会比较弱——如果用数字来表示，你们现在的能力等级都是‘第 1 级’。但是，每用自己的超能力击倒一个竞争对手，就会升一级，能力也会增强一倍。而且，你击倒的对手的等级，会转移到你的身上。

“举个例子来说，一个等级是 2 级的人，击杀了一个 4 级的对手，那么他（她）的能力等级将立刻变成 6 级！能力强度也会变成初始能力的 6 倍！所以，尽量多地击倒对手，提升自己的等级，是获胜的唯一途径。

“现在你们应该明白，我刚才为什么叫你们不要让别人看到自己写在字条上的内容了吧？让对手获知自己的能力绝对是不明智的。这张字条，你们可以立刻撕碎，也可以保存在别人永远找不到的地方，总之别让对手轻易知道你的能力是什么——这是我最大的忠告，不然你会死得很快。”

“你疯了……你要我们 50 个人互相厮杀？”教室里突然出现一个声音，所有人都看过去——说话的人是阮俊熙——13 班选出的临时班长，24 岁的大学毕业生。此刻他涨红着脸，似乎对台子上这个人的所作所为再也忍受不了了：“我不知道这一切究竟是怎么回事，但实在是太疯狂了！我不能接受这样的事！”

“英语老师”冷冷地注视着他，用一种令人发怵的语调缓慢地说道：“这么说，你现在就打算弃权，退出这场竞争？我可以满足你。”说着，他伸出一根手指，指向教室中间的年轻人。

“你……你想干什么？”阮俊熙本能地感觉到了死亡的威胁，他全身颤抖起来。班上的另外49个人也紧张了。

台上的人盯着他说道：“我再问一句，你确实是要现在退出，是吗？”

阮俊熙愣愣地张着嘴，嘴唇掀动了几下，没能发出声音。

“回答我，”讲台上的人散发出来的压迫感令在场的人都透不过气来，“立刻。”

阮俊熙全身抽搐了几下，恐惧地摆着头。“不……不是。”他埋下头，全身冒着冷汗。

台上的人眯着眼睛看了他几秒，然后扫视了全班一眼，说道：“接下来我说话的过程中，如果还有谁像刚才那样打断我，提出异议，我将不再询问他（她）了，直接视为弃权。而‘弃权’代表的是什么，你们完全可以尝试一下。”

班上出现了死一般的沉寂，谁都不敢以身试法。讲台上的人继续说道：“实际上，刚才那个男生倒是说到点子上了——50个人互相搏杀，最后胜出一个人——没错，这件事的实质就是这样。你们50个人，最后只会有一个人获胜，而这个人的能力将是初始能力的50倍——这是一个能够逆天的超强能力。也是他（她）成为‘新世纪的神’的条件和资本。”

班上的人都恐惧地看着他，没人敢开口说话。他舒了口气，说道：“我知道你们在想什么，这是一个残酷的游戏——这一点我一开始就声明了。老实说我也是这样认为的，但我希望你们能明白，和整个世界的命运比起来，牺牲49个人始终还是值得的——起码最后获胜的人会这样认为。

“不过说到这里，我要提醒你们一件非常重要的事情——这场竞争的时间不是无限的，只有一年期限。如果一年之后，你们没能决出胜负——就是说没人能成为最后的胜者，那么等于集体放弃了这次上天给的机会。最后的结局将是全灭——你们50个人会全部死亡。而且，世界也将迎来末日。”

教室里的空气就像凝固成了冰，坐在下面的每一个人都感到寒意砭骨。他们惊恐地睁大了眼睛，有些人捂住了嘴，惶恐地摇着头。那个人继续说道："我要告诉你们的基本上就是这些，规则已经讲明，这场竞争从今天起就开始了。一年之后，我会再次降临，确定结果。我希望最后能看到一个拥有 50 倍能力的人出现，并见识他（她）如何拯救世界。"

说到这里，他垂下目光，有些黯淡地说道："当然，也可能是见识他（她）如何毁灭世界……"

他的话很多人都没有听清，但不敢开口询问。坐在第一排的陆晋鹏听清楚了，却不明白是什么意思，也不敢问。

"好了，我已经完成任务了。"他抬起头说道，"哦，对了，还有一个重要的问题——我是谁？你们一定很关心。那么，听好了，你们现在所面临的这件事，在地球上曾发生过不止一次。而我，就是上一届竞争中的获胜者。我的名字不便透露，你们可以称呼我为'旧神'，而我的能力之一，就是你们现在看到的——可以附身在任何人身上，借助不同的人做不同的事。而组织新一轮的竞争——是我身为'旧神'的职责和使命。

"我的名字，你们不用获知；你们的名字，我也不感兴趣。我只关心一年之后，你们当中谁能胜出。在此之前，你们对我来说只是 1 ～ 50 号选手而已。对了，这所培训中心每个班的学员，都有 1 ～ 50 的临时学号？这很有意思，在这场竞争正式开始之前，也就是现在——你们可以和我一起预测一下，最后获胜的会是几号选手呢？"

这个浑蛋"旧神"，他把这场残酷的竞争当成赌马了？孙雨辰恼怒地瞪着讲台上的人，然后思量了一下——自己的学号是 19。五十分之一的概率，该死，胜率太低了！

我的学号是 41。贺静怡在心里悲观地想道。我永远不会成为获胜的人。要我去和别人拼杀，这不可能。

我的学号是 5。陆晋鹏暗暗思忖。如果我刚才所选的能力足够强大，也许我真的能……但是，其他人的能力又是什么？也许比我更强？

我的学号是 12。杭一不安地想道。要我和这个班的另外 49 个人互相厮杀？

不……我刚才未经思索就在纸上写下了“游戏”两个字，只是因为我喜欢玩游戏而已。怎么会想到利用它来战斗？

最惶恐不安的，是米小路。我不是这个班上的人，我没有这个班的学号！但是，我现在坐的这个座位的主人，今天没有来上课。难道，天意要我取代他来参加这场竞争？

讲台上的人能看出来，下面的50个人都在思索着与自己相关的事情。他嘴角轻轻上扬，似乎这种局面正在他的预想之中。“好了，我的使命完成了。幸运的话，一年之后，你们当中的一个将再次见到我。我期待和他（她）的重逢。”

说完这句话后，英语老师的身体像之前那样猛烈地抽搐了一下，似乎一些东西抽离出身体，飘然而去了。他像从睡梦中醒来那样，愣愣地看着下面的人，神情茫然，显然不知道刚才发生了什么事。

台下的50个学员，看到上面那个人的神态和眼神，明白他们的英语老师回来了。但一时间，教室里竟然没有一个人说话。刚才发生的事，对这个教室里的每一个人来说，就像一场梦。

这时，课间休息的铃声响起了。英语老师只有在一片茫然中宣布了下课。

杭一看着米小路，很想问问他，刚才到底在纸上写了什么；但米小路只是看了他一眼，就一言不发地站起来，走出教室了。他手里，紧紧地捏着那张纸，揣在衣服口袋里。杭一明白了，他不想让自己知道。不只是他，这个班的每一个人现在都有了一个秘密。

突然，他心中像刮进了一股冷风，令他打了个寒战——难道，真如那个“旧神”所说，这场残酷的竞争，从现在起就拉开帷幕了吗？

八　初试能力

下课之后，班上的人都谈论起刚才发生的事情，教室笼罩在一片惶惑不安的阴云之中，各种猜疑、恐慌的声音充斥周围。杭一的两个好朋友——韩枫（男27号）和陆华（男9号），他们分别为了移民和通过雅思而来此培训——也聚拢过来。陆华喘着粗气说："太不可思议了，现实生活中，竟然会发生这样的事！"

"喂，你们说，我们算不算是被'神'选中的人？"韩枫一脸兴奋。

杭一看着他："你好像还挺高兴？"

"不能说高兴，但起码很刺激吧！"韩枫说，"难道你们不这样觉得吗？全世界几十亿人，上天竟然选中了我们这50个人！"

杭一和陆华对视了一眼，觉得韩枫的思维模式真是与众不同，接受能力也比一般人强得多——立刻就进入状态了。但杭一不得不泼他一盆冷水："按那个'旧神'所说，上天只是在我们50个人里面选出一个而已，另外49个都要在这场竞争中丧命！"

听杭一这样一说，韩枫好像才意识到问题的严峻性。但几秒钟之后，他又恢复了神采："暂且不管这个。如果那个'旧神'说的一切都是真的，那我们真的会获得超能力？"

"你现在有超能力了吗？"杭一问。

"现在？应该没这么快吧？"

"你试试看？"

韩枫突然露出惊惶的神色，摇头道："不行，我选的这个能力，不能随便试的……"

杭一和陆华疑惑地对视了一眼。陆华说："韩枫，你能告诉我们，你选的是什么能力吗？"

韩枫迟疑了一下，并没有回答，反问道："那你呢？你愿意告诉我吗？"

陆华也没有说出来。杭一皱了一下眉。这场竞争如果是真的，那谁都不敢轻易露底。好朋友之间也因此变得不真诚了。他不愿看到这一幕，岔开话题："算了，不说这个了。这件事到底是真是假，会如何发展，我们还是静观其变吧。"

三个人静默了一阵。很快，上课铃声又响起了。英语老师再次走上讲台，开始上课。

下午补习完后，杭一坐公交车回到家。

父母正坐在客厅里看电视。杭一很想告诉他们今天下午发生的怪事，但还是忍住没说。他太了解自己的父母了，他们只关心房价、物价、升职、股票等现实问题，不可能相信这种离奇的事情。所以，杭一只是跟父母打了个招呼，就进自己房间了。

杭一打开电脑，点开了ARC网络对战平台，选择《拳皇97》，昨天那个可恶的"南京小世界"居然又在。杭一亢奋了，决定报仇雪耻。

杭一进入和"南京小世界"的网络对战房间。他今天一开始就选了最强阵容，不敢有一丝懈怠。

第一局开战后，杭一又跟昨天一样招架不住了。他最拿手的八神庵很快就败下阵来，后面两个角色也被打得落花流水，几乎无还手之力。眼看着"南京小世界"仅凭一个草薙京就快要打赢他三个人了。杭一盯着自己逐渐减少的血槽，顿时生出一种无力感。真不想输得这么惨……一会儿又要被这家伙奚落挖苦了，该死！

正这样想着，突然，杭一的眼睛睁大了。他惊讶地看见，电脑屏幕上出现了不可思议的一幕——自己所操作的角色的血槽，本来马上就要减完了，却在一瞬间加满了。而且，不管对手怎么打，都不会再掉血了。

他惊愕地张大了嘴，震惊得都忘记操作了。而同时感到惊奇的，显然还有他的对手“南京小世界”。对方也停了下来，仿佛在思考这是怎么回事。

这时，杭一又注意到，游戏里的时间也暂停了——加上自己又不会掉血——等于进入了无敌状态。

难道，我真的拥有了控制“游戏”的超能力？并且刚才在无意中启动了？

在他发呆的时候，“南京小世界”又发起了一轮猛攻。屏幕上，杭一的七枷社被打得稀里哗啦，但就是不掉一丝血！“南京小世界”好像进入了疯狂状态，打得越发狠了，但同时丧失了冷静，露出了破绽。杭一定了定神，抓住时机反击，扳回了一局。

后面的两局，显然是极度不公平的。杭一的角色处于无敌状态，简直成了打不死的小强。这样的话，对手再强也只有输的命。很快，“南京小世界”就输掉了这一局。

一句充满怨愤的话发了过来——你丫开了挂？靠作弊赢，算什么本事！

杭一没有回应。他知道自己赢得不光彩。不过他现在没心思跟对手解释了。他的心脏怦怦乱跳——此刻，他有更重要的事情需要马上验证。

杭一把房间门锁上了——本来父母规定不准锁门的，不过现在也顾不了这么多了。他从包里拿出中午米小路给他的那台白色PSV游戏机，进入《大蛇无双2》这个游戏。

游戏画面中，赵云正骑马杀入敌阵。杭一在心中默念：人物，升级；经验值，全满。

游戏就像被金手指修改过一般。现在，战场上的赵云每攻击一次就升一级，一分钟之内就从23级升到99级的满级了。而游戏中的经验值也变成了9999。

杭一把PSV缓缓放下，呆坐在床上，头脑里嗡嗡作响。他深吸了几口气，再慢慢吐出来，仍然无法抑制内心的激动。他现在浑身都在颤抖，头脑里血脉偾张。

我的天，我真的拥有了超能力，能控制“游戏”的超能力！

事到如今，毋庸置疑了。下午发生的事情——那个“旧神”所说的话，已经应验了！

当杭一清楚地意识到这一点的时候，头脑里忽然窜过一丝电流——如果我拥有了超能力，证明另外 49 个人，也成为超能力者了。

50 个人互相搏杀，最后胜出一个人 ——“旧神”的这句话浮现在了杭一的脑海里。他浑身打了个激灵。

用自己的超能力击倒对手，获得最后的胜利 —— 虽然杭一内心非常排斥这个残酷的竞争规则，可不管怎么说，他总要考虑自保。但是现在看来，如果他的能力是控制“游戏”——这简直是不利到了极点！

操纵游戏里的事物 —— 这种能力，用来夺得电子竞技比赛的冠军倒还不错。但是，怎么用来自保和对抗？如果其他人选的能力都很强，那我岂不是只有被秒杀的份儿？

想到这里，杭一无比悔恨。他意识到，自己实在是太失策了，他选的简直是个废能力。

怎么办？杭一忐忑不安地想。我该如何保护自己？

九　启示

贺静怡在培训中心打扫完卫生之后，赶回家做晚饭。今天回到家后，她并没有立刻做饭，而是从抽屉里找出家里仅余的四十一元零七毛钱，看着这些钱发呆。

今天下午那节课上，“旧神”要求他们在白纸上写下一种自己想要控制的事物时，贺静怡几乎没有思考，就写下了“金钱”两个字。

严格地说，金钱并不是贺静怡想要“控制”的事物，只是她迫切需要的东西——她和母亲无比困窘的生活，实在是太需要钱了。人在基本温饱出现问题的时候，其他事情就变得不那么重要了。“旧神”说的要他们 50 个人互相搏杀，最后胜出一个这样的事情，贺静怡并不是特别关心。她只希望自己真的能拥有控制或得到金钱的能力，改变目前的生活状况。

此刻，她盯着手中的四十多元钱出神，很想验证一下自己是不是真的获得了能控制金钱的超能力。如果是的话，贺静怡希望这些钱能迅速增加 10 倍或 100 倍。她在心中默默祈祷着。

但是几分钟过去了，捧在手里的钱一分都没有增加，该多少还是多少。

贺静怡心里苦笑了一下——我在期望什么？眼睁睁地看着钞票从 1 张变成 10 张、10 张变成 100 张？别做梦了，这是童话故事里才会出现的情节。

她失落地叹了口气，将钱放回抽屉，到厨房做饭了。今天的菜只有一样，盐水泡小黄瓜。

贺静怡做好饭，先喂母亲吃，然后才自己吃。

洗完碗之后，贺静怡本想看一会儿书。但她看了一眼放钱的抽屉，忍不住想去看看，会不会出现奇迹。

神啊，求你了，让这件事成真吧。让我拥有能维持这个家基本开销的金钱，我就满足了，我不奢求太多。

她闭上眼睛，拉开抽屉，把内心的话默念了三遍之后，睁开眼睛。

抽屉里躺着四万元人民币。

贺静怡多希望是这样啊，但可悲的是，她看到的还是那可怜巴巴的、叠得整整齐齐的四十一元零七毛钱。

这一次，贺静怡真的绝望了。她不再抱有这种不切实际的幻想，而是走到破旧的小木桌旁，打开 15 瓦灯泡的小台灯，看一本从二手书摊上淘来的旧书。今天下午那节课上发生的事情，她认为是上天开的一个玩笑。

11 点钟，贺静怡帮母亲洗脸和擦身子后，才自己洗漱。之后躺上摇摇晃晃的小床，睡着了。

夜里，贺静怡做了一个梦。

她怀揣着四十一元零七毛钱，走在上学的途中。一路上都是卖各种零食的商店和小吃摊，看着就让人直流口水。即使是在梦中，贺静怡也知道自己的经济状况是不允许乱花钱的，但她还是忍不住问了其中一家卖锅巴洋芋的老板："多少钱一份？"

"五毛钱。"老板笑吟吟地说，"来一份吧，小姑娘。"

五毛钱？贺静怡诧异地想，这么便宜？她知道，一般的锅巴洋芋都是四元或五元一份。

"那……来一份吧。"贺静怡说。

"好嘞。"老板夹了几个煎得金黄油亮的土豆，剁成小块之后，撒上各种调料和葱花，装在一个纸盒子里，满满一大碗——端给贺静怡。

贺静怡吃着锅巴洋芋去往学校。一路上的小吃摊主都在招呼她——"小姑娘，来碗凉面吧，五毛钱一碗。""烤肉串要吗？一元五串。""雪糕、冰棍，两毛钱一根。"

贺静怡觉得不可思议（当然她没意识到这是在做梦）。这是怎么了？赶上什么优惠活动了吗？怎么所有的东西都这么便宜？

这种事情对贺静怡来说，实在是太诱人了。她忍不住又买了两三样小吃，一共才用了不到两元钱。

这一路买一路吃，终于到学校了。贺静怡发现，面前的学校是她以前读过的小学。她正发呆，身边走过来一个穿着校服的小女孩，是自己曾经的小学同学刘思扬。她看到自己买了这么多零食，惊讶地说："贺静怡，你可真有钱啊，买这么多吃的！"

被人说"有钱"，是贺静怡生平第一次——就算是在梦中都是第一次。

"哪儿呀，这些东西今天特别便宜，我才买的。"贺静怡解释道。

"便宜吗？"刘思扬疑惑地说，"天天都这个价呀。"

"啊，真的吗？"贺静怡不敢相信。

"可不是吗？瞧你买这么多，花了两块钱吧？"

"嗯，差不多。"

刘思扬啧啧地咂嘴，羡慕地说："我每天最多只能买五毛钱的零食，可不敢像你这么奢侈——我一个月零花钱才十五块钱呢。"

"什么……十五块钱？"

"那你有多少？"刘思扬试探着问。

贺静怡把兜里的钱全都翻出来数了一下，说："刚好还有四十元。"

"哇！四十元，这么多！"刘思扬夸张地叫了出来，"贺静怡，你可真是有钱人呀！"

"四十元……很多吗？"贺静怡觉得啼笑皆非。

"你不觉得多吗？这可是我三个月的零花钱呢！"刘思扬摇着头走了，好像觉得跟贺静怡这种"富人"没什么好说的了。

贺静怡完全呆了，她在原地站了一会儿，又有几个小学同学经过，跟她打招呼。贺静怡低头瞧了自己一眼，原来自己也是个七八岁的小学生，难怪刚才卖东西的摊主都叫她"小姑娘"呢。

这时，贺静怡有点儿意识到这是在梦中了。她也明白过来，为什么一路上的东西都这么便宜——在她读小学的时候，这些零食和小吃本来就是这么便宜的。

意识到是做梦后，一般很快就醒了。贺静怡睁开了眼睛。

她看到的，是黑暗中自己破烂不堪的家。

贺静怡躺在床上，轻轻吐了口气，回味着梦境的内容，嘴角不自觉地扬了起来。在梦中，她回到了十多年前，那个时候的物价和消费水平还很低，所以，拥有四十元钱的她，在当时来说，都算是小学生中的“富人”了。

如果真有这样的事，那该多好啊。贺静怡做起了美梦——假如能把现在赚的钱拿到十年或几十年前去用，就能买到便宜数倍的东西。这样的话，一个带着一万元回到二十年前的人，就是那个时代的百万富翁了。

突然，贺静怡的眼睛一下睁大了。她想到了自己的“能力”。

这个梦，会不会是神给我的启示？

虽然我不能让金钱增加，但是，也许我能控制金钱的升值和贬值？

贺静怡决定明天试一下。

十　隐藏祸心

下午补习完后，陆晋鹏和侯波（男 33 号）一起回家，他俩住在同一个小区。侯波 24 岁，高大强壮——身高一米八，体重九十公斤——瘦小的陆晋鹏和他走在一起，就像小人国的公民。

今天显然是特殊的。下午那节课发生的事情太不可思议了，他们一路上都在谈论，猜想着以后可能出现的状况。

“假如那个‘旧神’说的是真的——我们 50 个人各自拥有了超能力，你觉得会发生什么事？”侯波说，“补习班的人，真的会互相厮杀吗？”

陆晋鹏耸了一下肩膀：“我不知道，你觉得呢？”

侯波捏着下巴，思索着说：“我觉得，毕竟大家在一起补习了一个多月，总是有感情的，应该没人会真的出手吧？”

“嗯，确实。但是……”

侯波见陆晋鹏没有继续说下去，问道：“但是什么？说呀。”

陆晋鹏犹豫了一下：“要说故意袭击某人，应该没人下得了手。但人总是有好奇心的，也许……有人会想试一下自己的超能力呢？”

“试试自己的超能力有多厉害？”

陆晋鹏不安地点了点头。

侯波显然觉得陆晋鹏的话有道理，他担忧地说：“只要有一个人这样做了，势必会引起其他人的恐慌。到时候，大家都不愿坐以待毙，会纷纷出手的。”

陆晋鹏看着侯波："也许，那个'旧神'算准了这一点——他知道我们肯定会走向互相厮杀这条路的。"

"太可怕了。"侯波倒抽了一口凉气，"我希望这一切不是真的。"

陆晋鹏沉吟片刻："侯波，你感觉自己现在拥有超能力了吗？"

侯波停下脚步，闭上眼睛，似乎在试验什么。过了一阵，他睁开眼睛，摇头道："我感觉不到……"

陆晋鹏发现侯波的脸不知为什么涨红了，他疑惑地问："你怎么了，好像有些紧张？"

"没什么……"侯波迅速将话题引开，"你呢？你能感觉到吗？"

陆晋鹏没发现自己有什么变化，说："我也感觉不到。"但他此刻真的非常好奇，很想问问侯波选的能力到底是什么。可是他考虑到，这种问题是非常敏感的。况且，如果侯波说了，那他也就只能把自己的能力说出来——也许对他们双方来说这都不是好事，所以忍住了。

这时，他们已经步行到了公交车站台，正好有一路他们要坐的公交车开了过来。两人停止聊天，跨上公交车。

侯波注意到陆晋鹏没有刷公交卡，而是投了两元钱在箱子里，他问道："你的公交卡呢？"

陆晋鹏没有隐瞒，把实情告诉了侯波："昨天晚上我回家时，被两个地痞抢了。"

"什么，你被抢劫了？"侯波惊讶道。

"没事，损失不大。"

"我觉得你需要加强锻炼，这样那些人就不敢找你麻烦了。"侯波说。

陆晋鹏苦笑了一下。

侯波思索一下，说："这样，我教你一招。以后你要是再遇到这种情况，保准管用。"

陆晋鹏点了点头。

侯波说："那些地痞叫你把钱拿出来的时候，你就乖乖答应，然后把手伸到裤兜里假装掏钱。这个时候，他们必然认为你是好欺负的类型，注意力也集中在你掏钱的动作上，不会有任何防备。这时，你猛地把手抽出来，然后用尽全身力气往他胸口一推！这种情况下，任何人都会被推倒，摔个屁股蹲儿。你就别管他摔成什么样了，只管撒开腿跑就是！”

“如果对方有两个人呢？”

“你就把那个人往另一个人身上推呀，就算不能把两个人都推倒在地，起码能掀他们一个趔趄，那也够你逃跑了。”

“你说得轻松，恐怕实践起来没这么容易吧？”

“我小时候遇到抢钱的小混混，全靠这招脱身呢！只要经过练习，一定奏效。”侯波说着来劲了，“来来来，你现在就拿我试验一下。”

“车上这么多人，怎么试？算了。”陆晋鹏和侯波现在站在公交车中间，一人拉着一个吊环。车上虽然没有挤满人，但也不空旷。

“你试试那个动作就行了，还有假装掏钱要演像一点儿。”侯波招手，示意陆晋鹏做给他看。

陆晋鹏看看周围也没人注意他们，就按照侯波说的，右手伸进裤兜，假装掏了两下，然后冷不丁抽出来，朝侯波胸口一推。

其实，陆晋鹏也就是完成这套动作给侯波看看，推那下根本没用力气——他本来也没多大力气。但是，令人惊愕万分的事情发生了。

像只灰熊一般又高又壮的侯波，仿佛受到了一股非常强大的冲击力，他抓着的吊环“啪”的一声被扯断了，整个人猛地朝后面飞去。他身后站着七八个人，像被保龄球撞倒的瓶子一样，东倒西歪地全都摔在了地上，侯波结结实实地压在他们身上，半天爬不起来。

一瞬间，公交车里炸开了锅。被撞倒的人大声叫唤着，前面的乘客目瞪口呆地看着这一幕，不知道发生了什么事。

司机通过监控器看到后面倒了一片人，一脚刹车停了下来，转过身问道：“发生什么事了？我刚才没有拐弯和急刹车呀！”

前面的几个乘客走过去，先将侯波拉了起来，又分别扶起被撞倒的人，询问他们有没有受伤。有一个女乘客的头碰到了扶手上，脑袋上出了血。大家又手忙脚乱地找东西帮她止血。

车上的人忙着做这些事情的时候，忽略了中间站着的一个人。这个男生身高一米五八，体重四十公斤，看上去手无缚鸡之力。但现在车上的混乱，是他造成的——他心里非常清楚——就因为他那轻轻的一推。

陆晋鹏整个人都石化了，他目瞪口呆地看着眼前的一幕，呼吸暂时停止了。

他不敢相信，这是他做的。

今天下午那节课上，他在白纸上写下了他最渴望拥有的东西——“力量”。

他得到了。毫无疑问。他现在已经是超能力者了。他拥有能控制“力量”的能力。

想到这里，陆晋鹏体内的血液快要溢出血管了，他一辈子从来没有这么激动过。而且，他没有忘记“旧神”说的话，他现在的能力只是最弱的1级。他刚才只是不经意地、轻轻地一推。

如果我用尽全力，又会发生什么事呢？

如果“升级”的话，又会如何呢？

陆晋鹏的身体没动，脑子里却在一瞬间冒出若干个设想，难以自控。

这时，侯波终于缓过劲来了，他揉着摔疼的屁股走到陆晋鹏面前，瞪大眼睛和他对视着。

“你……”侯波欲言又止，似乎猜到了什么。

陆晋鹏也瞬间意识到了这一点——其他人不明白这是怎么回事，但侯波通过刚才这一出，显然能猜出他的能力了。

他们俩没有说话，眼神交流了一切。

突然，陆晋鹏萌生出一种不安的念头——我的能力被侯波洞悉了，他会说出去吗？而且这样一来，岂不是我在“明”，他在“暗”？对于竞争者来说，这绝对是大大的不利。

在他暗暗思忖的时候，公交车司机打开了后门——那个被撞伤了头的女乘客需要马上送往医院。有人扶着她下车了。

陆晋鹏和侯波对视了一眼，两人也很有默契地跟着下车了。他们心里清楚，要是被清查出始作俑者是他们，那就麻烦了。

两个人走在路上，很久都没有说一句话。终于，侯波忍不住了，全身哆嗦了一下，说道："陆晋鹏，'旧神'说的是真的！我们真的成为超能力者了！刚才的事情，就可以证明这一点！"

"没错。"陆晋鹏绷着脸说道，"同时，你也知道我的'能力'是什么了，对吗？"

侯波张了一下嘴，他无法否认："……是的。"

陆晋鹏停下脚步，注视着侯波："你不会说出去吧？"

"你不希望别人知道……"

"当然，'旧神'提示过我们——让对手获知自己的能力绝对是不明智的。"

"对手？"侯波摇着头说，"陆晋鹏，你现在已经把补习班的其他人当成对手了吗？"

陆晋鹏叹了口气："不是我要把他们当成对手，而是经过刚才那件事，我知道一切都是真的！'旧神'说的那场'竞争'，会变成事实。我几乎能预测到，在不久之后——13 班的 50 个人都发现并能控制自己的能力之后，一定会有人先下手为强的！到时候，不管我心里怎样认为，我们 50 个人事实上都会变成彼此的敌人！"

侯波后背一阵发凉，似乎被陆晋鹏的话吓到了。

陆晋鹏深呼吸一口，舒了口气："不过，侯波，我们是朋友。起码暂时来说，我们是不会向对方下手的，对吗？"

侯波赶紧点着头说："当然。"

"那你要保证，一定不会把我的能力透露给其他人知道。"

"放心吧，我不会的。"

陆晋鹏微微点着头，说道："既然是这样，那咱们能不能彼此坦诚一些，也公平一些——你已经知道了我的能力，能不能把你的能力告诉我？"

侯波犹豫了一阵，说："不是我不愿意说，而是现在我根本没感觉到有超能力。我答应你，如果我感觉到了，确定自己的能力之后，一定告诉你。"

陆晋鹏看着他的眼睛："好吧，就这么说定了。"

他们又步行了一段路，到了居住的小区。两人各自回家。

侯波走了几步之后，停了下来，看着陆晋鹏的背影。

他突然全身打了个激灵，然后重重地吐出一口气。他觉得自己装得好累。

有件事，他没有对陆晋鹏说实话。

其实，在他们上车之前——就是陆晋鹏叫他试一下有没有获得超能力的时候，他就已经试出来了。

那时，他用出了自己的超能力。只是陆晋鹏并不知道。

他的超能力比较隐蔽，不是直接能看到或感受到的——也许这是他最大的优势——侯波心里非常清楚。所以，他对陆晋鹏说了谎，隐瞒了这个秘密。

现在，他思考的是另外一些事情。

他已经清楚地知道，陆晋鹏的能力是“力量”——这是一个强大的能力，他刚才亲身感受到了，知道这个能力的可怕之处。如果不是在受到冲力的一瞬间，他启动了自己的超能力，恐怕他会像炮弹一样飞出车窗外，当场毙命。

老天，我差点儿莫名其妙就死了。侯波打了个寒战，无比后怕。幸好我反应快，马上用我的能力改变了状况，而且没让任何人察觉到，才只是撞倒一些人，摔在地上而已。可怕……陆晋鹏的能力当真可怕。特别是，他现在才 1 级，如果让他升了级，后果将不堪设想。

想到这里，侯波心里冒出一个罪恶的念头——也许，我应该在他成长起来之前，把他……就像他说的一样，早晚会有人先下手的，我为什么要处于被动呢？

十一　隔空移物

晚上，孙雨辰回到自己租的房子后，坐在电脑面前，盯着他收集的色情图片和视频。

今晚，他并不想手淫——前几天估计已经把身体掏空了。他现在有更重要的事情需要验证。

下午那节课上，孙雨辰在白纸上写下了“意念”两个字。本来他是打算写“意志”的，但觉得似乎太过抽象了，就改成了意念。

现在，孙雨辰非常想知道，自己到底有没有获得用意念来控制事物的超能力。

他盯着电脑里的几个文件夹，心里想着——不要再出现在我面前，彻底消失。

但是好几分钟过去了，文件夹还在屏幕上，没有任何变化。

孙雨辰感到有些沮丧。他怀疑那个所谓的“旧神”是否真的存在。

突然，他的眼睛一亮，看到了令人惊奇的一幕。鼠标指针竟然自己移动到了“日本AV女优”这个文件夹上，然后自动弹出选项，选择了“强力删除”。进度条闪了几下，这个文件夹就消失了。

孙雨辰全身的血一下涌到了脑门，他猛地蹿起来，兴奋地叫道：“我真的有超能力了！”

接着，他又盯着另一个文件夹。果然，和刚才一样，“欧美艳星”这个文件夹也以同样的方式被删除了。

激动万分的同时，孙雨辰感到不可思议——这是我运用意念做到的吗？如果控制意念能够更改电脑上的内容，那其他方面应该也能做到。天啊，这个能力岂不是万能的？

为了进一步验证自己的想法，孙雨辰抑制住激动的心情，快步走到客厅，打开电视。

电视上现在是 405 频道，孙雨辰在心中下令——换台。

大概只用了一分钟，超能力就启动了，电视频道自己向上切换着——406、407、408……

成功了！孙雨辰欣喜若狂，他产生了更大胆的设想——我能不能改变电视节目的内容呢？

电视上播放的是一部连续剧，孙雨辰集中精神，凝视着电视屏幕，在心中默念——把连续剧换成新闻。

但这次没能奏效，连续剧依然我行我素地播放着。孙雨辰思忖着，看来这个能力还做不到心想事成。也许像那个“旧神”所说，我现在的能力只有 1 级，或者是，我还没能完全弄清这个能力该如何运用。

孙雨辰决定再多试几次，他迫切地希望能熟练运用控制意念的能力。回到自己房间，他坐在电脑前，又开始用意念对电脑进行各种操作。他的手一动不动，但鼠标指针却在屏幕上晃动，完成着各种指令。

孙雨辰无意间瞥了一眼鼠标，这才发现，原来鼠标在自己移动着，左键和右键也随着他内心的各种指令而自动点击着。

孙雨辰明白了，他并不能直接控制电脑中的事物，而是用意念控制鼠标完成。就像刚才对电视机的操作一样，控制的实际上也只是遥控器。

这么说，我的能力实际上是用意念操纵物体？就像传说中的“气功”一样，能进行隔空移物！

想到这里，他准备马上试一下。孙雨辰盯着书架上的一本杂志，思维集中在上面，默念——到我面前来。

书架轻微晃动了两下，那本杂志从一堆书中抽了出来，浮在空中，慢慢向孙雨辰飞过去。

孙雨辰激动得全身冒起鸡皮疙瘩。成功了，我真的做到了隔空移物!

可是，就在他这样想的时候，书突然掉了下来，落在地板上。孙雨辰一愣，随即明白了——失败的原因，一定是自己走神了。看来，这个能力需要多加练习才行。

此刻，他完全沉浸在获得超能力的喜悦之中，彻底忘了“旧神”所说的话——他们获得的超能力，不是用于好玩的，而是互相厮杀的工具。

孙雨辰丝毫没有考虑用超能力拼杀这样的事。他只觉得这实在是太神奇了。而且他认为，自己的能力“意念”能做到的，远远不只隔空移物这么简单，肯定还有别的应用，需要他进一步探索。他相信只要能熟练掌握，自己的能力一定是最强能力之一!

十二　觉醒之夜

米小路本来是想上完课后，跟杭一一起回家的。但因为下午第一节课的突发事件，他取消了这个计划，也取消了打算跟杭一表白的计划。

情况有变。假如下午发生的事情是真实的——他真的拥有了控制“那个”的超能力，那么一切都将改变。

米小路很想马上试一下，但想不出该怎样试。

一路上，他都在思考这个问题。为了获得独自思考的时间，他没有坐车回家，而是选择步行。

走了一个小时，米小路还是一筹莫展——他选的这个能力比较抽象，一时想不出该怎样运用。

这时，米小路经过一家烧烤店，觉得肚子有些饿了，想吃点儿东西，也顺便坐下来好好思考一下。他走进店内，对老板说：“烤二十串羊肉，十串土豆。”

“好嘞，在这儿吃还是带走？”

“就在这儿吃，再开瓶可乐。”

米小路选了一张小方桌坐了下来，用吸管喝着可乐。烧烤店里除了他还有三桌人。有两桌都是五个人以上，开心地吃着喝着，吹牛聊天。只有另外一张小方桌旁，坐着一个三十岁左右的男人，一个人面无表情地喝着闷酒。米小路注意到，他桌子下面摆着一件啤酒，已经喝了一大半了。

米小路没怎么在意，他还在思考着自己的心事。老板一会儿就把烤肉串拿过来了，米小路开始吃。

刚吃了几串，突然听那个喝闷酒的男人大喊一声：“老板，再抱……一件酒过来！”声音中带着明显的醉意。

老板有些为难地走过去，搓着手说：“先生，你一个人喝得了这么多吗？别喝醉了……”

那男人乜了老板一眼，打了个酒嗝，满脸通红，摇摇晃晃地说道：“你什么意思？怕我……没钱结账是不是？”

“不不，我不是这个意思……”

男人从裤兜里摸出钱夹，在厚厚的一沓钱中抽了五张一百的出来，拍在桌子上：“够了吧？拿去！”

“哎哟，先生，你看，我真不是这个意思。”老板一边说，一边笑着把那五百块钱收了，“我是提醒你一下，怕你喝醉了伤身。”

“你少管这么多！”男人醉醺醺地说，“只管把酒抱来就是！还有……再烤两份脑花。”

“好嘞好嘞……”老板连声应承，招呼伙计抱酒。

米小路看得出来，这个男人完全是在故意酗酒买醉，但不知道他为什么要这样。这时，他听到身后那一桌有个人小声地跟同伴说：“这个人失恋了，借酒浇愁。”

“你怎么知道人家失恋了？”同桌的一个女人小声问。

“我刚才出去买烟的时候，听到他在外面打电话，哭着求一个叫什么静的女人原谅他，但是对方很快就挂了电话——这还看不出来是怎么回事吗？”

“肯定是个犯了错的男人。”

“别说了，被人家听见……”

后面的话，米小路听不清了，但他估计也是这么回事。现在，这个男人又自己用开瓶器打开了一瓶啤酒，仰起脖子就灌下去大半瓶。

突然，米小路浑身一震。这不正是个机会吗？我可以用这个男人来试验一下我的能力。

米小路停止吃东西，从后面默默地注视着这个买醉的男人。

这男人喝下那大半瓶啤酒后，醉得更厉害了，情绪也显得更加低落。他伏在桌子上，表情悲伤，嘴里似乎在念着一个人的名字，眼泪也随着淌了下来。

突然，这个男人直起身子，迷茫涣散的眼睛睁开了，仿佛酒在一瞬间醒了。渐渐地，他的嘴角露出笑意，表情变得明朗起来，就像阳光洒在了脸上。

他站起来，走到店内的卫生间，用清水洗了一把脸，出来的时候，整个人的精神状况已经截然不同了。他笑容可掬地看着每一个人点头，转变之大，令所有在场的人都呆住了。

老板大概担心这个人的精神出了问题，害怕他突然间做出什么出人意料的举动来。他诚惶诚恐地走过去问道："先生，你没事吧？那酒……就别喝了。"

男人微笑着拍了一下老板的肩膀："没事，我知道自己的酒量。今天高兴，就再多喝几杯吧！"

"高……高兴？"老板反应不过来了。

"是啊，"男人爽朗地笑着说，"我刚才突然想通了，人生总要经历很多不如意，只要翻过这一页，就是一个新的开始，当然是值得高兴的事！"

"说得好！这才是男人该有的态度！"旁边桌子的一个中年大叔忍不住拍起手来，赞叹道，"年轻人，其实我先前就看不下去你在那里借酒浇愁了。正想来劝劝你呢，结果你自己想通了。来，我敬你一杯！"

男人听到这句话，走到自己的桌子旁往杯子里倒满酒，端起杯子走到那一桌去，说道："刚才让你见笑了。"他又对整间店的人说道，"也让大家见笑了。这杯该我敬大家！"

"别说敬不敬的，为你刚才说的那番话，为了新的明天，我们大家一起干一杯！"中年大叔说。

"好！"店里所有的人都站了起来，共同端起杯子，说道，"为了新的明天，干杯！"

有人给老板和两个伙计，还有米小路也倒上了酒，烧烤店里的所有人都沉浸在欢乐之中，干了这杯酒。

米小路喝下这杯酒的时候，全身都忍不住在颤抖。他竭力压制住自己的情绪，没表现出什么异常。

但他内心的欣喜和激动，此刻正像火山般喷涌爆发。

他心里清楚，刚才这一切，都是他利用自己的能力做到的。

今天下午那节课上，他写在白纸上的，是“情感”两个字。

现在，他已经得到证实，自己真的获得了控制人类情感的能力。

刚才，他尝试着控制这个失恋男人的情绪，让他从悲伤变为喜悦。很显然，他成功了。而这个男人，又将欢乐的情绪传递给了在场的每一个人——这不是米小路做的，而是自然而然的。

如果我能操控人类的“情感”，我几乎可以做到任何事。米小路突然意识到，自己的能力有多么强大。但这并不是他最在意的事，他的目的只有一个——杭一。如果我能用自己的能力，让杭一哥爱上我……上帝啊，就算只让我活一年，我也知足了！

烧烤店里的人沉浸在了欢乐的海洋中，现在几桌都合并在一起了。起先酗酒的男人宣布今晚全部由他买单，引来大家一阵欢呼。而老板也宣布今晚的菜和酒水都打八折，又是一阵欢呼。

米小路也被这种欢乐的气氛感染了，他此刻的心情简直好到了极点，如果不是因为时间晚了，他真想留在这里跟他们一起喝酒庆祝。米小路跟大家打了个招呼，先走了。

刚刚走出烧烤店没几步，米小路突然听到店内那个中年大叔说道：“咦，你怎么了？不是已经想开了吗？怎么又哭丧着脸了？”

米小路心中一惊。他退回去看着里面，发现失恋的那个男人，竟然又是一副悲伤的表情了。他说道：“我还是忘不了她……我一想起她，心就痛……”

店内的人显然不明白这人的情绪怎么如此反反复复，都有些失望，不知该说什么好。

站在店门口的米小路，彻底呆了。

过了片刻，他明白过来。

看来，我的能力有一个“范围”。也许不只是我，我们 50 个人的能力都是这样，只有在能力范围内，才能发挥作用。

这样的话，我就算控制杭一哥的情感，让他喜欢上我，但只要和他拉开一段距离，能力就失效了。米小路的心凉了。我总不可能让他一辈子守在我身边，寸步不离吧？

就在他无比失落的时候，突然想起了“旧神”说过的一句话——你们每个人现在的能力，都是最弱的1级。之后每升一级，能力就会增强一倍。

如果我的能力变强了，是不是对情感的控制能力也会增强呢？也许能力范围也会增大？

但是，升级的方法只有一个。米小路惊骇地想道。击倒竞争对手——另外的49个人。

不，我的对手只有48个。

星期五的晚上——也可以说是“第一个晚上”——杭一（男12号）、陆晋鹏（男5号）、侯波（男33号）、孙雨辰（男19号）、米小路——已经通过各种方式证实自己获得了超能力。除了他们之外，还有十几个人，也分别试出了自己惊人的能力。实际上，不管有没有发觉，50个“竞争者”的超能力都在今晚觉醒了。

十三　暴风雨前的宁静

星期六早上，坐在杭一旁边的付天来补习班上课了。付天有一米八的个儿，俊朗帅气的外表，是补习班上的大帅哥，他是为出国深造而强化英语的。昨天他因为感冒，没来补习，恰好躲过了“那件事”。杭一早上看到他后，很想把昨天发生的事告诉他，但考虑到没经历过这种事的人，可能根本不会相信，所以忍住没说，只是作为朋友，关心一句：“病好了吗？”

付天满不在乎地说：“本来就没什么，只是发了点儿低烧而已，我妈就非得要我在家休息一天，小题大做。”

杭一昨晚就在思考一个问题——昨天付天没来，那他岂不是这个班上唯一一个没有超能力的人？而且他毫不知情。这样看来，他应该不算是竞争者之一。

付天发现杭一盯着自己若有所思，问道：“你看着我干什么？”

“……没什么。”杭一移开目光，忽然又想起了什么，问道，“对了付天，你在补习班的学号是多少？”

“你问这个干吗？”

“随便问问。”

“49 号。”

49 号。杭一暗忖。如果米小路取代了付天，那么这个 49 号，就应该是代表他的号码了。

付天发现杭一又陷入了沉思，着实觉得奇怪，说道：“杭一，你今天怎么怪怪的？想什么呢？”

杭一正不知道怎么解释，恰好有几个姑娘走过来，关切付天的病情——都是付天的仰慕者。杭一识趣地让开了，把座位腾给她们。

整个上午，让杭一颇感意外的是，班上竟然没发生什么特别的事情，也没人谈论昨天的事——大家跟平常一样上课、休息，仿佛什么都没有发生过似的。他搞不清楚这是什么状况，但心里总隐隐有些不安。

后来，事实证明，杭一的直觉是对的。星期六这一天的平静，就像暴风雨来临之前的海面那样——看似风平浪静，实际上危机四伏。

中午上完课后，付天叫杭一一起去吃饭，杭一答应了。两个人刚走出教室，迎面碰到了米小路。于是，杭一叫上他，三个人一起去一家餐馆吃中餐。

吃饭的时候，米小路旁敲侧击地打听杭一班上的情况——这正是他来找杭一的目的。他得知 13 班今天一切正常，没有任何特别的事情发生，也有些诧异，但没有表现出来。吃饭的过程中，付天又问起杭一干吗打听自己学号，被杭一搪塞了过去。米小路由此得知，这个 49 号，可能就是代表自己的号码。

吃完了饭，付天说想去旁边的一家商场买个新篮球。杭一也很喜欢篮球，表示愿意一起去挑选。米小路虽然没兴趣，但为了陪在杭一身边，就一同前往了。

走进商场，三个人来到卖体育用品的专区。这里琳琅满目有上百种篮球，杭一和付天眼睛都看花了。付天选了一个斯伯丁篮球，试了试手感，又在地上拍了几下，对杭一说：“这个不错，就它吧。”

付天见杭一没有搭腔，抬起头来，这才看到杭一愣愣地看着另外一边，好像看呆了。

付天皱了一下眉头——杭一看的那边是卖女式泳装的。他再顺着杭一的目光瞧过去，这才明白他在看什么了，说道：“那不是辛娜她们吗？”

杭一一怔，回过神来，问道：“你认识辛娜？”

“怎么不认识？我初中同学，当时可是我们班的班花呢。”

“哦，你们是初中同学？我跟她是高中同学。”杭一说。

“过去打个招呼吧。”付天说。

“……算了，人家在挑泳装呢。”

"她挑泳装跟我们有什么关系？妨碍打招呼吗？"付天说。这时，他注意到杭一满脸通红地瞄着辛娜，忽然有些明白了，嘿嘿笑起来，点着一根手指头说："我知道了，你小子……"

杭一反手一拳，捶了他一下："别瞎说呀！"

付天哈哈大笑："想不到你小子还挺清纯的，看到自己喜欢的……"

话没说完，杭一已经用手臂卡住了他的脖子，脸红到了脖子根："别胡说！"

米小路站在旁边，盯着对面的辛娜。他其实也认识她，见过几次面，知道她是杭一的高中同学，但他不知道杭一喜欢这个女生。杭一从来没跟他说过。现在看杭一的样子，还真像这么回事。

米小路心里突然酸酸的，很不是滋味。他用敌视的目光瞥了辛娜一眼。

对面的辛娜转过头来，看见了杭一和付天。她微笑着走过来，大方地喊道："付天、杭一，在这儿遇到你们了。"

杭一放开付天，整理了一下衣服。面对辛娜后，他的脸更红了，说起话来也不利索了："你……你好，辛娜！"

辛娜今天穿着一身蓝色格纹的衬衫裙，一头乌黑的披肩发，看上去亭亭玉立、楚楚动人。杭一每次看到辛娜，都脸红心跳，紧张不已。而且辛娜越漂亮的时候，他就越不敢正视她。他在心里骂自己没出息。

倒是辛娜显得落落大方，俨然一副大家闺秀的风范。她问道："你们俩刚才干吗呢？"

"没什么，闹着玩儿呢。"

辛娜轻轻笑道："多大人了，还跟小男孩儿似的，打打闹闹。"

付天说："这不怪我，是杭一，他看见你……"

杭一用手肘撞了付天一下，眼睛瞪着他。付天闭上嘴了。

辛娜看了他们俩一眼，说道："怎么？你们说我什么坏话了？"

杭一窘迫地摆手道："哪儿呀，怎么可能……"

"我开玩笑的。"辛娜被杭一的表情逗乐了，手遮着嘴咯咯地笑了起来。

杭一看到辛娜的笑脸，整颗心都要融化了。

米小路站在一旁，觉得自己此刻被遗忘了。别的人他不在乎，但他不能容忍被杭一忽视。他很清楚，杭一此刻的眼里和心里都只有一个人，就是这个叫辛娜的漂亮女孩。

米小路冷冷地注视着辛娜，他认为这个女人的存在，对他来说是种威胁。

突然，米小路的眼睛睁大了，他看到了奇妙的一幕。

辛娜的头顶上，竟然慢慢升起一个红色的小球。

米小路一开始以为自己眼花了，或者看到的是辛娜背后的什么东西。但很快，他知道这不是错觉，因为他又清楚地看到，杭一头顶上也升起一个红色小球，而付天的头顶上是一个白色小球。

这……这是怎么回事？米小路惊诧不已。这些小球是什么？而且，好像只有我一个人能看见？

这时，他又惊讶地发现，不只是杭一他们三个人，自己附近每一个人的头顶上，都出现了不同颜色的小球——蓝色、黄色、紫色……

片刻后，米小路明白了。这是他的超能力！他刚才无意间启动了！这些出现在每个人头顶上的小球，一定代表的是他们的情感或情绪！

米小路心中暗喜——我的能力竟然还有这种用途，能够显示出周围人的情感！他观察了一圈，又有了新的收获。通过目测，他大致估算出，自己目前的能力范围是以自己为中心，半径五米的一个圆。

为了证实自己的想法是否正确，米小路开始仔细观察身边的人——他想迅速弄懂每种颜色代表的意义是什么。

杭一现在看着辛娜在说话，头顶上是红色小球。米小路暗忖，红色应该代表的是爱慕和喜欢吧。

他又望向付天，付天不管在跟杭一还是辛娜说话的时候，头顶上都是白色小球。也许，白色代表的是一般的感情？既不喜欢，也不讨厌。

应该是这样。米小路看了看周围的人，大多数人头顶上都是白色小球。只有一些情侣的头上，才顶着红色小球。

他再注视辛娜，观察到了不同的情况。辛娜头上的小球随着说话对象的更替而改变着颜色——当她跟付天说话的时候，是红色；而跟杭一说话的时候，就变成了白色。

等等，这意味着，杭一喜欢的是辛娜，而辛娜喜欢的人是付天？想到这里，米小路心里略微放心了一些，对辛娜的敌意也减弱了一些。

在米小路暗暗观察的时候，杭一他们还在继续说着话，根本没意识到自己内心的情感被洞悉了。付天问辛娜："你们打算去游泳吗？"

"是呀，"辛娜说，"市体育中心的新游泳馆明天开始开放，这星期五折优惠呢。"

"对了，听说新游泳馆很大，挺不错的。"付天说。

"那你明天去游泳吗？"辛娜带着期许的神情看着付天，头顶上的红色小球放着光。

"我随便。"付天问杭一，"你去吗，杭一？"

杭一看到辛娜只邀请了付天，心里有些失落，但他真的很想和辛娜一起游泳，说道："好啊。"

"那就这么说定了。"辛娜高兴地说，"明天下午 3 点钟，在市体育中心的新游泳馆门口见。"说完，她做了个"拜拜"的动作，到对面找自己那几个同伴去了。

杭一盯着辛娜的背影，直到付天撞了他一下："行了啊，眼珠子都粘人家身上了。"

杭一收回目光，转过身后，这才想起还有米小路这个人。他问道："小米，你明天要一起来游泳吗？"

米小路并没有回答他的问题，而是问道："杭一哥，你喜欢辛娜吗？"

"小米，怎么你也拿我开涮？"

"我没开玩笑。你真的喜欢她吗？"

杭一没想到米小路问得这么认真，挠着头说："有……那么一点儿吧。"

米小路的心在下坠，表面上却要强装笑颜，以一种好哥们儿的立场说道："杭一哥，你这可有点儿不够意思呀。怎么都没跟我说过？"

"喀，这有什么好说的呀。我只是……有点儿好感而已，不值一提。好了好了，不说这个了——哎，你还没回答我呢，你明天去游泳吗？"

米小路此刻的心情就跟杭一刚才一样。他清楚杭一想去游泳是为了看到辛娜，但他也想跟杭一在一起，所以答应道："好啊。"

“3 点钟啊，别忘了——付天，你的篮球选好了吗？”

他们买了篮球之后，又各自买了条游泳裤，然后返回培训中心。

对于明天下午的游泳，杭一充满期待。

他根本想不到，到时候会发生什么事情。

星期六下午上完课后，贺静怡没有立刻回家。她来到培训中心附近一家比较大的超市。

她并不是想买东西，只是想在这里试试自己的“能力”。

超市里的东西对于贺静怡来说，几乎都是奢侈品。她平常只敢在城乡接合部的菜市或者小副食店里买点儿便宜的食物和生活用品。超市里的东西普遍都要贵一些，尤其是当贺静怡看到某品牌的漱口水都要六十多元一瓶时，吓得直吐舌头。

她在食品区挑选了一些相对便宜的蔬菜和鸡蛋，还有一些特价商品，控制在四十元以内——她没有把握一定会成功。

贺静怡排队结账。轮到她的时候，收银台的女店员用划价器挨着给物品扫价，然后报出金额：“您好，一共是三十八元六毛。”

“好的。”贺静怡表面平静，心里却怦怦乱跳。她按照之前设想好的，从衣服口袋里掏出一元钱，看着它，不断默念——升值，升值，升值……

然后，她迟疑地把这一元钱递给女店员。

收银台的小姐盯着贺静怡手中的一元钱，愣住了。周围的人看到这一元钱，也全都呆了。他们眼里露出迷惑的表情，好像看到了外星球的货币。

贺静怡觉得空气都在这一刻凝固了。

几秒之后，女店员看着贺静怡说道：“小姐，我说的是三十八元六毛，您给我一元钱干什么？”

贺静怡心里绷着的那根弦“啪”的一声断了。她尴尬到了极点，也后悔到了极点。如果付钱买下这些东西的话，那就把家里最后一点儿钱也花光了。贺静怡涨红了脸，用蚊子一般细小的声音说：“对不起，我不想要了，可以吗？”

“不想要了？”女店员脸一沉，“东西都打包了，也划完价了，怎么能不要呢？你是来闹着玩的吗？”

这时，周围的顾客都议论起来。

“这姑娘怎么回事？买了又说不要，这不是耽搁时间吗？”

“买了一堆东西，拿一元钱付账？”

“人家都跟她说了三十八块六，她还递一块钱过去。”

“是啊，就算没听清，也不可能认为这些东西才一元钱吧？”

“我看呀，是这儿（指着脑袋）有点儿问题……”

贺静怡埋着头，面红耳赤，恨不得找条地缝钻进去。此刻，她只想立刻离开这里。她从兜里掏出四十元钱，迅速地付了钱，提着东西头也不回地逃离了超市。

走在街上，贺静怡的眼泪止不住地往下掉。她为自己刚才神经病一般的举动感到羞耻，也为自己花光了最后一点儿钱感到后悔。她再也不相信自己会拥有控制“金钱”的能力了。看来，这真的是上天开的一个玩笑，不要再抱有任何不切实际的幻想了。

十四　起点

星期天下午 2 点 50 分，杭一和米小路来到市体育中心的新游泳馆门口，见辛娜已经等在那里了。杭一高兴地走过去打招呼：“嗨，辛娜！”

“嗨，杭一！”辛娜微笑着挥手致意。

杭一左右看了看，说：“付天还没来吗？”

“嗯。”辛娜看了一下表，“还没到 3 点呢，等一会儿吧。”

杭一介绍米小路给辛娜认识：“辛娜，这是我哥们儿，米小路。”

“见过的。”辛娜礼貌地点头致意，“你好！”

“你好！”米小路礼节性地笑了一下。

“以前读高中的时候，就听杭一提起过你，知道你们是像兄弟一样的好朋友呢。”辛娜笑着说。

“是吗？”米小路心里有些高兴，看着杭一，“你是怎么提到我的？”

杭一挠了一下头：“我都忘了。”

“我还记得呢。”辛娜说，“你跟我说，你有一个叫米小路的好哥们儿，很够朋友。你们去玩游戏，或者吃东西什么的，经常都是小米请客。我当时还挺羡慕你呢，心想我要是也有这么好的朋友就好了。”

“哦，对对对，想起来了。”杭一呵呵地笑起来。

米小路不得不承认，辛娜无论外表还是性格，都是那种特别招人喜欢的类型，而且很会说话和处世，关键是很真诚，并不虚伪。米小路之所以得出这种结论，是因为刚才辛娜在跟他说话的时候，他暗暗运用了超能力，看到辛娜的头顶上是一个黄色的小球——经过昨天的摸索，他知道黄色代表的是有好感——说明辛娜是真心赞扬他的。

米小路心里暗暗叹了口气，辛娜虽然是他的情敌，却是这样一个美丽、真诚的女孩，实在是让人厌恶不起来。

又闲聊了一会儿，辛娜看了一下手表，说："3点了，付天怎么还没来？"

"是啊，这小子不会是爽约了吧？"杭一说，"要不我们别等他了，先进去游吧！"

辛娜摇头道："不会的，他不是这种人。既然答应了我们，就肯定会来的。"

杭一说："其实游泳又不像打麻将，非得人到齐了才能开始。我们可以在里面先游着等他呀。"

辛娜不同意："可是他来了之后，万一以为是我们没到，站在这儿等呢？还是再等一会儿吧。要不杭一，你跟米小路先去游着？"

杭一看出来辛娜一心惦记着付天，心里有点儿泛酸，但他又想陪在辛娜身边，只有继续站在游泳馆门口等。

3点15分的时候，付天终于来了。他见杭一他们三个都在门口，快步赶过来，带着歉意说："不好意思，塞车了。"

"没关系。"辛娜一点儿都不怪他，绽放出灿烂的笑颜，"我们进去吧！"

新游泳池是露天的，很大，很漂亮。因为是第一天开放，水也特别干净，清澈见底。今天正好出太阳，气温比较高，非常适合游泳。来游泳的人很多。

杭一、付天和米小路走进男更衣室。杭一三下五除二就脱了个精光，换上游泳裤。米小路不习惯在一群男人之中赤身裸体，找了个有隔间的地方，躲着换。

杭一穿上新游泳裤后，总觉得勒得太紧，不舒服。他左右四顾，没看到米小路，喊道："小米，你在哪儿？"

米小路刚脱完鞋子和衣服，听到杭一叫他，应道："在这儿呢。"

杭一循声找到他："嗨，你换个衣服，干吗跑到洗澡的地方来？"

"没什么……你叫我干吗？"

杭一扯着自己的游泳裤说："我怎么觉得不对？这条游泳裤穿起来太小了，

勒得我不舒服。”

米小路看了一下自己口袋里那条游泳裤，说：“这条的尺寸大些，可能拿错了。”昨天中午，他们三个人一起买的游泳裤，颜色和样式都差不多，只是型号不同。米小路比较瘦一些。

“哦，那换给我吧。”杭一费力地脱下那条绷得紧紧的游泳裤，递给米小路，“你穿这条吧。嘿嘿，你可别嫌我穿过呀，不过也就几秒钟。”

米小路觉得血液一下涌了上来。虽说从小到大，杭一的裸体他也看过许多次了，但每次看到，还是情不自禁地感到心跳加速、脸红耳热。而今天更特别的是，杭一竟然把贴身穿过的游泳裤和他交换。米小路觉得真是太幸福了，同时又觉得自己真是变态——竟然为此兴奋成这样。

杭一见米小路满脸涨得通红，纳闷地问道：“你怎么了？怎么脸红得像番茄似的？”

“啊……是吗……”米小路十分窘迫，“可能是天太热了吧。”

“哦，那你快换上吧。”杭一把另外一条游泳裤穿上，满意地说，“嗯，这条的尺寸才差不多。”

三个人都换好游泳裤后，走出更衣室，来到游泳池边。杭一注意到辛娜还没出来，估计女生换游泳衣的时间要久些。他们暂时没下水，在岸边等着。

不一会儿，辛娜穿着泳衣出来，挥着手招呼道：“付天，杭一！”

杭一转过身去一看，辛娜穿着一件天蓝色的连体裙式泳衣，尽显曼妙的身材，白皙的肤色在阳光下熠熠生辉，加上迷人的微笑，简直像星星一样耀眼夺目。杭一心里小鹿乱撞，看得两眼发直。

没想到的是，付天这家伙竟然大大方方地把杭一心里想的说了出来：“身材真好呀，辛娜，你穿这件泳衣真是太漂亮了。”

“啊，是吗？谢谢！”辛娜的脸微微红了一下。看得出来，付天的赞赏令她非常开心。

“走吧，咱们下水！”付天率先以一个优美的姿势跃入泳池中，引得辛娜拍掌叫好。

杭一也跳进游泳池里，一开始有点儿冷，游了一阵之后就适应水的温度了。

米小路其实是不喜欢游泳的，他来这里纯粹是为了杭一。他没下水，坐在游泳池边晒太阳。

杭一潜到水里，睁开眼睛。他喜欢看水下的世界，觉得很有意思。潜着潜着，忽然看见一个熟人——补习班的好朋友韩枫——恰好也潜在水里。

杭一想跟他开个玩笑，悄悄从背后游过去，一把抓住韩枫的泳裤，往下一扯，露出半边屁股。

正在潜水的韩枫一惊，回过头来看见是杭一，赶紧提起泳裤，掉转身子，抓住杭一，两人在水里玩闹起来。

过了一会儿，两个人一起浮出水面，大呼一口气，然后哈哈大笑。

"你小子，敢扒我的裤子，看我下次怎么整你！"韩枫说。

"那也得让你逮到机会才行。你刚才是不是以为是哪个美女在扯你的裤子呀？哈哈哈。"

"美女才没这么流氓呢！"

"你怎么也想起来游泳了？"杭一问。

"陆华临时提议的，难得那个书呆子想要出来运动一下。"

"你们怎么不叫上我？"

"我们给你打了好几遍电话，你没接呀！你一会儿自己看未接来电。"

"哦，对了，我手机调的是静音，没注意。"杭一说，"陆华在哪儿？"

韩枫领着杭一游到陆华那边。陆华戴着眼镜，抱着一个花里胡哨的水球，看上去十分滑稽。

"陆华，你怎么游泳都戴着眼镜？"杭一嘲笑道。

"我有什么办法？不戴眼镜我连谁是谁都看不清楚。"陆华瞪了他一眼，"你怎么也在这儿？我们之前就想约你一起来呢。"

"我跟付天他们一起来的。这里还有补习班的同学吗？"杭一左右四顾着。

"没注意。"陆华说。

"付天在哪儿？"韩枫说，"咱们找他一起玩吧。"

"好啊。"杭一带着两个好朋友朝付天那边游过去。看到他们的时候，付天正在教辛娜仰泳，一只手托着辛娜的背部，一边讲解。辛娜看上去很开心。杭一的心往下沉了一下。

“咦，跟付天在一起的那个美女是谁？”韩枫问，“他女朋友？”

“不是！”杭一迅速否定，“她叫辛娜。是我的高中同学，也是付天的初中同学。”

“哦，介绍给我们认识一下？”

“走吧。”

“咦，韩枫、陆华，你们也来游泳了。”付天招呼他们。

“是啊，真巧。”

杭一正打算跟韩枫他们介绍辛娜，付天却抢在他前面说：“这是辛娜，她也在明德补习英语，19 班的。”又对辛娜说，“这是我们班的韩枫，陆华。”

“你们好！”辛娜露出灿烂的笑脸。

“你好，辛娜，很高兴认识你。”韩枫说。陆华也点了点头。

杭一指了指陆华抱着的球，说：“咱们一起打水球吧。”

“这里又没球门，怎么玩呀？”付天说。

“是呀，再说我怎么抢得过你们几个男生？”辛娜接着对付天说，“咱们去跳水吧。”

“好啊。”

“你们慢慢玩啊。”辛娜冲杭一他们笑了一下，和付天一起朝跳台那边游去。

韩枫看着他俩的背影，说：“这个辛娜对付天有点儿意思。”

“谁叫人家是帅哥呢？”陆华推了一下眼镜框，“喜欢付天的女生多了。”

“可这个是女神级别的呀。”韩枫不无惋惜地摇头叹息道，又看向陆华，“再说了，我也很英俊呀，杭一也很帅嘛。你也……不赖吧。凭什么美女都落他手上了？”

“等会儿，什么我就‘不赖’呀！敢情咱们仨就我长得寒碜，是吗？”陆华不满地说。

韩枫拍着陆华的肩膀说：“你是智慧型的嘛，别这么看重外表。”

陆华撇了撇嘴，懒得跟他说了。

杭一这时也没心情玩水球了。他闷闷不乐地上了岸，走到米小路身边，跟他坐在一起晒太阳。韩枫和陆华也上来跟他们坐在一起。

刚才发生的事，米小路全都看在眼里，他当然更清楚，辛娜喜欢的是付天。不过现在看到杭一失落的样子，他也有点儿不好过。米小路现在正在暗暗运用超能力，他看到杭一的头顶上是一个灰色的小球，估计代表心情黯淡。

除了杭一之外，米小路也看到了周围人群的“情感小球”。在游泳池这种场合，多数人头上都是红色、黄色、橙色等代表欢欣愉悦的颜色，还有一些是白色的，偶尔会看到一两个蓝色，可能是心情稍差一点儿的。

突然，米小路在人群中瞥到一个特殊的颜色 —— 一个黑色的小球。

这是到目前为止，第一次出现的颜色。

米小路愣住了。黑色…… 代表什么意思？从昨天到今天，他估计看了上千个人头上的小球，还是第一次出现黑色。

他想要看清楚，是谁的头上出现了黑色小球。但是这个人混在一大群人中，而且大家都活动着，一时看不清小球在谁的头上。

不一会儿，这个黑色小球消失了。米小路不知道是什么状况。可能是这个人改变了情绪？也可能是他（她）走出了自己的能力范围？

米小路出了会儿神，不再追究了。这时，他看向杭一，发现他呆呆地看着跳板上的辛娜，脸上泛着红晕。

辛娜浑身湿漉漉的，水珠顺着她的长发和泳衣往下滴，停留在皮肤上的水珠，在阳光下闪烁着美丽的光芒。她修长的腿和胸部的轮廓完美无瑕，透露着青春和性感的气息。

米小路却对这样的美女没有兴趣。他眼里只有杭一。杭一的眼里却全是辛娜。米小路注意到，杭一看着看着，手不自觉地挡在了下身。这时，米小路才脸红心跳地发现，杭一的泳裤已经鼓起来了，必须用手来遮挡。

米小路将眼光移开，闭上眼睛，吞咽一下唾沫。再看下去，他也要受不了了。

辛娜和付天轮流在一米跳板上练习跳水，两人的姿态都十分优美，引来周围一片鼓掌和赞叹。帅哥和美女的组合，成了泳池一道亮丽的风景线。现在，很多人都停下游泳，注视着他们。

在一米板上跳了几回，辛娜不满足于这个高度了，对付天说：“咱们去挑战一下五米跳台吧，怎么样？”

付天其实有些畏高，也从来没跳过五米跳台。但在辛娜和这么多人面前，不好示弱，只能硬绷着答应道：“好。”

“走吧。”辛娜大方地牵着付天的手，沿着阶梯朝上方走去。走了几步，她回过头来喊道：“杭一，你要来挑战五米跳台吗？”

杭一正心情低落，见辛娜主动邀请自己，精神一下就来了。“好啊！”立刻站起来，跟着他们一起走上去。

五米跳台对于没有跳水经验的普通人来说，是需要一些胆量的。这里现在只有几个胆大的男生在跳。

付天刚站到五米跳台上，就后悔了。他的头开始犯晕。跳台下面是深水区，没有人在这一区域游泳，岸边倒围着很多人在看跳水。

众目睽睽之下，付天感到骑虎难下。辛娜和杭一都看出付天此刻有些胆怯了。杭一想劝付天回来，辛娜却偏偏鼓励他拿出勇气往下跳。付天只有缓缓挪向跳台边缘，却始终下不了决心。下面的人不耐烦了，催促起来。

“我帮他一把！”辛娜笑着从背后接近付天，伸出双手，把他推了下去。

在大家的笑声和喝彩声中，付天坠落到水中。然而，一声闷响和惨叫却令所有人为之一怔。游泳池里的水瞬间被染成一片血红。

游泳馆顿时陷入一片惊恐之中，尖叫声此起彼伏，一片混乱。

谁也没有注意到，在一群惊慌失措的人中，有一个短发女人脸色煞白，浑身颤抖，惊恐的程度远胜旁人。她盯着鲜红的池水看了一阵，再警觉地瞄了一下周围，从人群中抽身出来，捂着嘴走向了更衣室。

这个短发女人以为，在一片混乱之中，没有任何人会注意到她。但她失算了。有一个人，正在不远处盯视着她。

米小路。

这个女人并不知道，她从一群人中出来，等于暴露了目标。因为米小路此刻清楚地看到，她正是那个头顶上有黑色小球的人。

米小路默默地看着她逃离现场，不动声色。

但是他认出来了，这个女人是杭一那个补习班上的，叫魏薇。

她是 13 班的人，说明她是个超能力者。

刚才发生的事，毫无疑问是她的杰作。但她为什么要对付天下手，米小路不得而知。

现在，米小路并不想抓住或揭穿她——他不知道她的能力是什么，贸然行动是危险的。但可以肯定的是，她的能力能够置人于死地。付天恐怕凶多吉少。

想到这里，米小路朝跳台那边走去，想看看付天的情况。他决定先放这个女人走，反正他已经认出了她，不急这一时。

杭一和辛娜从跳台上下来后，韩枫和陆华匆匆忙忙地赶到他们面前，米小路紧跟其后。“付天落到水里，怎么会摔出血？”陆华惶恐地说道，“这是不可能的事呀！”

“我也不知道是怎么回事！”杭一焦急地说，“他现在还没浮上来，得赶紧下水去救他才行！”

游泳池的两个救护人员已经跳入水中，许久之后才和周围的人一起将付天托上岸。

付天浑身是血，一动不动。他的两只手臂都折断了，头上有一个大洞，鲜血汩汩流淌。周围的人全都吓得不敢多看。一个救生员俯下身去，试探了一下付天的鼻息，又摸了摸他的胸口，抬起头来说道：“他死了！”

杭一的脑子“嗡”的一声炸了。他不敢相信这个事实——刚才还那么鲜活的一个人，就这样死了？

这时，杭一身边的辛娜摇晃了两下，两眼一翻，昏了过去。

“辛娜！”杭一赶紧搂住辛娜，才没让她摔倒在地。他现在心里乱极了，不知该如何应对。但他本能地感觉到，“旧神”所说的那场残酷的竞争，以这次事件为起点，开始了。

十五　原来如此

星期天上午 10 点，贺静怡来到市中区的人才交流服务中心，想在这里再找份兼职。但是一直待到下午 2 点，也没找到一份工作。

各种不合适——比如对学历、经验、上班时间的要求。有些夜店、宾馆倒是在招像她这样的年轻姑娘，但贺静怡又不敢去，怕遇到不正规的事情——她还没有到为了赚钱什么都不顾的地步。

现在，贺静怡已经饿得前胸贴后背了，肚子咕咕直叫。但昨天在超市购物，已经让她身上仅剩不到两元钱——这也是她家最后的一点儿钱了。贺静怡很想买点儿东西吃，但一两元钱怎么吃饭？

没办法，她只有回家了，家里好歹还有点儿米和食物。贺静怡在心里盘算着，下个星期可能只有厚着脸皮跟补习班的人借点儿钱过日子了。

她不敢坐公交车，只能步行回家。人才交流服务中心那条街上，有许多古玩店，路过其中一家的时候，贺静怡被一个玻璃柜台里的东西吸引了。

她看到的，是一枚印着“建文通宝”四个字的古代铜币。

平常，贺静怡根本不会去看古董一类的东西——这些都是有钱人才感兴趣的玩意儿，跟贺静怡这样的穷人八竿子打不着。但今天，她看到这枚古铜币，却不由自主地驻足观看——自己都不知道这是为什么。

后来——很久以后——贺静怡想起这天下午的事，认为这只可能是上天的安排。这些事情，都是命中注定的。

古玩店的老板四十多岁，他看到贺静怡站在店门口盯着那枚铜钱看了许久，说道：“姑娘好眼力呀，你看到的这枚‘建文通宝’，是我这家店的古币里最贵的了。”

贺静怡听老板这样说，忍不住问道：“是吗？它值多少钱？”

老板比出五根手指头。

“500？”贺静怡猜测道。

老板笑了笑：“哪儿呀，5000。”

“啊……这么贵？”贺静怡咋舌。

“不算贵了，你把它买回去，再过些年，还得升值呢。”

贺静怡想不通：“怎么会有人愿意花大价钱买这东西？”

“收藏呀。古币可是好几百年前的东西，很有历史和文化意义。”古玩店老板可能因为今天店里没生意，闲着无聊，跟贺静怡聊起天来，“特别是这枚‘建文通宝’，你知道它为什么这么值钱吗？这是明太祖朱元璋的孙子朱允炆——也就是建文帝——在位时铸造行用过的钱币。但是因为建文帝在位只有短短四年，而且朱棣夺其帝位后，为了掩饰这段不光彩的‘夺位’历史，下令消除‘建文’年号。凡有‘建文’字样的铜铁器物都要销毁，所以留存在世的‘建文通宝’钱币，极为罕见。”

贺静怡点点头，觉得真是长见识了。

店老板也许有些喜欢贺静怡，也许想要炫耀一下。从玻璃柜台里取出这枚“建文通宝”古币，递给贺静怡：“你拿在手里看看吧。”

贺静怡小心地接过这枚古币，捏在手里仔细端详。过了一会儿，问道：“这枚古币在当时是多大面值的钱？”

老板哈哈大笑起来：“古币的价值可不能这么看呀。这枚铜钱，在明朝时候，可能也就是一文钱吧——差不多等于现在的五毛钱。但是过了几百年之后，价值就远远不只喽！”

贺静怡身上正好有一枚五毛钱的硬币，她摸了出来，看着这枚黄色的铜币，喃喃自语道：“也许几百上千年之后，这枚普通的五毛钱硬币，也会变得很值钱呢……”

老板笑道："可不是吗？我们现在用的硬币，过几百上千年之后，肯定也会变成非常有收藏价值的'古币'。可惜我们等不到那一天了，只有留给子孙后代喽！"

贺静怡笑了一下，将那枚"建文通宝"还给老板，盯着自己手中的那枚五毛硬币，惆怅地想道——要是它现在就像古币一样值钱，那该多好……

她叹了口气，知道这是不可能的，将硬币装进裤兜，离开了这家古玩店。

又走了一阵，贺静怡感到口干舌燥，喉咙快要冒烟了——整整四个多小时，她没喝一口水，实在是受不了了。贺静怡走到一家小副食店，想买一瓶最便宜的矿泉水喝。

她选了一瓶一元钱的纯净水，从裤兜里掏钱时，愣住了。

那枚五毛硬币不见了，变成了印着"建文通宝"四个字的古币。

贺静怡脑子一下蒙了——这是怎么回事？这枚价值五千元的古币怎么在我手上？难道刚才还给那个古玩店老板的时候，错把五毛硬币给了他？

想到这里，贺静怡慌了，她忘了口渴，赶紧往回走。

几分钟后，她气喘吁吁地来到那家古玩店，对店主说："老板，我刚才是不是错把你那枚古币拿走了？真是不好意思……"

老板诧异地看着她："没有啊，你不是还给我了吗？"说着指了一下玻璃柜台，"你看，不是在这儿吗？"

果然，那枚"建文通宝"好好地放在柜台里。贺静怡呆了几秒，从裤兜里摸出一枚一模一样的古币，彻底傻眼了。

这是怎么回事？她脑子反应不过来了。

过了半晌，她突然瞪大眼睛，张开嘴，想起了什么。

难道……这就是我的"能力"？控制"金钱"的超能力！

没错，一定是这样。贺静怡呆呆地看着自己手中的古币，一瞬间明白了。也许我不能让钱凭空增加，也不能用少量金钱兑换不等价的商品，但我的超能力能改变金钱的形态和价值！

这时，店老板看见了贺静怡手中的"建文通宝"，惊讶地说："咦，原来你也有一枚？拿来我看看。"贺静怡递给了他。

店老板戴上眼镜，又拿出一个放大镜，对着这枚古币仔细地研究了好几分钟，抬起头来说道：“是真的。怪了，你刚才好像还对古币一无所知，怎么一会儿工夫……”他顿了一下，笑道，“我明白了，你是有意试探我的，看我懂不懂行。”

贺静怡不知该说什么好，尴尬地笑了笑。

店老板把古币捏在手里，翻来覆去地看，似乎十分喜欢。过了一会儿，问道：“姑娘，这枚古币你想卖吗？”

贺静怡愣住了，迟疑片刻后，点了点头。

店老板说：“你可真是精明，先套我说出卖价，这样就知道行情了。”

“没有，我……”

老板伸出手掌：“别说了，我也喜欢跟聪明人打交道——大家都不吃亏。这样吧，我刚才都跟你说了，‘建文通宝’在我这儿卖五千元。我给你四千五，不吃亏吧？”

贺静怡先是不敢相信自己的眼睛，此刻又不敢相信自己的耳朵了。四千五？刚才还是一枚五毛的硬币，一转眼，就换来四千五了？

店老板见贺静怡愣着没表态，耸了一下肩膀，说：“你要是不愿意就算了，反正我只能出这么多，添不了了。”

“不不不，我愿意！”贺静怡生怕店老板反悔，赶紧说，“就按你说的，四千五吧。”

店老板笑了笑，从腰包里摸出一沓钱，数了45张一百元的大钞，递给贺静怡：“你数一下，要是没问题，这枚古币可就留在我这儿了，出了店谁都别反悔。”

“没问题。”贺静怡接过钱，也不数了，揣进裤兜里就走。

走在路上，贺静怡觉得心脏都快要跳出胸腔了。虽然她没偷没抢，却总有种做贼心虚的紧张感——只因为一切实在太神奇了，简直像在做梦，一场无比美妙的梦。她必须一直把手插在裤兜里，才能感受到这一大沓钱带来的美妙触感和内心的充实感——这种感觉实在太好了。

有了这种神奇的超能力，以后我都可以把五毛的硬币变成古币，再高价卖出去。贺静怡激动而欣喜地想道，我们家再也不会缺钱花了！

突然，她停下了脚步。如果我真能改变金钱的价值，也许，根本就不用这么麻烦。

贺静怡思忖一阵，决定做个试验。

附近正好有个公厕，贺静怡走进厕所，进入一个单间，把门锁上。

她从口袋里掏出一张一元的人民币，将它捏在手心里，然后闭上眼睛，在心中默念——变成美元。

她摊开手掌，颤抖着将这张钱展开。

在她眼前的，是一张绿色的，面值一元的美钞。贺静怡虽然从来没见过美钞，但看到这张钱上的图案和英文，以及在历史书上见过的华盛顿总统的头像，她知道错不了。

贺静怡的头部一阵一阵地充血，完全忘了“旧神”所说的关于竞争的事情，而是沉浸在巨大的幸福感之中。目前她所能想到的，只有立刻去买些好吃的东西，让妈妈和自己饱餐一顿。从今天起，她们将彻底和贫穷落魄的日子告别。

此刻，贺静怡并不知道，她现在试出来的，只是自己的初始能力，而且仅仅是一小方面。后来——“金钱”——将发展成一个十分恐怖的能力。

十六　审讯

新游泳馆第一天开放，就发生了有人死亡的惨案，游泳馆的馆长接到这个消息后，惊出了一身冷汗。他用最快的速度赶往游泳馆，在水池边看到付天的尸体后，震惊得双眼发直、头脑发晕。在他的理解中，游泳池发生事故只有一种情况，就是溺水。但他现在看到的，是一具类似坠楼死亡的血淋淋的尸体。馆长无法用常识来进行判断。他也明白，这么多人目睹此事，想要封锁消息是不可能的。目前唯一的办法，就是通知警方来处理。

警车和救护车呼啸着开到市体育中心的新游泳馆门口，一男一女两名干练的警察下车之后，和抬着担架的医务人员一起快步走进馆内。四十岁左右，外表硬朗冷峻的男刑警朝门口的工作人员亮出警官证："封锁游泳馆，不准外面的人进来，里面的人也暂时不能出去。"

一行人来到泳池边，有着一头漂亮卷发的女刑警最先看到躺在地上的尸体，皱了一下眉头，轻声对男刑警说："看样子是从高处跌落下来摔死的。"

"报案人说是高台跳水致死，你相信吗？"

"一派胡言。除非他不是跳进水里，而是跳到了泳池边。"

说这几句话的时候，两个警察已经和医护人员走到了围着一群人的尸体旁。馆长迎上前去说道："警官，是我报的警。我是这里的负责人，敝姓方。"

两个刑警分别掏出证件，展示在方馆长和众人面前。男刑警说："我叫柯永亮，她是我的搭档梅葶，这里发生了什么事？"

方馆长擦了一下额头上的汗：“我也不太清楚，我是接到电话后才赶来的。死亡的是一个23岁的小伙子，叫作付天。据救生员和在场的人说，他是在五米跳台上跳水……摔死的。”

“坠落在哪里？”梅葶问。她三十岁左右，身材苗条，目光沉静，有一双极具鉴别力的眼睛，似乎能通过表面洞察本质。

方馆长露出十分难堪的神情，就像他刚刚吞了一种很苦的东西：“水里。”

梅葶直视着他。

方馆长赶紧指向游泳池：“就是那儿，你们看吧。”

两个警察一齐看过去。由于刚才很多人挡住了，他们没有注意到，现在才拨开人群看到，五米跳台下方的池水，一片殷红，血水在向整个游泳池扩散，颜色已经有些淡了，但还是显示出之前发生的事情。两个警察对视了一眼，柯永亮严厉地看着方馆长说：“这个游泳馆今天是第一次开放？”

“……是的。”

柯永亮瞪圆了眼睛：“泳池的修建不符合标准？这个男生坠到了池底？”

“不，绝不可能！”方馆长汗颜道，“泳池的设计和建造都是完全符合标准的。五米跳台下面是深水池，水深4.5米。况且在这个男生之前，有许多人都从五米跳台上跳下来过，如果有问题的话，怎么可能只有他出事？”

“这些我们之后会检验的。”柯永亮说，“现在告诉我事发时的具体情况。”

这时，一个法医走过来说道：“柯警官，确认对象已经死亡。”

柯永亮点了一下头，说道：“你们先把尸体送到医院，在两个小时之内做出死亡原因鉴定——对了，设法联系他的家人，通知死者家属到医院。”

付天的尸体被抬上担架，盖上白布，由两个医务人员带走了。昏迷后醒来的辛娜站在一旁，双手捂住嘴，泪流满面。她本想走过去，却被杭一拉住了。

安排完之后，柯永亮看向方馆长。方馆长指着救生员说：“我当时没在现场，具体情况请你问他吧。”

柯永亮和方馆长身边的救生员交谈起来。梅葶没有参与问话，她扫视着泳池边的人。其中，一直在哭的辛娜和与之站在一起的几个大男生引起了她的注意。她观察到他们目送尸体离开，神色悲伤，明显和死者的关系不同于他人。

跟救生员交谈了一会儿，柯永亮也看向了辛娜他们那边。他对梅葶说道："那几个人估计是死者的朋友，死者站在五米跳台上的时候，是那个女生把他推下来的。"

"要请她去局里一趟吗？"

柯永亮思忖片刻："这件事非常蹊跷。按常理，就算是把人从跳台上推下来，只要落在水中，也不可能摔成这样。除非他并不是坠落在水里。"

"但现场这么多目击证人，怎么可能说谎？"

"所以我们不单独请任何人去局里，在这里向所有人询问才是最有效的。"柯永亮眉头紧蹙，"我不相信他们能在这么短的时间内，约好所有人一起编一个谎话。"

"没错，这不可能。"梅葶观察着人群说。

"我们先去问问他们几个吧。"

两个警察朝辛娜、杭一他们走去。

辛娜身上裹着一条毛巾，两眼哭得红肿。杭一、韩枫、陆华和米小路陪在她身边。见警察朝他们走过来，多少有些紧张。

"你们几个是死者的朋友，对吗？"柯警官发问。

"对，我们一起在明德外语培训中心补习英语。"杭一回答道，指了一下韩枫和陆华，"我们三个和付天是一个班的。"

梅葶从上衣口袋里掏出一个小笔记本和一支笔问道："请分别说一下你们的名字。"

从杭一开始，几个人挨着说了。梅葶一一记下来，然后看着他们："你们是在游泳时偶然碰到死者的，还是邀约他一起来的？"

昔日一起补习的同学，现在称呼已经变成了"死者"。杭一心里非常难过。他顿了几秒，指着辛娜和米小路说："我们三个，是和付天一起约好来游泳的，然后才碰到了韩枫和陆华。"

梅葶埋头记录着。柯永亮问道："出事之前，有没有发生什么异常情况？"

几个人对视了一下，一齐摇头。

柯永亮看向辛娜："听救生员说，死者站在跳台上，本来有些犹豫，是你把他推下来的？”

辛娜浑身抽搐了一下，她脸色苍白地回答道：“……是的，我只是想和他闹着玩，没想到会变成这样……”说着，眼泪又溢出来了。

柯永亮盯着辛娜看了好一阵，问道：“你把他推下去之后，他落到哪里了？”

“水中……而且只可能是水中！”辛娜颤抖着说，“跳台是伸出来很长一截的，无论怎样，都不可能落在池边！”

柯永亮和梅葶一起看向跳台，不得不承认这女孩说得对。他们发了会儿呆，转过头来继续问道：“你们几个都清楚地看见，死者是坠落在水中的，是吗？”

“不止我们几个，全游泳池的人都看见他是落在水中的。”陆华说。

“那他怎么会摔得头破血流，全身骨折？！”柯永亮厉声喝道。

辛娜听到他这样说，掩面痛哭起来：“是啊……我也在想，这是为什么？！他只是跳水而已，怎么会摔死？而且……是我把他推下去的……是我害死了他！”

“辛娜，这不是你的错！”杭一难过极了，他轻轻搂着辛娜的肩膀，“你不用自责，跟你无关。”

梅葶不易察觉地皱了一下眉。

韩枫对两位警察说：“警官，整个游泳池的人都能证实我们说的是实话。而且我们能告诉你们的，也只有这么多了。”

柯永亮正要说话，梅葶从背后悄悄碰了他一下，然后对几个年轻人说：“好吧，谢谢你们的配合，我们再去问问别人。”

说完，她看了柯永亮一眼。两人离开他们几个，转去问泳池边的其他人了。

大致询问了半个小时，几十个人，得到的回答几乎都是一致的。柯永亮觉得没有必要再问下去了。他告诉方馆长，可以让大家离开了。

两个刑警回到警车上，沉默了几秒，柯永亮问道：“你刚才为什么示意我别再问那几个人？”

梅葶默默地掏出小笔记本，在杭一、韩枫、陆华、米小路这几个人的名字下面画了一条线。

“什么意思？”

“我刚才叫你先离开，是想多问问别的人，做一下比较。结果发现，我的判断是对的，这四个人果然有问题。”

“何以见得？”

“你有没有注意到，当我们提出质疑时，他们五个人之中，只有那个叫辛娜的女孩显出了跟我们同样的迷茫。而另外四个男生，并没有表现出太多困惑，就像他们知道这是怎么回事一样。”

柯永亮默默颔首。

梅葶继续道：“然后，我们又问了另外一些人。每个人的神情和语言都表现出他们的疑惑不解。对比起来，只有那四个男生的反应最特殊——而他们中有三个和死者是同一个补习班的同学——所以我认为他们四个可能有问题。”

“不愧是我们刑警支队的微表情专家！”柯永亮赞叹地说道，随即蹙起眉头，“但是，既然你判断出他们四个有问题，为什么不把他们带回局里仔细审问，反而叫我先放过他们呢？”

“因为我觉得带他们回去，也问不出什么来，所以不想打草惊蛇。”梅葶紧闭着嘴唇思忖了一刻，看向柯永亮，“你不觉得这次的案件实在是奇怪到了极点吗？我相信在场的目击者都没有说谎，也就是说，这真的是一起意外事故，但是却完全不符合常理！有人眼睁睁地死在了众人面前，却没有人知道这个人是怎么死的！不！如果他们每个人都表现得茫然无措，倒也就算了——偏偏有四个人给我的感觉是他们知道什么，却没有说出来。老柯，这起案件——绝对不简单！”

“你怀疑这是一桩故意杀人案？”柯永亮严峻地问，“但怎么做得到？”

“没错，目前看起来，完全是不可能的。所以我才说这件事绝不简单。不过，我们要弄清此事并非全无线索，起码这四个男生，就是突破口。我认为他们一定知道某种‘内情’。”梅葶猜测。

“那你觉得我们该怎么办？”

梅葶凝视着他：“秘密调查他们几个人，不要让他们察觉到警方已经注意到了他们。”

柯永亮说：“为什么我觉得，你对这起案件特别重视，也特别小心谨慎？”

梅葶张了张嘴："因为……"欲言又止。

"说吧，咱们这么多年的搭档了，还有什么不能讲的吗？"

梅葶看向柯永亮："老柯，咱们合作了这么多年，你知道，我对于办案有一种说不清道不明的直觉。这次的事件，表面上看起来，只是一桩不合常理的意外事故。但不知道为什么，我心里非常不安，总觉得这件事的背后，隐藏着什么惊人的秘密，而且最后会引发非常严重的后果。这次事件，仅仅是一个开始。"

柯永亮盯着她："你可别吓我。上次你出现这种感觉，结果发生了……"

"别说了。"梅葶闭上眼睛，双唇紧绷。

柯永亮轻轻点了点头："总之，先按你说的去做吧。我们悄悄调查这几个人。也许真能从他们身上发现什么问题。"

说罢，柯永亮发动警车，向前驶去。

十七　能力交换

从游泳馆出来，已经下午 6 点了。杭一、辛娜、韩枫、陆华和米小路五个人默默无语地走出体育中心，来到大街上。

本来，游完泳后最好的安排就是去吃火锅。但发生了这种事，显然没人再有这种兴致了。辛娜神思惘然，表情木讷，受到的惊吓和刺激形成了巨大的心理阴影。杭一明白，现在辛娜最需要的就是回家，好好休息。他说："辛娜，我送你回去，好吗？"

辛娜没有答话，独自朝前面走去。

杭一对辛娜的状况非常担心，他追了上去，再次说道："辛娜，我打车送你回去吧。"

辛娜还是没有表态，杭一叹了口气，这时正好有一辆出租车开了过来，杭一刚要抬起手来招车，辛娜把他的手按了下来，然后直视着杭一。

杭一愣住了，不知道辛娜为什么会突然以一种审视的目光看着自己。

"杭一，你有没有什么想要告诉我的？"辛娜凝视着杭一发问。

辛娜感觉到什么了？杭一心中一惊，但真的不知道该怎样回答，他嘴唇翕动，没有发出声音。

辛娜注视了杭一半晌，轻轻点了点头："好吧。"

说完，她转过身，招了另一辆出租车，头也不回地钻进车内，离开了。

杭一目送载着辛娜的出租车离开，心里有说不出的难受。不过，相对于这份失落感，他有更重要的事情需要确认。

他转过身，对三个好朋友说："我们找个地方坐一会儿吧。"

韩枫三人点了点头。

他们找到最近的一家水吧，现在是吃饭时间，这里的人很少。几个人找僻静的地方坐下，随便点了几杯饮料。

沉默了几分钟后，杭一开口道："我知道你们和我想的一样，今天下午发生的事，绝对不是意外事故。"

"没错。"韩枫第一个承认。陆华也不安地点了一下头。

米小路没有表态，但实际上他心里比谁都清楚。

"付天的死不合常理。其他人——包括警察在内，都想不通这是怎么回事，但我们几个人应该能想到原因。"杭一说。

"有人出手了。"韩枫倒抽了一口凉气，"做这件事的，就是13班的某人。他（她）用超能力杀死了付天。"

"什么样的超能力？怎么做到的？"陆华惶惑地问。

"不知道。事情发生得太快了。我只看到付天落水之后，池水就变红了，根本没意识到发生了什么事。"韩枫说。

"关键是，这个人为什么要杀死付天？"杭一不解地说，"如果是为了这场'竞争'，那杀死付天是没有意义的。'旧神'降临那天，付天没来上学，他没有超能力，杀了他也不会'升级'！"

"也许是某种私人原因，也可能……只是为了试一下自己的能力？"米小路说。

杭一想了一会儿，说道："好吧，杀死付天的动机，暂且不管。现在我们来探讨一下目前最实际的问题——谁杀了付天？"

说完这句话，杭一盯着他的三个朋友。韩枫吃了一惊："杭一，你这么看着我们是什么意思？你认为凶手在我们之中？"

"我们已经达成共识，付天是被超能力杀死的。今天游泳馆内拥有超能力的，就只有我们四个人。"

韩枫和陆华紧张地对视了一眼，又看了看米小路，显得惴惴不安。韩枫说：

“你能确定吗，杭一？我的意思是，也许游泳馆内还有 13 班的人，只是我们没注意到呢？”

说对了。米小路心中暗忖。实际上，凶手是那个叫作魏薇的女生。这件事目前只有他一个人知道，但他不打算说出来。他不想暴露自己的超能力。

杭一想了想，说：“确实也有这种可能。但我觉得有必要证实一下。”

“怎么证实？”

杭一严峻地看着三个朋友，说道：“韩枫、陆华，还有小米，我把你们当作可以信赖的好朋友，所以我可以坦诚地告诉你们——我现在确实拥有了某种超能力，而且我相信你们，包括我们班的另外 46 个人，也拥有了各自的超能力。这一点，你们不否认吧？”

韩枫和米小路不情愿地点了一下头，陆华没有说话，但似乎也默认了。

“好。”杭一说，“现在，我愿意把我的超能力告诉你们，以证实我不可能用这种能力杀人——你们，也愿意这样做吗？”

三个人都呆住了，他们没想到杭一会这样做。过了一会儿，陆华迟疑着说：“杭一，不是我不愿意透露，而是……我根本不知道我的能力该如何运用。”

杭一瞪着他：“陆华，我选择这样做，是希望我们几个好朋友之间，能互相信任。我也许不能说服整个班的人都坦诚相待，但起码我们几个人可以结成同盟。我不希望连我们几个，都要视彼此为敌人！你明白我的意思吗？”

陆华涨红了脸说：“我明白，但我没有说谎，我真的不知道我的能力该怎么用。就算我告诉你们，也没有办法立刻实践！”

杭一叹了口气：“好吧，我相信你。”他转向韩枫：“你呢，韩枫？你愿意告诉我们吗？”

韩枫的脸一下就白了，他剧烈地摇着头说：“杭一，我告诉过你的，我不敢随便尝试我的能力，我不知道……会发生什么事情。”

“怎么，你的能力会引发什么可怕的事情吗？”杭一疑惑地问。

“别问了……抱歉，我真的不能说，起码现在不能说。而且我也跟陆华一样，直到现在都没有尝试过。”

“你们……”杭一无法判断他们说的是不是真话，感到万分无奈。他看向米小路："小米，你呢？"

米小路咬着嘴唇沉思了一阵，说道："杭一哥，不是我不说，在这种情况下，我把自己的超能力说出来，是不公平的。"

杭一深吸了一口气，失望地摊开手，说道："太好了！你们可真是我的好朋友啊！"

"我们是好朋友！"韩枫说，"但是杭一，你想过没有，如果我们真是好朋友的话，就不用去证实什么，也该相信彼此！就像我，完全没有怀疑是你用超能力杀死了付天，那你又为什么要怀疑我们呢？"

杭一张着嘴，无言以对了。

"是的，杭一。我也认为我们根本没必要证实什么。"陆华说，"如果你相信我的话，我可以明确地告诉你——这件事绝对不是我做的。"

"也绝对不是我做的。"韩枫说。

"我就更不可能了。"米小路跟着表白。

杭一看着他们三个人，无法不相信他们中的任何一个人，过了半晌，他说道："这么说，凶手真的另有其人？"

"你早就该这么想了！"韩枫不满地说，"怎么能怀疑自己的好哥们儿呢？我和陆华难道你还不了解吗？就算我们想试试自己的超能力，也绝对不会用付天的生命来试！"

米小路发现韩枫并没把自己说进去，只有跟着解释道："没错，我也绝不可能。"

"那么，凶手究竟是13班的谁？"

米小路心里其实非常清楚答案，他不想探讨这个问题，说道："杭一哥，咱们既然没有发现这个人，在这里瞎猜就没有意义。我倒觉得，与其猜疑谁是凶手，不如预测一下这件事发生之后，会引起怎样的反应吧。"

米小路的话提醒了韩枫，他说："是的！咱们不要把注意力全集中在这一个人身上。别忘了，13班的50个人，全都具有超能力了！今天发生的事情，明天就会传遍整个班级。一旦大家发现有人开始'出手'了，会引发怎样的连锁反应呢？"

陆华冷汗都冒出来了：“天哪，这种事情只要发生了第一起，就势必引起所有人的恐惧不安。如果有人认为，与其坐以待毙，不如先下手为强，那么——一场混乱的厮杀很快就会蔓延开来了！”

韩枫和陆华的分析，令杭一全身发冷，他不得不承认，这种情况的发生，几乎可以说是必然的。米小路也忧虑起来，虽然他不是13班的人，处境可能相对安全一些，但他担心杭一的安危。

静默了一阵，杭一严肃地说：“我们不能任由事态发展，必须阻止这场混乱的厮杀！”

“怎么阻止？”陆华悲观地说，“我们能控制全局吗？”

“我们要尽最大努力去说服大家团结起来，共同面对此事！”

“但是按照那个‘旧神’所说，这场竞争只有一年的期限。如果一年之后，我们没能决出胜负，将会全灭——50个人都会死。”韩枫提醒道。

“我们为什么非得相信和听从这个‘旧神’的话？我不相信这是唯一的解决办法。只要我们团结起来，一定能找到更好的途径来解决此事。”杭一顿了一会儿，“而且，万一这是一种试探呢？也许那个‘旧神’并不是真心想让我们互相厮杀，这只是他对我们的考验。总之，不到最后一刻，我不会屈服于这种残酷的安排！”

“杭一哥说得没错。”米小路被这番话打动了，带头表示赞同，“我们应该争取到更多的人，组成同盟，共同应对此事。”

韩枫似乎觉得他们的想法太天真了：“我们可以这样做，但我们无法劝阻所有人，总有人会动手的。”

“如果是这样，我们就团结起来自保。”杭一说，“凝聚起来的力量，总比一个人的力量强！”

“没错，我们应该成立一个同盟。”陆华也同意了。

“成立同盟的基础是，盟友应该彼此信任，互不隐瞒。这就回到之前的问题上了——我们应该坦诚相对，说出自己的能力是什么。”杭一说。

四个人对视在一起，许久，陆华带头说道：“好吧，我愿意说出我的能力。”

杭一用赞赏的目光注视着陆华：“你说了之后，我就立刻说出自己的能力。”

陆华点了一下头，说道：“你们知道，‘旧神’在让我们选择自己的能力之前，并没有说明我们之后会用彼此的能力互相厮杀。但他说了一句‘这是一场生与死的残酷竞争’，让我本能地感觉到了危险。但是，我不是一个攻击性强的人，也不是一个有强烈支配欲的人，在写自己的能力的时候，我想不到该写什么，只求能够自保。所以，我在纸上写下了‘防御’两个字。”

“‘防御’？”杭一三人一起重复。韩枫说道：“这算什么超能力？太抽象了吧？”

“是的，”陆华沮丧地说，“所以，我之前就说了，直到现在，我也没试出来这个超能力该怎么运用。”

“没关系，起码你坦诚地告诉了我们，也让我们可以对你放心。正如你所说的，你的超能力应该不具备攻击能力。”杭一说，“现在，我告诉你们我的超能力吧。”

他无奈地笑了一下：“说起来，我这个超能力比陆华的更没出息。你们都知道我喜欢玩游戏吧，所以，我在纸上写的是‘游戏’——结果，我真的获得了控制电子游戏的能力。”

“噢，”韩枫哑然失笑，“真是太有意思了，你已经证实过了吗？”

“是的，我在电脑和 PSV 上都试过了，我真的能控制游戏中的事物。你们要是有兴趣的话，我什么时候演示给你们看吧。”杭一苦笑着耸了一下肩膀，“我猜 50 个人中，没有比我更弱、更可笑的能力了。”

陆华说：“韩枫，我和杭一都说了，你呢？你一直说不敢轻易尝试自己的能力，似乎你的能力很可怕——但说出来总可以吧。”

韩枫犹豫片刻，咽了口唾沫：“好吧，我的能力是——‘灾难’。”

“‘灾难’？”陆华惊讶地说，“你怎么会选这样的能力？”

韩枫窘迫地说：“我也不知道。当时只有 10 秒钟的时间，我根本想不出该选什么，只是心里想着，如果这一切是真的，那真是一场灾难，结果就莫名其妙地写上这两个字了。写完之后，我自己都感觉害怕。”

杭一吸了口气说：“也就是说，你拥有了能引发或控制灾难的能力？乖乖，这可真是个强大的能力，我的简直没法比。”

韩枫撇了一下嘴："不知道，我没试过。"

"你可千万别试。"陆华赶紧说，"特别是跟我们在一起的时候。"

韩枫揶揄道："你不是具有'防御'的力量吗？还害怕灾难？"

陆华瞪了他一眼："我根本不知道该怎么用！"

"好了，我们三个人都说了，你呢，小米？"杭一看向米小路。

米小路知道，如果他们三个人都说了，那自己肯定是躲不过的。况且就算今天不说，迟早也得说，不然的话，会让杭一不信任自己，形成距离感。但让他为难的是，他的超能力只为一个目的存在，那就是得到杭一的感情。如果现在告诉了他，日后怎么还敢用在他身上？

杭一见米小路紧咬着嘴唇，许久没说出话来，问道："怎么了小米，你不愿意告诉我们你的能力吗？"

"不是……我当然可以告诉你们。"米小路没有选择了，但是突然之间，他灵机一动，没有完全说出实话，"我的能力是'情绪'，我能感知到周围的人的情绪。"

"哦？"杭一颇感兴趣地问，"怎么感知？"

"当我运用起这个能力的时候，能够看到身边人的头顶上，出现各种不同颜色的小球，分别代表不同的情绪。"

"真是有趣的能力。"陆华说。

"也许，不只是'感知'，还可以'改变'吧。"韩枫看着米小路。

"可能吧，我没有试过。"米小路心里颤了一下。他看出我有所隐瞒？不过没关系，他们应该不知道，我真正的能力，其实是"情感"。

"好，现在我们四个人，都分别说出了自己的能力。"杭一满意地说，"我们是名副其实的盟友了。我相信，综合我们和更多人的力量，一定能成功控制局面！"

"你具体打算怎么做？"陆华问。

"我是这样想的，明天到班上后，我们三个人——"杭一指着韩枫和陆华，"一起号召大家团结起来，共同商议和对抗此事，一定要避免出现互相厮杀的局面。不能再发生类似付天这样的惨剧了！"

“你觉得那个杀死了付天的人，会愿意跟我们坦诚相待吗？”陆华担忧地说。

“是啊，你的想法是好的，杭一，但会不会太理想化了？”韩枫也一副没把握的样子。

“没试过怎么知道？”杭一说。

“好吧，明天试试看。”韩枫说。

他们又聊了一会儿，然后离开这家水吧，各自回家了。

很快，事实将证明，杭一的想法确实太简单、太天真了。

魏薇（女 21 号）回到家后，径直走进卧室，锁上房门。

尽管从游泳馆出来到现在，已经过去一个小时了，但她仍然无法平静，脸色苍白，浑身颤抖。她坐在床边，用被子裹住身体，还是一阵阵发冷。这种冷是从心底发出来的。

我杀了人……用我的超能力。老天啊，我只是想试一下，结果真的……我选择的这个能力，果然很厉害。

她这样想的时候，抖索着从裤兜里摸出一张皱巴巴的纸，这张纸一直没有丢。她将字条展开，再次看了一眼纸上的两个字——“密度”。

真是太可怕了。魏薇的心又颤了一下。付天跳下水的一瞬间，我只是盯着他下面那个区域的池水，想着将水的密度改变成钢铁的密度，就轻轻松松地杀了他。只是，他死得太惨了……付天的死状浮现在魏薇面前，她的胃紧缩起来，有种想吐的感觉。但很快，她又发起狠来，剧烈地摇头。不，这是他该有的结果。这个肤浅的男人。我向他表白，却被他拒绝，让我受到大家的耻笑。但是跟那个美女在一起的时候，他却大献殷勤。明明畏高，还要硬撑着去挑战五米跳台，这是他自找的！

突然，她担心起来。对了，当时游泳馆内，还有 13 班的杭一和韩枫他们。他们注意到我了吗？会不会猜到是我做的？

应该不可能。我当时混在一大群人中，他们不容易看到我。就算看到了，也猜不到是我做的。他们根本就不知道我的能力是什么。

想到这里，她安心了一些，长长地舒了一口气。我要调整心态，明天去补习的时候，不要显出心虚。我本来也不该心虚，只要我不说，没有任何人会知道这件事是我做的。

魏薇站了起来，将那张写着“密度”两个字的字条撕了个粉碎，丢进垃圾桶里。这个秘密，不能让任何人知道。

调整了一番情绪后，她决定走出房间，到厨房的冰箱里拿听可乐喝。这时，手机响了起来。魏薇摸出手机，是一条短信，号码是陌生的。她点开这条信息，眼睛刚接触到短信的内容，整个人一下就僵住了，血管里就像倒进了冰块。

短信的内容是：

我知道你刚才做了什么。如果你不想让秘密泄露，或者让能力暴露的话，就和我见个面。见面的具体时间地点，我会另行通知。你是个聪明人，知道该怎么做。

我的……上帝。魏薇惊恐地捂住嘴。我还以为自己做得天衣无缝，结果……有人洞悉了此事，还威胁我！该死的！

魏薇凭本能感觉到，这个发短信给她的人，绝不简单。如果对这个警告置之不理，绝对是不明智的。但是，这个人说的“见面”，会不会是个引君入瓮的圈套？

可是，很快她就意识到，自己恐怕没有选择。从这个人自信满满的态度来看，显然他（她）已经掌握了绝对的主动权。而且可能已经知道了自己的能力是什么。敌暗我明。这种状况对自己太不利了，只能屈服——起码假装屈服于他（她）的威胁。

我已经迈出第一步了，不可能回头，只能继续走下去。魏薇闭上眼睛，许久后睁开，露出阴冷的神情。我就去会会他（她）。如果形势不对的话，我的超能力也不是吃素的。

想到这里，她拿起桌子上一本厚厚的英汉词典，用力抛到空中，然后睁大双眼瞪视过去。这本几斤重的词典，状态突然发生了变化，像鹅毛一般轻轻飘荡下来……

十八　地震

星期一早上，杭一进入明德培训中心，发现身边的所有人都在讲述和谈论昨天下午发生在新游泳馆的那起离奇的惨案——这件事显然成了琮州市的一个热点新闻。他从这些人身边擦身而过，快速步入 13 班的教室。刚进门，他就明显地感觉到，整个 13 班的人沉浸在远胜别班数倍的惶恐和惊骇之中。不管经历还是听说此事的人，恐怕都已经猜到了这是怎么一回事——有人出手了。这个杀死付天的凶手就是本班的某一个人，此刻正和众人待在一起。

杭一默默走到自己的位子上坐下，他看了一眼旁边空着的桌椅——这是付天的座位——他已经死了，再也回不来了。杭一的心一阵紧缩。而这时，他注意到班上有一些人正用怪异的眼光看着自己。他和他们的目光碰撞在一起的时候，这些人立刻扭头或转身，将目光移开了。

杭一心中发寒——难道他们怀疑是我干的？认为是我杀死了付天？

很快，杭一打消了这个疑虑。因为他观察到，不光是对自己——现在班上每个人的眼神都不对劲。他们注视或偷瞄其他人的目光，充满了试探、怀疑和戒备。这种压抑而沉闷的气氛，简直令人窒息。

杭一非常清楚，这种状况是绝对不能持续下去的，不然的话，非出大事不可。他决定利用一会儿的休息时间，到讲台上发表“团结宣言”。

英语老师上课的时候，杭一能明显地感觉到，补习班上的每个人都显得心事重重、魂不守舍。第一节课结束了，英语老师离开了教室。杭一立刻走到前排去找到陆华和韩枫，没想到的是，韩枫捂着肚子，一脸痛苦的表情。杭一问道：“你怎么了？”

“不知道，今天早上起床后就肚子疼，可能昨晚冰镇西瓜吃多了。哎哟……说着就又给劲儿了。我得去上个厕所。”韩枫捂着肚子说。

“你怎么回事呀，关键时刻掉链子！”杭一不满地说，“昨天不是约好了，咱们三个人一起号召大家团结起来吗？”

“这能怪我吗？我也不想闹肚子呀……哎哟，我真不行了。你们俩先跟班上人说着吧，我很快就回来！”说着，韩枫跑出教室，朝厕所冲去。

杭一无奈地叹了口气，这时，他看到有人已经在朝外面走了，只有不管韩枫了。他拉着陆华走上讲台，大声说道：“请大家听我说几句话，好吗？”

班上安静下来。大家都注视着杭一和陆华。几个本来准备离开教室的人也回到座位上。现在，13 班除了已经死了的付天和去上厕所的韩枫，剩下的 48 个人都在场。教室前排和后排的人，分别将前后教室门关上了，教室里一片安静，大家等待杭一发言。

杭一心中非常感激大家如此给自己面子，也意识到众人可能都有共同商讨此事的愿望。他点燃了信心，说道：“首先，我想向大家证实昨天下午发生的事情——因为 13 班的人很多都没在场，应该是从新闻或别人口中听说的。但是我、韩枫和陆华，我们三个人当时就跟付天一起在游泳池。”他顿了一下，露出悲哀的神情，“更准确地说，我们亲眼看到付天死在了我们面前。”

班上的很多人都露出了惶恐的神色，惊骇地看着杭一和陆华。杭一继续道：“付天从五米跳台上掉进水中，却摔得头破血流、全身骨折。这种事情，完全不符合常理。现在，所有目睹此事的人，都想不通这是怎么一回事，但我们班的人——”他扫视了全部人一眼，“却不会不明白。”

“有人用超能力杀死了付天。”临时班长阮俊熙（男 31 号）说，“事实再明显不过了。”

“是的。”杭一沉重地说，“两天前的下午，第一节课上发生的事情，不管多么令人难以置信。现在，相信我们大家都不会怀疑了。就像‘旧神’预料的那样，这场残酷的竞争，终于开始了。”

彭羽（男 2 号）——一个高大健硕，看起来像三十岁左右的男人站了起来，说道："杭一，你现在跟我们说这些是什么意思？昨天跟付天在一起的，只有你和韩枫、陆华三个人 ——那么，凶手不是很明显就在你们三个之中吗？"

杭一正视着他："我之所以敢和大家探讨此事，就是因为我们三个人都是问心无愧的。一会儿，我自然会拿出证据来证明这一点。"

陆华看了杭一一眼，咽了口唾沫。

彭羽坐了下来。坐在第二排的孙雨辰说道："那么，你认为凶手是谁？"

杭一坦率地说："我不知道，但是可以肯定，昨天在游泳馆内的超能力者，肯定不止我们三个人。"

魏薇坐在教室第五排最右侧的位置，心里怦怦狂跳，脸上却没露出任何表情。她直视着杭一。

阮俊熙说："杭一，你是想现在把这个人清理出来？"

"我不知道有什么办法能把这个人揪出来，我也不希望大家因为此事而互相怀疑，甚至互相攻击，这样只会让事情越来越糟。"

"那你觉得我们该怎么办？"阮俊熙问。

"我们应该团结一致，共同商议和面对此事。"杭一说，"我们不要听从'旧神'的蛊惑，互相隐瞒能力，视彼此为敌人，应该坦诚相对，公布自己的能力！这样一来，就不会有人再敢用自己的能力袭击别人了。对我们大家来说，才是最安全的。否则的话，我们每一个人都会有危险，随时会有人成为下一个受害者！"

杭一的话震撼了所有人。班上的人都不得不仔细思考他的建议，但阮俊熙却想到了一个现实的问题："也许你说得有道理。但现在已经有人动手了，如果我们大家一起公布能力的话，岂不是等于让这个人自己跳出来？你认为他（她）会同意吗？"

"也许他（她）不会同意。但我想在这里告诉他（她）——"杭一诚恳地看着下面的人，"每个人都会有犯错的时候，如果你现在站出来，承认自己做过的事，我想大家会原谅你的。"

陆华在一旁点着头说："是的，人都会有一念之差，只要不一错再错，就值得被原谅。”

原谅？你们说得好听。魏薇心中想道。恐怕说的这一切，都只是想把我引出来的计策吧？我才没这么蠢。

过了一阵，班上还是没有人说话。阮俊熙叹息道：“杭一，看来你的话没能打动这个人，他（她）不会站出来的。”

杭一也有些沮丧。这时，佟佳音（女37号）——一个气质很好的女生说道：“杭一，你刚才说，你会证明你们三个人绝对不是凶手。怎么证明？”

杭一思忖片刻后，看了一眼陆华，似乎在征得他的同意。陆华猜出杭一想怎么做，担心地低声说道：“杭一，这样做没关系吗？”

杭一看着他：“要想获得别人的信赖，就必须拿出十足的诚意来。陆华，我们说好了的，你不会不愿意吧？”

陆华想了想，勉强点了点头：“好吧，我同意，但是韩枫呢？”

“等他回来后，自己告诉大家吧。我相信他也会这样做的。”杭一说，然后注视着下面的众人。“我现在就把我的超能力告诉你们，一会儿陆华和韩枫也会这样做——以此证明昨天的事与我们无关，也表示我们的诚意。”

全班的人都震惊了。他们知道，要做出这样的决定需要多大的勇气——班上的人并没有答应在他们说出之后，就会公布自己的能力。

但杭一认为，为了得到大家的信任，没有别的办法了。他深吸一口气，说道：“我的能力是，可以控制……”

刚刚说到这里，他突然发现讲台晃动起来——不只讲台，整个教室和大楼都在摇晃，并且越来越剧烈。班上的人都感觉到了，有人惊恐地叫道：“地震！”

一瞬间，尖叫声此起彼伏。教室里一片混乱，离门近的人拉开门，打算朝外面奔逃。但阮俊熙保持着冷静，他大声喊道：“别慌！我们在六楼，跑不下去的！逃到楼道中更危险！大家快躲到课桌下面！”

这句话提醒了众人，班上的人都纷纷钻到了自己的课桌下。地震还在继续，并且愈演愈烈，教室天花板上的日光灯和灯架掉落下来，砸在地板和课桌上，引起女生们更加惊惶的尖叫。

杭一和陆华站在讲台上，没有任何地方可以躲避。他们俩只能扶着黑板和讲台，但还是站立不稳。突然，杭一听到自己头顶上方传出某种裂开的声音。他抬头一看，天花板上的一块水泥预制板被震裂了。他正要逃开，已经来不及了——这块预制板掉落下来，砸向他的脑袋！

糟了！杭一心中大叫一声，知道避无可避。死亡的阴影向他袭来。

就在千钧一发的时候，站在杭一旁边的陆华突然大叫一声，双手向上一撑——神奇的事情发生了。

在陆华的身体周围，出现了一个半径大约一米的圆形透明光球。重达几百斤的水泥预制板砸在这个光球上，如同碰撞到了坚硬的钢铁，碎裂成两半，砸在地上。在这个圆形保护罩范围内的陆华和杭一毫发无损。他们俩对视了一下，震惊得瞠目结舌。别说杭一，就连陆华自己都被吓呆了。

渐渐地，地震停止了。大家惊魂未定地从桌子下钻了出来。谁也不敢再待在这间教室里了，纷纷朝楼下跑去。

大家跑出培训中心所在的写字楼，惊恐万状，心惊胆寒。所幸的是，这场地震并没有震垮任何建筑，只是室内出现了一些局部垮塌，没有造成太大的人员伤亡。

街道上拥挤着上千个逃出来的人，一片混乱，人声鼎沸。杭一和陆华正在不知所措之时，一个人拨开人群，找到了他们——是韩枫。他像久别重逢那样抱住两个好朋友，说道："你们没事吧？太好了！"

"你也没事吧？"陆华问。

"没事，我刚从厕所出来就发现地震了，没命地往楼下跑。还好楼没有垮！"

"太可怕了，我从来没经历过这么大的地震！"陆华心有余悸地说，"你不知道，刚才我和杭一站在讲台上……"

陆华的话没有说完，突然被杭一按住了肩膀。他停下来，转头看见杭一正冷冷地注视着韩枫。

韩枫被杭一盯得发毛，问道："你……干吗这么看着我？"

杭一顿了几秒，突然双手揪住韩枫的衣领，将他推到一处没人的地方，狠狠地注视着他。

陆华惊呆了，赶过去问道："你干什么，杭一？"

杭一瞪着一双眼睛，盯视着韩枫："你昨天跟我们说，你的能力是什么？"

陆华和韩枫同时一怔。然后，陆华"啊"的一声叫了出来，感到后背发凉。他缓缓转过头，惊骇地看着韩枫。

韩枫好像也意识到了，他惶恐地说："不，不关我的事！杭一、陆华，你们要相信我！"

"相信你？"杭一压低声音怒吼道，"你的能力是'灾难'！你觉得我会相信，刚才发生的事，只是巧合？而早自习结束后，你就离开了教室，这也是巧合吗？"

韩枫猛烈地摇着头，慌乱地解释道："真的不是我做的！你们相信我，我不会害自己的朋友！"

"没错，你害的确实不只朋友，你想把所有人都置于死地！昨天我们谈论过的，第一节课结束后，我们就跟全班的人商量。所以你非常清楚，到时候，只要你找个借口离开，教室里就会聚集除了你之外的所有人！"杭一的双手死死攥紧韩枫的衣领，"你可真狠呀，韩枫！这个计划一旦成功，就可以做到一网打尽、一劳永逸！你几乎直接就胜出了！"

韩枫呆了半晌，突然用力甩开杭一的双手，愤怒地咆哮道："你……我把你当作朋友，但你把我当成什么了！在你眼中，原来我是这样一个心肠歹毒的人？！"

杭一心里也非常难受，但他不敢相信韩枫，说道："不是我们要这样看你，是你做的事情太可疑了！"

"如果我真的有这种想法，昨天怎么会老实地把我的能力告诉你们？"

"也许，昨天你告诉我们的时候，还没有想到这个计划。回家之后，你才意识到可以利用这次机会将我们一网打尽！"

韩枫哑口无言了，似乎想不出为自己辩解的话。这时，培训中心的负责人站在高处，拿着扩音器喊道："各位学员、老师，由于刚才发生了强烈地震，写字楼出现了部分垮塌，需要进行检查和修复。培训中心暂时停课两周，排除危险之后，再通知大家具体上课时间。现在，请大家迅速离开，回到家中。任何人不得在此时返回教室拿取个人物品，教室现在存在危险……"

学员们纷纷离去。韩枫见杭一和陆华根本不理自己，朝街道右侧走去。他追上去，抓住陆华的肩膀："听我说，陆华……"

陆华没等韩枫说完，把他的手从肩膀上挪开，冷冷地说："离我远点儿。"

韩枫愣住了，呆呆地看着两个好朋友离自己而去。

他们都不可能注意到，街道旁边的一棵法国梧桐树下，一个貌不出众的人——正是他们13班中的一个——嘴角露出了一丝阴险的笑意。

十九　辛娜的身份

杭一刚刚走出几步，突然想起应该问问辛娜的情况——不知道她有没有在刚才的地震中受伤。他掏出手机，拨通了辛娜的手机号。

占线。杭一暗忖，既然辛娜正在打电话，说明应该没事。虽然这样想，他还是决定站在原地等辛娜，看到人他才放心。

陆华和杭一一起站在写字楼附近一处相对较高的地方，在人群中搜寻辛娜的身影。不一会儿，杭一看到了米小路，米小路也看到了他们，欣喜地一边挥着手，一边朝他们走过来。

"杭一哥，你没事吧？真是太好了！"米小路舒了口气，"我刚才听说，你们班的天花板垮塌了？真是担心死我了。"

杭一和陆华对视了一眼，咽了口唾沫，说道："实际上，地震把讲台上方的天花板震塌了，当时我们俩就站在那里，一块水泥预制板朝我们头上砸了下来。"

"啊？"米小路大吃一惊，"你们躲开了？"

杭一摇头："来不及躲。"

"那你们怎么没事？"

杭一用大拇指指了指旁边的陆华："多亏了他，不然我们俩已经被砸死了。"

米小路疑惑地看向戴着宽边眼镜、一副书生气的陆华，突然想起了他的超能力："啊，你的能力是'防御'……"

陆华点了点头："关键时刻发挥作用了。"

“还好你跟杭一哥在一起。”米小路后怕地说，心中对陆华充满感激。这时，他发现杭一一直注视着人群，翘首以盼，问道：“杭一哥，找谁呢？”

“辛娜。对了小米，你刚才看到她了吗？”

米小路的心往下一坠。杭一哥最关心的，果然是那个女人。发生地震后，我心里想的只有他，他却……“没看到。”他冷冷地说。

杭一丝毫没察觉到米小路的不悦：“怪了，人都快散完了，怎么没看到辛娜？”

“你在找我吗，杭一？”突然，辛娜的声音从后面传来。杭一三人转过身，发现辛娜竟然站在他们身后不远的地方。

“辛娜！”杭一看到辛娜毫发无损地站在自己眼前，瞬间喜形于色，“我正找你呢！咦，你什么时候跑到我们身后去了？我怎么没看到你？”

辛娜走过来，淡淡地笑了一下：“我站在这边等人呢。”

杭一不由自主地问道：“等谁？”

辛娜注视着杭一的眼睛：“等你。”

杭一一愣，顿时脸红心跳，同时感到难以置信：“真……真的吗？如果你是在等我，怎么站在背后这么久才叫我？”

“不这样的话，我怎么听得到你们的对话呢？”辛娜说。

杭一和陆华同时一怔。米小路也眯着眼睛凝视辛娜。三个人许久都没说话。

这时，人们几乎都离开培训中心，各自回家了。辛娜和杭一三人对视了一阵，将手背在身后，一边缓缓踱步，一边说道：“我刚才隐约听到，好像多亏了陆华的什么‘能力’，才让你们两人躲过一劫……”辛娜停下脚步，定睛看着杭一，“这是怎么回事，杭一？”

杭一张口结舌，不知该如何解释。

辛娜盯着杭一的眼睛，继续说道：“另外，之前我在空地上也注意到，你把韩枫推到一个角落，厉声质问他什么，而韩枫似乎在拼命解释——虽然我离得有些远，没听清楚你们在说什么，但可以肯定，跟这场蹊跷的地震有关！”

杭一愣愣地看着辛娜：“‘蹊跷’的地震？辛娜，你为什么这么说？”

辛娜垂下眼帘一刻，随即抬起头来说道：“我刚才打电话问我爸，关于这场地震的情况。结果他告诉我，琮州市地震局监测到了这场地震，震级达到 7.2 级。按道理，这种规模的大地震，应该波及全市乃至周边各地市才对。但令人难以置信的是，这场地震的范围，竟然只有明德外语培训中心这一块！这种怪事，以前从来没有发生过！”

听辛娜这样一说，杭一、陆华和米小路都吃了一惊。他们探首望去，这才发现，真如辛娜所说——前方的街道、商铺、大楼，包括人群，根本看不出任何经历了地震的迹象。只有培训中心附近的人，才纷纷走到街上，一副惊慌失措的模样。

陆华咽了口唾沫，问辛娜：“你爸是什么人呀？能够这么快就得到地震局的监测报告！”

辛娜缄口不语。过了一会儿，她说道：“暂时别管这个，你们还是先回答我的问题吧——为什么从昨天起，围绕着我们补习的这所培训中心——就开始频繁地发生怪事？”

她严厉地看着杭一：“昨天付天的死，就完全不符合常理。紧接着，今天上午，又发生了这起‘针对我们’的离奇地震。最怪异的是——你们分明就知道什么内情！”

杭一心中一颤，不得不承认辛娜是一个心思缜密而又聪慧过人的姑娘。昨天下午从游泳馆出来，她就似乎已经凭直觉意识到什么了。今天又发生了这样的事，更是引起了她的警觉和怀疑。关键是，她的判断和怀疑完全正确——这些事情，确实跟 13 班的人有关！

现在这种状况下，想要瞒过辛娜，恐怕是不可能的了。杭一用眼神向两个好朋友求助，他们似乎没有异议。看来，只有把发生在 13 班的事情告诉辛娜了。

杭一说道：“辛娜，这件事情，并不是我们想要刻意瞒着你，或者别的人。而是没有经历过这件事的人，可能根本就不会相信世界上竟然会有这样的事。所以……”

“可我已经经历了。”辛娜说，“从昨天下午到现在，我经历的这些事情符合常理和逻辑吗？不管你们即将告诉我什么，恐怕我都只能选择相信。”

杭一沉默数秒，颔首道：“好吧，我把一切都告诉你——别在这儿站着了，我们找个地方坐下来说吧。”

“前面有家茶坊，我们去那儿说吧。”辛娜提议。

四个人来到茶坊，辛娜让服务员带他们来到二楼的一个雅间，点了一壶薄荷茶。服务员不一会儿就端了上来，离开时帮他们关上房门。

杭一双手捧着杯子，思绪复杂。他以前曾数次幻想能和辛娜坐下来约会。但现在这种境况下，完全没有任何浪漫的感觉，反而心情十分沉重。想到这件事的严重性和以后可能出现的可怕后果，他真不知道该如何开口。

辛娜看着杭一，说道：“怎么了，还在犹豫要不要告诉我？”

“不是…… 我是在考虑该怎么说。”

“从最开始说起。”

“好吧。”杭一深吸一口气，开始讲述此事，“上周星期五下午的第一节课上……”

在杭一的叙述中，辛娜的表情发生着各种转变。惊诧、怀疑、恐惧、不安——轮番出现在她脸上。最后，她捂住了嘴，眼睛瞪大到极限，震惊得无法动弹。

如果不是之前经历了游泳馆的事件，以及今天的地震，她一定不会相信这是真的。但此刻，她面对杭一、陆华和米小路严峻的神情，知道这不可能是玩笑或恶作剧，而是千真万确的事实。

用了半个小时的时间，杭一把上周五到现在发生的所有事情都毫无保留地说了出来。

辛娜目瞪口呆地看了杭一足足一分钟：“我的天哪…… 这是真的？！”

杭一无奈地说：“恐怕只能是真的。”

“这么说…… 现在 13 班的人都分别具有不同的超能力了？而且付天就是被你们班的某个人用超能力杀死的？”

杭一沉重地点了点头：“那天的情形你也看到了，不可能有别的解释。”

“今天上午的地震，是韩枫引发的？”

杭一紧咬嘴唇说：“我…… 不能肯定，真希望不是。但他的行为确实太可疑了。”

陆华有些伤心地说："按理说我们不该怀疑朋友，但依据我们对韩枫的了解，他身体素质很好，很少闹肚子什么的，偏偏今天早上……而且他的能力又恰好是'灾难'。所以，唉……"

辛娜用手撑住额头，闭上眼睛，眉头深锁："你们，让我安静下来好好想一想。"

杭一和陆华缄默了，他们能理解，要接受这样的事情，不是这么容易的。米小路暗暗运用能力，看到辛娜头上的小球不断在蓝色、灰色、绿色之间交替转换——意味着情绪阴郁、思绪杂乱。

过了好几分钟，辛娜抬起头来，看着杭一三人说道："这件事情，你们打算隐瞒社会大众吗？"

杭一没想到辛娜会突然说到"社会大众"这样大的范畴，回答道："我没有想过要刻意隐瞒，但正如之前所说的，没有经历过这件事的人，会相信世界上有这种事吗？"

"如果由普通人说出来，可能不会相信，但如果由官方发布这个消息，民众就不会怀疑了。"辛娜说。

"官方？"杭一和陆华同时重复这个词，感到诧异。陆华问："你说的官方是指什么？"

辛娜露出无奈的神情："杭一，抱歉，这件事情……既然我已经知道了，恐怕就必须告诉我爸。"

"你爸到底是什么人呀？"杭一之前就隐隐意识到，辛娜的父亲可能是某个大人物。

辛娜咬着嘴唇，踌躇片刻，说道："本来，我是不能说的……但是，既然你们毫无保留地告诉了我关于13班的事，那我也不该隐瞒你们。"她压低声音，"我爸是国安局的人，具体职务不能透露。"

"国安局？！"陆华大吃一惊，额角滴下一颗汗珠。

"这件事情请你们务必保密，"辛娜严肃地说，"如果不是发生了这么重大的事情，我是不能透露我爸的单位的。实在是不得已。"

杭一惊愕无比："真没想到，你爸竟然是……"他回到正题，"可是，你为什么要让国安局的人介入此事？”

“因为这件事涉及民众和国家的安全呀！”辛娜严厉地说，“就拿今天这场地震来说吧，还好培训中心的教学楼比较坚固，没有发生大面积的垮塌。不然的话，会造成多少伤亡，你们想过吗？”

杭一、陆华和米小路都呆住了。确实，这是一个让人心惊胆战，而又不得不正视的假设。仅仅是一个人的初始能力，就能造成如此严重的后果，如此发展下去，真的不堪设想。

辛娜看着他们说：“这件事情，已经不仅是13班的事了。你们想想看，如果一切真的按照那个所谓的‘旧神’说的进行下去，你们班的50个人，在互相攻击和争斗的过程中，还会引发多少难以预料的灾难？在这场竞争中死亡的，绝对不止这50个人！全世界都会卷入此事，受到波及！这实在太可怕了，必须让国安局的人知道并介入此事，才能控制事态的发展！”

辛娜的话令杭一三人呆若木鸡。不得不承认，辛娜作为“局外人”，比他们考虑得更加深远、全面。她说的这番话不是耸人听闻，而是完全可能出现的局面。杭一不安地吞咽下唾沫，说道：

“那么，辛娜……你有没有考虑过，国安局的人得知此事后，会采取什么措施呢？”

二十　联盟

辛娜一怔，愣愣地看着杭一，说不出话来。

陆华明白杭一的顾虑，他有些紧张地说道："如果国安局认为我们这些人威胁到了公众安全，可能会把我们全都抓起来。"

陆华的话让在场的人都惶恐起来。显然这是辛娜之前也没有考虑到的，现在她紧绷着嘴唇，显得十分为难。

杭一思忖了一阵，考虑到了另一个问题："如果国安局的人真的打算把我们50个人抓起来，这些超能力者，会乖乖就范吗？今天上午这场地震的威力，大家都见识到了。老实说，我不认为国安局的人会是我们这些人的对手。如果真的对抗起来，恐怕后果会更糟。"

辛娜的脸色都变白了，她看着杭一："那我们该怎么办？"

杭一说："辛娜，我明白你的意思。你是为所有人着想，不希望这件事情彻底失控——我又何尝不是？但这件事如果让国安局的人介入，可能会演变得更加恶化。所以，这件事情暂时别告诉你父亲，我们好好商量一下吧。"

辛娜若有所思地点着头："你的意思是，这件事还是要在13班内部解决？"

"没错，我们应该成立同盟，"杭一坚持自己的主张，"劝说大家团结起来，共同应对此事，停止互相杀害。"

"但是，今天上午这场地震，很快13班的人都会意识到是怎么回事。"陆华担忧地说，"这种情况下，大家怎么可能会相互信任，放下戒备呢？"

“而且，这场地震让培训中心的人——当然包括13班的超能力者们——各自回家。短时间内，大家不可能聚集在一起了。”米小路提醒道。

确实，这是一个令人沮丧的现实。杭一垂着头发愁。

沉默了几分钟，辛娜突然两眼放光，说道：“也许，这场地震正好是一个机会！”

杭一愣愣地看着辛娜：“怎么说？”

“杭一，你最喜欢做的事情是什么？”

杭一不知道辛娜为什么会突然问起这样的题外话。他呆了半晌，回答道：“玩游戏？”

“对了，”辛娜说，“RPG（角色扮演）游戏，你肯定玩过不少。想想看，几乎每款游戏中，主角的队伍都不可能是一开始就聚集很多同伴的，对不对？”

杭一急促地点着头，关于游戏的事，他太熟悉了。

“同伴是在一个相对较长的时期内，慢慢凝聚起来的。只有经过各种考验和磨难，才能形成稳固牢靠的同伴关系。游戏中是这样，现实中更是如此！你明白我的意思了吗，杭一？”

杭一是个聪明人，一点就通。“你的意思是，我之前的做法错了，不应该号召全班响应我的提议，而应该一个一个地收集同伴？啊，抱歉——”他挠了挠头，“一激动说的就是游戏术语。不是‘收集’，而是‘聚集’。”

“对，就是这意思。”辛娜说，“你打算成立同盟的想法是好的，但不能一蹴而就。这样就算短时间内聚集了很多人，但基础不牢，容易瓦解，甚至出现内部纷争。只有慢慢凝聚起来的同伴，才是彼此信任，牢不可破的！”

“嗯，你说得对。”杭一豁然开朗。

“辛娜，我也认为你说得很有道理。但有一个问题——如果我们去拉拢班上的人，怎么能判断对方是否真心实意呢？反过来说，别人又怎么知道我们接触他们是否另有居心？现在横亘在大家之间的，就是信任问题呀——我们班的人，可能大多数都视彼此为对手了。”陆华说。

“我已经想好拉拢同伴的具体方法了。”辛娜微微一笑，“有些时候，果真是‘当局者迷，旁观者清’呀。”她提醒道，“你们忘了自己拥有的特殊能力吗？”

陆华一愣："你是指…… 我和杭一？"

"还有米小路。"辛娜说，"联合你们的能力，就能做到万无一失。"

"讲来听听。"陆华表现出兴趣。

辛娜身子向前倾斜一些，看着他们三人："米小路的能力是'情绪'(实际上是'情感')，能够看到每个人头上的情绪小球。也就是说，这个能力实际上可以暗中观察到别人的心理变化。对方是否真诚，或者会否藏有杀意，米小路的超能力都能提前探测到。"

米小路心中暗暗吃惊。这个女人，竟然只通过杭一哥的叙述，就能想出运用我超能力的方法。而且，她的想法是成立的。我确实能提前感知到别人是否带有敌意或杀意，就像在游泳池边，看到魏薇的头上出现黑色小球那样。

她父亲是国安局的人，也许职务还不低。而她自己，拥有如此智慧……这个女人如果作为同伴，倒是个不错的帮手。但是如果有一天，她成了我的敌人……

米小路心中一凛，自己都不知道怎么会冒出这样的念头。这时，辛娜似乎发现他走神了，问道："小米，你听到我说的了吗？你觉得可行吗？"

"啊……"米小路回过神来，"应该是可行的。"他想了想，"可是我的能力只能作为一种探试，如果发现对方真的有杀意，该如何应对？"

"这就要用到陆华的能力'防御'了。"辛娜看向陆华，"你的能力既然能抵御垮塌的天花板，就肯定能防御其他类型的攻击。"

"我明白了，这就是你说的'万无一失'的方法。"陆华说，"确实是个好主意。只是，恐怕我要多锻炼自己的能力，熟练运用才行。"

"那么，我呢？"杭一抓着脑袋说，"这里面好像没我多少事呀。"

"怎么会没你事呢？"辛娜说，"你是这个同盟的组织者和倡导者呀。在以后跟各人的接触中，需要你说服他们加入到这个同盟中来。"

"意思是，我就像一款 RPG 游戏中的主角一样，负责'收人'？"杭一的思维又进入游戏世界了，他呵呵笑起来，"真令人期待，以后，我们会收集到哪些拥有强大能力的同伴呢？会不会跟游戏中一样，越到后面，收到的人就越强？"

"你的意思是，我们这些'初始伙伴'，就很弱喽？"陆华白了他一眼，"别沉溺在游戏中了，回到现实吧！”

“唔，对了，说到现实的问题。”杭一显得有些沮丧，“我的超能力‘游戏’到底有什么用？用来玩玩游戏倒是不错，可以当个万能游戏修改器了。但是在这场竞争中，我这种废能力该怎么保护自己呢？”

“别这么说，杭一。”辛娜宽慰道，“我不认为你的能力是废能力。也许，只是你现在还没有摸清它的奥秘。不过，目前来说，你的能力有一个非常大的好处。”

“哦？什么好处？”

辛娜笑道：“你的能力一听就不是那种具有攻击性、会产生威胁的能力。所以，在之后收集同伴的过程中，我相信你能让大多数人对你放下戒备，增大说服同伴的成功率。”

杭一苦笑着挠了挠头。

“那么，就这样说定了？”辛娜看着三个男生，宣布道，“咱们这个‘守护者同盟’正式成立了。初始成员就是咱们四个人。”

“‘守护者同盟’？这名字听起来挺不错……”杭一突然止住，定睛看着辛娜，“等等，四个人？”

“是呀，有什么问题吗？”

“辛娜，你不是 13 班的呀。你没有超能力。”

“没错，但我已经介入此事了呀。”

杭一愣了片刻，连连摆头：“不行，你不能加入。这件事可不是闹着玩的，我不能让你陷入危险！”

杭一的话令辛娜心中淌过一丝暖流，她看着他说道：“杭一，咱们是三年的高中同学。我了解你的个性。你有着一颗正直、善良的心，也有着不惧危险的勇气。但你性格上的缺陷，我同样清楚——你比较单纯，有时候考虑事情未免有些天真。

“就像你试图公开自己（包括陆华和韩枫）的能力——说服全班的人团结一致这件事，就暴露了你的性格缺点。所以，我希望能在你身边，帮你出谋划策。同时，我也希望为阻止这场纷争出一份力。”

杭一呆呆地看着辛娜，心潮起伏。之前，他一直认为，以前高中的时候，都只是自己在默默地关注着辛娜，辛娜心里并没有自己。没想到的是，辛娜竟然如此了解自己的个性。难道，她其实也一直在暗中关注自己？

想到这里，杭一不禁脸红心跳。但他很快回到现实问题——不管怎样，他都不愿辛娜以身犯险。“辛娜，你还是别……”

辛娜伸出手掌比画了一下，说道：“杭一，我加入这个同盟，还有另一个目的。这件事，我答应你们暂时不会告诉我爸。但是一旦状况失控，我就只能告诉他，让国安局来控制局面了。所以，我必须在你们身边，时刻留意事态的发展。”

辛娜这样说，杭一没有反对的理由了。他只能被迫同意，叮嘱道：“好吧。但是辛娜，你要答应我，跟我们在一起时一定要注意安全，别做任何冒险的事。”

“好的。”辛娜点头。

米小路在一旁默默看着他们俩，更注意到辛娜在看着杭一时，头上的小球已经不是白色了，而是橙黄色。对于杭一来说，这当然是好事，但对米小路来说，却意味着更大的阻碍。

这个辛娜，会因为这件事而跟杭一哥越走越近。不，这不是我希望看到的。

也许，我应该在他们发展成恋人之前……

米小路的眼角掠过一丝阴冷的光。

二十一　失控的力量

陆晋鹏离开培训中心后，本打算直接回家，但想到当保卫科科长的继父这段时间是上夜班，白天都在家，便不想这么早回家了。他已经养成了习惯——避免和继父有任何单独接触的机会。

在街上闲逛的过程中，陆晋鹏惊讶地发现，整个市区根本没有遭遇地震的迹象。很快他明白这是怎么回事了，身上一阵发冷。

陆晋鹏到书店去打发时间，好不容易挨到了中午，他才慢吞吞地朝那个不想回的家走去。

到家之后，他发现妈妈已经回来了，正在厨房准备着午饭。继父和弟弟陆昊坐在客厅的沙发上看电视。陆晋鹏打算直接进自己房间，但经过客厅时，继父瞥了他一眼，问道："你怎么现在回来了？"

陆晋鹏懒得跟继父说话。他本想随便搪塞过去，但考虑到这段时间都不能去补习了，只有说实话："培训中心地震了，放了我们半个月的假。"

继父和陆昊一起扭过头，愣愣地看着陆晋鹏。妈妈也端着一盘菜来到了旁边的饭厅，听到陆晋鹏说的话，以为没听清楚，问道："你说什么？"

陆晋鹏发觉自己很难向家人解释这件事。他站在原地，不知道该怎样表达。

继父用遥控器关了电视的声音，走到陆晋鹏身边，居高临下地直视着他："你刚才说什么？再说一遍。"

"我说，今天上午培训中心发生地震了，大楼出现了部分垮塌……"

话没说完，重重的一记耳光已经扇到了陆晋鹏脸上，将他打得一个趔趄，眼冒金星，差点儿没站稳，跌倒在地。

“你干什么！”母亲呵斥继父，走到陆晋鹏身边护住他，“他话都没说完，你就动手打他！”

继父怒不可遏地伸出一根指头指着陆晋鹏，吼道：“我为什么打他？你自己听听他在说些什么！什么‘培训中心地震了’，这种拙劣的谎话都编得出来！地震这种事情，会只有你们培训中心的人感觉得到？你当我白痴呀？！”

陆晋鹏捂着火辣生疼的脸颊，充满恨意地怒视着继父。他知道他不会相信，但没想到他根本不听任何解释，就不分青红皂白耳光招呼。也许，只要提供一点机会，就能引发继父殴打、虐待自己的欲望吧。

妈妈自然也觉得陆晋鹏说的话站不住脚，焦虑地说道：“晋鹏，到底是怎么回事？”

陆晋鹏看着母亲：“我说的是实话，不信你们可以打电话问培训中心的负责人。”

没等母亲回话，继父就咆哮道：“问负责人什么？‘请问，今天培训中心地震了吗？’你想让人以为我有病，对吧？陆晋鹏，你今天是铁了心要我们是不是？”

“你不相信就算了。”陆晋鹏厌恶地说，朝门口走去，“我懒得解释了，这个家我也不想待下去了！”

“等等，你要到哪儿去？”继父不能容忍“审讯”尚未结束，陆晋鹏就擅自离开，这是对他尊严的挑衅。他两步跨上去抓住陆晋鹏的手：“你要死外面去，可以，但是要把话说清楚才行。否则休想开溜！老子出钱让你去培训英语，你就这样耍老子？”

陆晋鹏愤慨地吼道：“我告诉了你原因，你不相信！我叫你向负责人求证，你也不肯！那你还要我说什么？！”

继父没想到陆晋鹏竟然敢吼他——这是以前从来没出现过的情形。他扬起巴掌，又要扇过去，手被妻子抓住了：“别打了！就算他不是你亲生的，名义上也是你儿子呀！”

可继父已经气得发狂了，他用力一甩，把妻子狠狠甩开。母亲一时失去平衡，重重摔倒在地，“哎哟”一声，捂着后脑勺痛苦地蜷在地上。

陆晋鹏一惊，喊道：“妈！”就连本来坐在沙发上，笑嘻嘻地看好戏的陆昊也蒙了，不由自主地站了起来。

陆晋鹏想走过去将母亲扶起来，但衣领却被继父死死地攥着，似乎他仍没解气，还要继续殴打他们母子。陆晋鹏全身发抖，血都涌到了头顶，他从未如此愤怒过，几乎要控制不住自己了。他用尽全身力气吼道：“放开我！”

“你他妈翅膀硬了，敢吼老子了？！”继父怒火中烧，这次扬起的已经不是巴掌了，而是捏紧的拳头，眼看就要砸到陆晋鹏瘦弱的身躯上。

“啊！”陆晋鹏丧失了理智，大喝一声，闭上眼睛，双手用尽全身力气向继父推去。

出手的瞬间，陆晋鹏猝然后悔，但是已经来不及了。

继父像炮弹般飞射出去，快得几乎看不清楚，只听到“咚”的一声巨响。待陆晋鹏看过去的时候，看到的已是触目惊心的一幕——

继父撞到了客厅的一面墙上，墙壁被撞裂了，形成一个巨大的凹坑。继父头破血流，似乎全身都骨折了，以一种恐怖的姿态瘫在地上。一望而知，已经气绝身亡了。

事情发生得太快了，母亲听到这声巨响，再看过去的时候，吓得捂住嘴，惊叫起来。而目睹了这一过程的陆昊，更是眼珠都几乎瞪裂了。他看着父亲惨死的恐怖模样，过了好一阵，才失声尖叫出来，然后惊恐地看向陆晋鹏，屁滚尿流地逃进了自己的房间。

陆晋鹏站在原地，全身发抖，目瞪口呆。他只是想把继父推开，没想到自己至今尚不够了解的能力竟然如此强大——就像摔死一只小鸡那样，轻易地杀死了一个人！

陆晋鹏背过身去捂住嘴，想要呕吐。虽然在他心里，继父是咎由自取、死不足惜，但毕竟是自己的继父，他从没想过要他的命。可如今，大祸已经酿成，该如何是好？

母亲跌跌撞撞地过来，抓着儿子的肩膀，恐惧地问道：“晋鹏，你刚才做了什么？你继父他，怎么会……”

陆晋鹏不知道该怎么说，他现在头脑里混乱无比，惶恐地说道：“妈，我不是故意的……我只是想把他推开，不想杀他！”

母亲完全听不懂陆晋鹏的话，她惊骇地看着墙壁上受到撞击出现的凹坑，仿佛客厅里砸进来一颗陨石般不可思议：“什么意思？不管你故不故意，都不可能做到这一点呀！”

陆晋鹏抓住母亲的手臂，骇然道：“妈，别再问了，我以后慢慢跟你解释吧！你帮我想想办法，现在该怎么办？”

母亲看了一眼地上那具扭曲变形的尸体，浑身抽搐了一下，战栗地摇着头说：“我不知道，出人命了……我从来没遇到过这样的事！”

“这件事不能让别人知道，不然我就完了！”陆晋鹏慌乱地说。

“可是，死人这种事情怎么可能瞒得住呢？”

“死人的事情是瞒不住，但不能让别人知道是我杀的他！”陆晋鹏渐渐恢复了冷静，“这件事情是不符合常理的，就算警察上门调查，也不会相信是我造成的……”他紧抓住母亲的手，“妈，所以我们一定要保守秘密，你不想看着我被捕入狱吧？”

对于刚刚失去了丈夫的女人来说，显然不能再失去儿子了。母亲惶恐地点着头，又焦虑地说道：“可是警察来了，我们该怎么说呢？”

“让我想想……”陆晋鹏竭力思索。母亲在一旁无助地看着他。

过了几分钟，陆晋鹏还没想出什么主意。这时，门外传来急促的敲门声。

陆晋鹏和母亲同时睁大眼睛，惊骇地对视在一起。

“会是谁？”母亲颤抖着问。

陆晋鹏愣了几秒，突然看向弟弟陆昊紧锁的房门，明白自己忽略了什么，低呼一声：“糟了！”

“怎么了？”

“陆昊……我把他忘了！他刚才在房间里一定报警了！”

“啊！门外是警察？这么快就找上门来了？”母亲惊慌不已。门外的敲门声更甚了，有种即将破门而入的紧迫感。

陆晋鹏心里也非常紧张，但事已至此，只有走一步算一步了。他对母亲说：“妈，别慌，你先去开门。”

“可是……我们怎么跟警察交代呀？”

“随机应变吧！”

母亲没有别的选择，只有依陆晋鹏所言，快步走到门口，将门打开。

门外站着两个穿着警服、身材高大的男警察。其中一个出示了警官证，对陆晋鹏的母亲说：“我们刚才接到一个男孩的报警电话，说你们家里刚才发生了命案，是这样吗？”

“啊，啊……”母亲面色惊惶，紧张得说不出话来。

两个警察迅速对视了一眼，知道确实有问题。他们摸出手枪，小心翼翼地走进客厅。陆晋鹏的母亲不安地跟在后面。

映入眼帘的画面，令两个经验丰富的警察也不禁目瞪口呆——墙壁上的巨大凹坑以及下方头破血流的尸体，让他们一时看不懂这里发生了什么。两个警察紧握手枪，提高警惕。他们注意到了站在客厅里的瘦小男孩。其中一个警察问道：“刚才是你报的警吗？”

陆晋鹏还没来得及说话，陆昊突然打开房门，从房间里冲出来，大声叫嚷着：“是我报的警！”他跑到警察身后，恐惧地看着哥哥陆晋鹏。

警察看了一眼陆昊，又看向陆晋鹏以及他的母亲，问道：“这是怎么回事？”

陆昊哆嗦着说：“他……他杀了我爸！他是个怪物！”

陆晋鹏看着跟自己有血缘关系的弟弟，竟然把自己称为“怪物”，而且毫不犹豫地报警抓他，心中除了悲凉，更升起恨意。他愤恨地凝视着陆昊，令陆昊打了个寒战，不敢与他对视。

“家里现在只有你们三个人？”警察问。

“……是的。”母亲小心地回答。

一个警察指着死者：“他是怎么死的？”

母亲紧闭着嘴不开腔。陆昊将哥哥出卖了：“是他！他把我爸推到墙边……撞死了！”

两个警察狐疑地彼此看了一眼，显然不相信陆昊说的话——但眼前的景象似乎不管从哪个角度都难以用常理来解释。他们眉头紧蹙，一时竟显得有些不知所措。

过了一会儿，一个警察问陆晋鹏："死者跟你是什么关系？"

"是我的继父。"陆晋鹏回答。

"跟他（陆昊）呢？"

"是他的亲生父亲。"

警察弄清这个家庭的结构了，问陆晋鹏："你告诉我，刚才到底发生了什么事。"

陆晋鹏实在不知道该怎样回答，只有说："我不知道。"

"不知道？"警察严厉地说，"你继父死的时候，你不在现场吗？"

陆晋鹏咬着嘴唇不说话。这时，陆昊又面红耳赤地嚷道："他撒谎！就是他干的！他不知道哪来这么大的力气，把我爸一推，我爸就飞出去撞到墙上……死了！"说着流下泪来。

陆昊说出来的话就像天方夜谭，但看他的模样，又不像在胡说。两个警察从没遇到这么怪异的案件。他们迟疑了一阵，收起手枪，其中一个拿出对讲机，对楼下接应的警察说道："事情有点儿怪，只有把他们带回局里，进一步讯问。"

关闭对讲机，警察对这一家人说："你们跟我们去公安局一趟。一会儿我们会派医院的车来运走死者尸体。"

母亲和陆昊都没有表示异议。只有陆晋鹏浑身一噤，惶恐地说道："……不。"

警察看出这个男孩确实有问题，他们向他走去，说道："如果事情不是你做的，你害怕什么？"

到了公安局，只要他们调查出这件事是我做的，不管事情符不符合逻辑，我也肯定会被关押、判刑……不！这样我就完了！陆晋鹏心慌意乱，不由自主地向后退。

两个警察几乎已经认定他有最大嫌疑，也懒得跟他多说了。其中一个快步向前，伸出手去抓他。

一只大手钳住了陆晋鹏细弱的手臂，想要将他强行拖走。陆晋鹏既惊又急，出于本能的抗拒，他另外一只手向警察的身体一推，喊道："别抓我！"

这一推，就跟之前的情形一样，这个警察猛地飞了出去，撞到客厅的另外一面墙上，跟继父一样，当场毙命了！

母亲和陆昊都吓得大叫起来。另外一个警察亲眼看到了这不可思议的一幕，他呆了一秒，立刻拔出别在腰间的手枪，准备开枪射击。

陆晋鹏一惊，求生的本能下，他来不及思考，大叫一声冲向那个警察，用尽全身力气一推——这一下更不得了，这个警察从客厅飞射到了饭厅，背部撞到大理石餐桌上。只听一声惨叫，然后是令人恐怖的脊椎骨断裂的声音。那警察伏在地上，死了。

短短几秒钟，两个警察也被杀死了。陆晋鹏的眼前出现一层红幕，头脑里像炸开了花，嗡嗡作响。母亲摇晃了两下，几乎昏厥在沙发上。陆昊发出惊恐的怪叫，再次朝自己的房间逃去。

陆晋鹏来不及品味恐惧了，他不能让陆昊再次报警，引来更多的麻烦。他快步朝陆昊追去，但陆昊已经进入了房间，并猛地把房门关拢，锁上。

“开门，陆昊！”陆晋鹏在房门外大喊。

“不！你这个怪物……杀人狂！”陆昊在房间里歇斯底里地喊叫。

陆晋鹏迟疑了一秒钟，然后右手往门上一推，“砰”的一声巨响，房间门被轰开了。

“啊——！”陆昊发出惊悸的呼叫，“别过来！”

“把手机放下！”陆晋鹏喝道。陆昊只有乖乖地把手机丢到了床上，然后整个人蜷缩在床边，不停地颤抖。

陆晋鹏一步一步朝陆昊走去，陆昊吓得面无人色，大声呼救：“妈！救命呀！哥哥要杀我！”

母亲跌跌撞撞地跑到房间里来，哭着喊道：“晋鹏，别，别……他是你的弟弟呀！”

陆晋鹏叹了口气，看着母亲，尽量用平静地语调说道：“我没想过要伤害他，我只想叫他别嚷了，安静下来听我说。”

陆昊不敢开腔了，畏惧地看着陆晋鹏。

陆晋鹏扶母亲坐在床上，然后瞥了陆昊一眼，对他说：“别怕成那样，我说了不会把你怎么样的。你也给我坐过来！”

陆昊只有照办，战战兢兢地到母亲身边坐下，抱着她。

陆晋鹏知道只能说实话了，但他不打算把一切和盘托出。他凝视着母亲和弟弟，说道：“正如你们看到的那样，我有了超能力——力量大得惊人。但我并不是要故意杀死继父和那两个警察的。我并不知道自己的能力竟如此强大，也难以控制。这一切都是意外，不是我的本意。”

母亲战栗地说：“这是什么时候的事？”

“就是几天前。”

“你怎么会有这种……超能力的？”

陆晋鹏不想细加说明：“不知道，一觉醒来就有了。”

“你怎么不告诉我，晋鹏？”

“我不知道该怎么说，我自己都感到莫名其妙。”

“外面死了三个人，还有警察……怎么办？晋鹏，怎么办？”母亲已经完全失去主张了。

不知道为什么，当杀死继父时，陆晋鹏心中的恐惧比旁人更甚。但之后又杀死这两个警察，他反而不那么慌乱了。难道杀人这种事情也具有某种适应性？陆晋鹏此刻已经冷静了下来，说道：“这件事是不可能瞒得过去的。警察一会儿还会光顾。”他停顿一下，看着弟弟。“但是，我不想坐牢。或者说，以我的能力，警察恐怕也很难把我怎么样。你明白我的意思吗，陆昊？”

陆昊惧怕地点着头。

“那你想怎样呢？”母亲忧虑地问。

“这件事情，是超出一般人常识的。只要我们不说，警察也摸不出头绪。所以，只要我们众口一词，就能把警察蒙过去，让他们认为这是一起超自然现象，然后就由他们去调查好了。”

母亲认为只能如此了：“那我们具体怎么说？”

“就说是一种神秘的力量袭击了他们，我们也不清楚这是怎么回事。”陆晋鹏吩咐道，“这样说就行了。”

“……好吧。”母亲应承下来。

陆晋鹏见陆昊没有说话，俯下身来凝视着他："怎么样，弟弟？"

"唔……好的。"

陆晋鹏眯着眼睛看了他一会儿，压低声音说道："陆昊，不管怎么说，你跟我是有血缘关系的兄弟。只要你乖乖的，我就不会把你怎么样。我们以后还是会相安无事地生活在一起。但是，如果你再敢做出任何对我不利的事情，别怪我没警告过你——如果你不认我这个哥哥，我也就不需要你这个弟弟了。你见识了我的能力，知道警察也不是我的对手。所以我劝你别做傻事，可以吗？"

陆晋鹏的语气表面上平和，实质暗藏威胁和杀机。陆昊虽然只有12岁，也能听出其中的意味。他背后一身冷汗，不住地点头，不敢有任何忤逆。

在陆晋鹏说这番话的时候，母亲惊讶地看着他，眼前的人让她感觉如此陌生。这是她懦弱、胆小的大儿子吗？怎么像变成了另外一个人？

实际上，陆晋鹏心里也暗暗吃惊，仿佛自己都不认识自己了。上个星期，他还被两个小混混抢了钱，不敢反抗。今天，他竟然连杀了三个人，而且逐渐克服了恐惧感，连说话的口吻和底气都和往昔不同了。这是怎么回事？也许，任何一个懦弱和渺小的人在拥有了强大的能力后，都会发生质的改变，并迅速适应自己的强者身份？

在他思考的时候，外面再次传来了敲门声。

二十二　怀疑

实际上，在接到陆昊的报警电话后，开着警车迅速赶到的，一共有四个警察。其中两个是柯永亮和梅葶。

因为报案人的声音是一个小男孩，对案情的描述又语焉不详，所以，柯永亮就让两个警察先上楼去看看，排除恶作剧的可能。如果真的有什么情况就立刻跟他们联系。

柯永亮和梅葶在警车内等了几分钟后，收到上面的警察用对讲机传来的信息——“事情有点儿怪，只有把他们带回局里，进一步讯问。”但是接着过了十几分钟，那两个警察还没把人带下来。

梅葶看了一眼手表，皱了一下眉：“怎么回事？情况有变？”

柯永亮也觉得有些不对劲，他用对讲机跟上面的警察联络，却发现没有应答了。

“我们马上上去看看！”柯永亮当机立断。

两人迅速乘坐电梯来到报案人家门口，敲门。

很快，门开了。陆晋鹏的母亲面色苍白地站在他们面前。

柯永亮出示了警官证，问道：“刚才有两个警察来过，对吧？”

“是……是的。”

“他们在哪儿？”

陆晋鹏的母亲全身发抖：“你们……自己进去看吧。”

柯永亮和梅葶对视了一眼，用眼神提醒对方，情况有些不对，保持警惕。

他们像前两个警察一样，持着手枪进入客厅，看到的情景令他们惊骇万分——这里就像刚被炮弹袭击过的战场，两面墙壁上都撞出了巨大的凹坑，地上躺着三具尸体，其中两具正是他们的同事。

柯永亮全身的血都涌了上来，他用枪指着陆晋鹏的母亲，大声询问："这是怎么回事？！"

"啊！"陆晋鹏的母亲见枪口指向自己，吓得魂不附体，连连摆手，"我不知道呀，警官，不关我的事！"

梅葶警觉地扫视着屋内的每一个地方。突然一个房间的门打开了，她立刻举枪瞄准。

"别开枪！"母亲紧张地说道，"是我的两个儿子！"

陆晋鹏走在前面，举起双手，慢慢走出来。陆昊跟在他的后面，显得忐忑不安，没有哥哥那样镇定。

梅葶举着枪，警觉地问道："屋里还有哪些人？"

"就只有我们母子三人。"母亲说，"没别人了。"

"他们是怎么死的？"柯永亮问。

陆晋鹏害怕母亲说漏嘴，抢着回答道："警官，事情是这样的——最开始是我继父，他突然受到一种神秘力量的袭击，撞墙而死了。我弟弟吓坏了，打电话报警，很快那两个警察就来了。我们正试图告诉他们当时的情景，他们却也受到了那种神秘力量的袭击……死了。我知道这听起来让人难以置信，但事实就是这样。"

柯永亮瞪着一双铜铃般的眼睛，喝道："什么'神秘力量'？！这又不是科幻电影！到底怎么回事？"

陆晋鹏说："如果你不相信我说的，那么警官，你觉得你眼前看到的情景，该怎样用常理来解释？"

柯永亮发现自己竟然被这男孩问得哑口无言了。这时，梅葶说道："报警电话是你们当中的谁打的？"

"是，是我。"陆昊结结巴巴地说。

“当时你报警的时候，说是有人杀了你爸，并没提到什么‘神秘力量’呀。”梅葶尖锐地指出。

见陆昊张着嘴说不出话来，陆晋鹏替他回答道：“事情发生得太快了，我弟弟也被吓坏了，他大概吓得胡言乱语了吧。毕竟他才 12 岁。”陆晋鹏盯视着陆昊：“我说得对吗，弟弟？”

“唔…… 就是这样。”陆昊害怕地点着头。

柯永亮瞪着陆晋鹏说：“我们问的是你弟弟，你为什么要帮他回答？你是在教他怎么说吗？”

梅葶对柯永亮使了个眼色，示意暂时由她来询问：“你弟弟只有 12 岁，也许表达不够清晰。那么，你和你母亲怎么不打报警电话呢？一个家里出了这么可怕的事，居然让年龄最小的孩子报警？”

陆晋鹏略微迟疑，说道：“是我弟弟抢着要打的。你知道，他这个年龄段的孩子，最喜欢抢着打电话了。”

梅葶注视着陆晋鹏，盯着他的眼睛。

“你们跟我们到公安局去一趟，做个调查笔录。”柯永亮对母子三人说。

“不。”陆晋鹏一口拒绝。

柯永亮没想到这个瘦弱的男孩竟然敢这样跟警察说话，他正要发火。梅葶在旁边碰了他一下，然后问陆晋鹏：“为什么不？”

“我不喜欢到公安局去。”

“不喜欢？！你当公安局是超市呀？想去就去，不想去就不去？配合警察办案是每个公民应尽的义务，你知道吗？”柯永亮吼道。

陆晋鹏沉下脸来看着警察：“如果我就是不想去呢？”

“那我就……”柯永亮正要走过去，梅葶突然拉住他，然后对他使了一个极其微妙的眼色。柯永亮停下脚步。

“好吧，我们尊重你的意思。既然你不想去，那就算了。我们先离开。”梅葶对陆晋鹏说，“但是你起码可以告诉我们，你叫什么名字吧？”

陆晋鹏想了想，这个问题就算自己不说，警方也会很快查到的。他答道：“我叫陆晋鹏。”

梅葶点了点头，她看了一眼两个同事的尸体，克制住心中的悲伤："这两位警察身上的枪，我们要带走。"

"请便。"

梅葶走到警察的尸体旁，将两把手枪捡起来。离开之前，她对陆晋鹏说："过一会儿我们会叫医院的车来抬走尸体。在此之前，请你们保护现场。"

"可以。"陆晋鹏冷冷地说，"但我们不希望再受到警察的打扰。如果警方没有什么重要的事，以后请不要再来找我们了。"

梅葶没有说话，拉着柯永亮的衣角退出了这个家的家门。

"我们就这样走了？"柯永亮在门外不甘心地说。

梅葶神色有些紧张："先离开这里再说。"

他们迅速乘坐电梯下楼，然后坐上警车。梅葶叫柯永亮先开车。

车子开出去一段路，停在了路边。柯永亮打开车载电话，怀着难过的心情将两名同事死亡的消息告诉刑警队队长刘霖。

得知两位警察的死讯，队长十分震惊，在电话中询问案情。柯永亮如实相告。

"什么，不清楚他们是怎么遇害的？"队长问道，"什么意思？"

"现场的情形十分奇怪，那家男主人和我们两个同事遇害的方式如出一辙，似乎都被某种超越常规的巨大力量袭击，撞击致死。"柯永亮顿了一下，实在是不想这样说，"看起来不像人的力量能办到的。"

"你的意思是这件事情带有某种超自然性质？"

柯永亮愣了一下，不知道队长为什么立刻想到了这一点上。他说道："确实有这种感觉。队长，你怎么会这样想？"

"妈的，真是见鬼了。"队长咒骂一句。

"怎么了，队长？"

"你还不知道今天上午发生的事？哦，对了，你们俩一大早就在外面办案。"

"发生什么事了？"

"今天上午 8 点 55 分，发生了一场蹊跷的地震。地震震级达到 7.2 级，范围却只在明德外语培训中心所在的写字楼附近！周围隔一条街远的人，都根本没感觉到地震。我活这么大，从没遇到过这么奇怪的事情！”

柯永亮和梅葶睁大眼睛对视在一起。“又是明德外语培训中心？”梅葶惊愕地说，“怎么所有怪事都跟那里有关？”

“对，昨天在游泳馆离奇死亡的那个男人，就是明德的学员。这件事还没查出结果，今天又发生地震了！明德那里到底搞什么鬼！”

梅葶突然想起了什么，问道：“队长，你现在在局里吗？”

“是的，怎么了？”

“麻烦你请情报科的人帮我查一下，明德有没有一个叫陆晋鹏的人，二十岁左右，男的。”

“哪三个字？”

“不知道，你大概根据读音来查吧。”

“好吧，你们等一下。”

仅仅用了两分钟，队长就回复了：“没错，明德13班的确有一个叫陆晋鹏的学员，从照片上看，是一个瘦小的男生。”

梅葶深吸了一口气：“对，就是他。”

“他怎么了？”

“刚才的命案就发生在这个陆晋鹏的家中，而且他有着明显的嫌疑。”

“你的意思是，他先后杀了父亲和两个警察？”队长诧异地问，“他怎么做得到呢？”

“不清楚，需要进一步调查。但可以肯定跟他有关系。”

“你们先回局里吧。我马上安排我们的人和医院的车到案发地点。”

“行，但是……队长，你最好提醒我们的人，别刺激到那个叫陆晋鹏的男生，暂时别把他带回警局。”

“为什么？”

梅葶说：“我感觉到他具有某种危险气息。他丝毫不怕警察，显得有恃无恐，可能拥有某种我们意想不到的力量。”

“两个警察死在了那里，我们不可能善罢甘休。”

“这是当然。但这件事情非常特殊，必须十分谨慎。我认为应该采取暗中调查的方式，避免和这个叫陆晋鹏的男生直接接触。”

队长想了想：“我知道了，你们先回来吧。”收线了。

结束和队长的通话，柯永亮说道：“明德外语培训中心一定有问题，接连几天发生的怪事都跟他们有关系！”

“而且重点在这个13班。”梅葶锁定了范围。

“你认为今天上午的地震，也跟13班的人有关系？”

“虽然不能肯定，但直觉告诉我，多半如此。”

“你刚才暗示我尽快离开，是害怕那个陆晋鹏会对我们下手？”

梅葶叹了口气：“你今天实在是太冲动了。我能理解……看到两个同事惨死在那里，让你失去了冷静的判断力。”

柯永亮垂下头，承认梅葶说得对。

“你没感觉到吗？当你准备强行将他带回警局的时候，他的眼神中流露出了一丝杀意。这种有恃无恐不可能是没有理由的。我怀疑焦磊（之前的两个警察之一）他们就是因此而被杀的！”

柯永亮眉头紧锁，背后泛起一阵凉意。

“而且你有没有注意到，那个男生的母亲和弟弟，都是一副紧张、畏惧的样子，只有他表现得异常冷静。看情形，他有可能威胁了自己的家人，掌控了整个局面。并且他可能做好了打算，一旦我们做出对他不利的事，他就会像杀死前面三个人一样，对我们下手。”

“你认为他可能真的拥有某种十分危险的力量？”

梅葶低头沉思：“也许不只是他，整个13班的人……都可能有问题。”

“你昨天就认为，我们遇到的事情可能十分严重。现在看来……”

“对，这种感觉越来越强烈了。这两天的事只是一个开端，后面还会出事的……出大事。”

柯永亮感受到深切的不安：“那我们该怎么办？”

“把这些事向上级详细汇报，成立专案组暗中调查。”梅葶眉头紧锁，“必要的时候，我们要请求国安局的支援。总之必须引起高度重视。”

柯永亮深吸一口气，感觉压力陡增：“好吧，我们先回局里跟队长商量。”然后发动了警车。

两个警察离开后，陆晋鹏松了口气。他看了一眼母亲和弟弟，一言不发地回到了自己的房间。

关上房门，陆晋鹏试图安静下来整理思绪，考虑下一步该怎么办。

已经回不了头了。这一点他非常清楚——连续杀了三个人，不管有意还是无意，他都已经犯下了不可饶恕的罪孽。警察是不可能就此罢休的。他突然意识到——为了保护自己，必须拥有更强的力量。

也许我已经没有选择，只能按照“旧神”说的那样，对13班的人下手，提升自己的能力了。

他打了一个寒战，为自己的想法感到恐惧。

这时，他放在书桌上的手机响了一声，是短信提示音。

陆晋鹏点开这条短信，号码是陌生的。他看到这条信息的内容时，眼睛倏然睁大。

我知道你刚才做了什么。如果你不想让秘密泄露，或者让能力暴露的话，就和我见个面。见面的具体时间地点，我会另行通知。你是个聪明人，知道该怎么做。

陆晋鹏浑身冰凉，惊骇万分。这……这是怎么回事？这条短信是谁发的？他（她）知道我拥有超能力的事？

难道，这个发短信给我的人，是13班的某个人？

他惊骇万分，心慌意乱，不知如何是好。

听口气，他（她）分明是在威胁我。这个人约我在某个地方见面，有什么目的？我应该就范吗？

二十三　残忍的善念

地震之后，贺静怡非常担心家里的破房子会被震垮。家里没有电话，她只有迅速赶回去。现在她有钱了，可以乘公交车，甚至是打车回家。

坐在车上，贺静怡很快发现市区内根本没有经历过地震的迹象，车上的人也似乎完全不知道这件事。贺静怡纳闷了一阵，猜到了这是怎么回事。不过这倒让她放下心来了。

下车后，贺静怡经过一家超市。她现在口袋里有五百多元钱，重要的是她以后都不用担心钱的问题了。想到这里，她心花怒放，决定到超市里去买些好吃的，给生病的母亲好好补补身子。

半个小时后，贺静怡提着两大袋食物回家了。她走到母亲病床前，高兴地说道："妈，你看我买了这么多好吃的！"

母亲倚坐在床上，诧异地看着女儿，问道："你咋没上学，现在就回来了？"

贺静怡知道母亲会这么问，她不希望母亲知道超能力和地震的事，怕她担心，撒谎道："培训中心放了几天假。"

"是吗？那你今天上午为什么还要去？"

贺静怡笑着说："其实昨天老板就跟我说了，结果我忘了，到了才想起这件事。"她不想再继续编下去了，把口袋里的东西展示给母亲看，"妈，您看我在超市买了虾、鱼、鸡肉，还有新鲜的水果和蔬菜，还有牛奶呢。一会儿我给您做一顿丰盛的午餐。"

母亲看着这些对她们来说十分奢侈的食物，惊讶地说："天哪，你怎么买了这么多东西？花了多少钱？"

"……没多少。"

"你把钱都花光了，以后怎么办呀？"母亲担心地说。

"没关系，妈。您以后不用担心钱的问题了，我心里有数。"

母亲觉得不对，她盯着女儿看了一阵，严肃地问道："静怡，你说实话，这钱是怎么来的？"

贺静怡没想到母亲会如此严厉地盘问，后悔自己不该一时兴起买这么多东西，弄得不好交代。

母亲见女儿没说话，疑心更重了："你没去上课，又突然冒出这么多钱……你是不是瞒着我去做什么别的工作了？"

"没有……"

"那你跟我解释清楚，你的钱到底是哪儿来的？不说清楚，这些东西我一口都不会吃。"

贺静怡迅速转动脑筋："我是利用休息时间，另外做了份兼职的工作。这是我的工资买的。"

母亲怀疑地摇着头说："不对，如果你做了另一份工作，怎么不告诉我？再说兼职能赚到多少钱？能让你这么舍得花吗？"她忽然警觉起来，"静怡，你可千万不能去做那些不正经的工作呀！"

"妈！您在瞎猜什么呀！"贺静怡涨红了脸，"我再穷也不会去做那种事的！"

母亲看着女儿又羞又怒的样子，知道在这一点上她没说假话，但钱的问题她非问清楚不可："那你实话告诉我，这些钱究竟是怎么来的？"

贺静怡咬着嘴唇想了想，觉得只能撒一个大谎来解释这件事了："妈，那我可说实话了。您可得有心理准备呀。"

母亲忐忑不安地看着她。

"我其实一直瞒着您在买彩票，以前都没中过。但是昨天，我中了一等奖。"

母亲愣愣地盯着女儿看了十秒钟："一等奖是多少钱？"

贺静怡张开整个手掌。

“五万？”母亲兴奋。

贺静怡摇了摇头。

母亲快不能呼吸了：“难道……是五十万？”

其实这个数字也差不多了，但是为了跟以后可能出现的各种大额花销铺垫下基础。贺静怡索性把谎言编到最大，她咽了口唾沫，继续摇头。

母亲不敢再往下猜了，她剧烈地摇着头：“不，不可能……”

“是真的，妈，我中了……五百万。”

“啥？！五百万！”母亲差点儿从床上跌下来，“你，你没骗我吧，静怡？！”

贺静怡自己都被说出来的数字吓到了，但话已说出口，她只能硬撑着把谎圆下去：“是真的，我怎么敢跟您开这么大的玩笑？”

母亲浑身颤抖起来，瞪大眼睛问道：“钱在哪儿？”

“当然是存银行了。这么大一笔钱，我总不可能提回家吧。”

“对对，存在银行最安全。”母亲连连点头，随即责怪道，“你这丫头，心里也太藏得下事了！怎么这么大的事都不告诉我呀？”

“我怕您一时激动，心脏受不了。准备让您适应一段时间再告诉您。”

母亲瞪着女儿，嗔怪道：“你妈是没见过钱，可也不至于听到五百万就被吓得心肌梗死吧！”

“是是，我错了。”贺静怡搂着母亲的脖子，“我这不告诉您了吗？妈，咱们以后再也不用担心没钱花了！我们可以过好日子了！”

母亲抓着女儿的手，激动地落下泪来，感叹道：“老天终于开眼了！见咱们母女俩过得实在太苦，可怜我们，给了我们这么大一笔钱。”

贺静怡也忍不住哭了，眼泪中包含的是幸福和希冀：“妈，我要用这笔钱给您治病……找全国最好的医生，让您能再次下床走路！”

母亲抚摸着女儿的脸颊：“妈不要紧，关键是你。有了这笔钱，你就不用这么委屈自己了。”

“咱们也不用再省吃俭用了，也不用住在这种烂房子里。妈，我明天就去看房，我们在市中区最漂亮的小区买一套房子，要电梯公寓，还要挨着地铁站。”

“别忘了把以前借亲戚的钱都还了。”

“那是当然，还要把利息给够，好好感谢他们。”贺静怡说，这时她想起了13班的另一个学员，说道，“我还想帮助一个人——赵又玲。”

“是培训中心的同学吗？”

“是的，她跟我一样，家里也很困难。听说她七拼八凑地借钱学英语，是想到国外去打工。”贺静怡说，“我知道过穷日子的滋味，现在有钱了，就想多少资助她一些。”

贺静怡心地善良，母亲十分欣慰，她赞赏地看着女儿：“对，有了钱不能独享，应该尽可能地帮助别人。”

“那您觉得我给她多少合适呢？”贺静怡征询母亲的意见。

母亲想了想，说：“别一次性给多了。不是舍不得，而是尽量别让人知道你中奖的事，钱有时也会引来一些祸事。”

贺静怡想了想，觉得母亲说得有道理：“那我先给她一千元，可以吗？”

“可以，如果她以后又陷入困境，你再资助她就行了。”

贺静怡点点头。摆脱贫困后，还能够帮助别人，对她来说是非常开心的事。

之后，母女俩又设想、描述着有钱后的幸福日子，沉浸在对未来的美好憧憬之中。

只是，她们想不到，贺静怡的善心会引发一场难以挽回的灾祸。

钱有时会引来一些祸事——母亲随口说的这句话，很不幸一语成谶了。

二十四　新伙伴

星期二一大早，杭一来到昨天和辛娜他们约好的肯德基餐厅。他来得最早，点了一个汉堡和一杯可乐，选了一个位置坐下。

不一会儿，陆华、米小路和辛娜相继来了。他们分别点了一些早餐和饮料，吃完之后，开始商量“守护者同盟”的具体行动计划。

“我觉得，我们首先得有一个固定的聚集场所。”杭一说，“相当于一个大本营——这是将大家凝聚起来的根本。想想看，如果我们的同伴越来越多，不能总在咖啡馆、快餐店或茶楼会合呀。”

“没错，可我们到哪儿去找这种大本营呢？”陆华问。

大家你看我，我看你，没人能提出好的建议。

“这件事最好别把家里人牵扯进来，不可能把家当作据点。”米小路说。

“对。”杭一思忖着，“那某个广场或公园呢？”

“这跟茶楼和咖啡馆有什么区别呀。”陆华说，“都是公众场合，在这种地方聚会，既打眼，又没有私密性。”

“唔……是的。”

辛娜想了想说：“大本营的事我们慢慢考虑吧，现在先商量一下，下一步具体干什么。”

杭一从裤兜里摸出一张纸，上面写着13班50个人的名字。他把纸展开：“你们看看吧。”

辛娜和米小路不是13班的学员，对于这些名字比较陌生。他们注意到，杭一在一些名字的下方画了红线，一些名字下方画了蓝线，还有一些名字则没有任何标注。辛娜问：“这是什么意思？”

杭一解释道：“根据我对13班的了解，圈定了一些我认为把握比较大的人。”他指着七八个画红线的名字说，“这些是跟我和陆华关系较好，性格也比较随和的人——加入同盟的可能性最大；画蓝线的代表关系还行，需要努力争取；其他没有标注的，代表是我看不准的了。”他耸了一下肩膀。

辛娜微微点着头，这时，她突然发现名单上一个叫作季凯瑞的人的名字下方画了一条黑线，问道：“咦，为什么他的名字下方是黑线呢？”

杭一和陆华对视了一眼，带着些许不安的情绪说道：“你没听说过他吗？”

“我为什么应该听说过他？他名气很大吗？”

米小路说：“我听说过这个人，他爸好像某个黑社会组织的老大。”

“啊……培训班还有这号人物？”辛娜惊讶地说，“他做过些什么？”

“其实也没做过什么。”杭一说，“和你的想象不一样，他从来没做过什么出格的事，但不知道为什么，大家就是对他有种畏惧感，不太敢接近他。”

“他个性阴沉，不爱说话。我倒没见他做过什么可怕的事，但听说一般的流氓混混，看到他都会躲得远远的，根本不敢招惹他。”陆华说。

“那么黑线的意思是，你认为他可能是危险人物？”辛娜问杭一。

杭一撇了一下嘴：“怎么说呢……我不能说他一定就是坏人，但他平时就让人有些畏惧，现在有了超能力，就更令人不安了。”

“不知道季凯瑞选了什么样的能力，”陆华眼睛向上看，“真是猜不出来。”

“行了，别猜了。难道其他人你又猜得出来吗？”杭一说，“我们还是好好商量一下，最先拉拢哪些人吧。”

“杭一哥，”米小路忽然压低声音说道，“还有陆华和辛娜，你们现在听我说，不要回过头去看窗外。”

三个人都愣住了，陆华下意识地往后扭了一下脑袋，问道：“怎么了？”

米小路坐的位置是能够看到窗外街景的，杭一他们三人都背对着玻璃窗。此刻，米小路假装随意地喝着可乐，说道：“对面街道上有一个男生躲在一辆车后面观察我们，是 13 班的人，我见过。但是不知道他叫什么名字。”

听到是 13 班的人，杭一和陆华都警觉起来。为了不让那个人有所察觉，杭一保持姿态，没有回过头去看：“他怎么知道我们会在这里聚集？凑巧路过吗？”

“我看不像。”米小路说，“我怀疑他是跟踪我们当中的某个人而来的。”

“有人盯上了我们？而且是有预谋的？”陆华紧张起来，“他想干什么？用超能力对我们下手？”

米小路说：“他现在只是在悄悄观察我们，并没有出手。我不知道他的目的是什么，但如果要动手的话早就可以动手了。”

“你能用你的能力探测到他的情绪吗？”辛娜问。

“不行，我试过了，他离我们比较远，在我的能力范围之外。”

“那我们该怎么办，万一他心怀不轨……”

“这样，”杭一迅速想出对策，“我假装去卫生间，你们继续在这里聊天，不要让他看出端倪。然后我从旁门绕出去，到街道对面去把他抓住。”

“要是他用超能力攻击你怎么办？”米小路担心地说。

“大白天的，又是公众场合，我想他还不敢吧。”

“别掉以轻心，杭一哥，你根本不知道他的能力是什么。”

“没关系，你们相机行事，如果发现情况不对，陆华，你就用你的防御壁保护我。”

“我……不知道能不能熟练运用。”

“别说了，就这么办吧。”杭一站起来，朝卫生间的方向走去，准备按计划行动。

“等等，”米小路突然说道，“他过街了，朝肯德基大门走过来了！”

“他直接冲我们来了？”辛娜惊愕地说，“难道他洞悉了我们的计划？”

杭一和陆华再也忍不住了，他们一起回头，看到了那个人——

孙雨辰。他径直走到杭一他们面前。

还没等杭一问话，孙雨辰就主动说道：“抱歉杭一，我跟踪了你。”

杭一愕然地看着他：“你为什么要跟踪我？”

孙雨辰说：“是这样的，今天早上我本来想到你家去找你，结果正好看到你匆匆出门，就忍不住跟在你后面，想看看你会去做什么。结果发现你们四个人在这里聚会，我就在街对面……”

说到这里，他停了下来。杭一看着他：“在街对面监视我们？”

“……”

“干吗偷偷监视我们？有事怎么不直接跟我说？”杭一一边说话，一边看了米小路一眼，示意他用超能力探测孙雨辰的情绪。米小路轻轻点了点头，心领神会。

没想到的是，孙雨辰突然做了一个下意识的举动，把手伸到头顶上方，似乎想摸什么东西。旋即，他说道：“咦……我头上没有什么小球呀。”

米小路大吃一惊，杭一和陆华、辛娜也愣住了。

他怎么知道米小路的能力是能看到别人头上的情绪小球？杭一心中暗暗吃惊。他知道我们在想什么？

“是的。”孙雨辰看着杭一说。

“啊！你真的知道我心里的想法！”杭一惊讶地叫了出来。

“没错，但我没有恶意，我来找你们，是想加入你们的同盟。”孙雨辰说。

“你怎么知道我们成立同盟的事？”

孙雨辰说：“杭一，你昨天上午不是号召大家团结起来吗，我觉得你说得很对，今天上午就想来找你。结果又忍不住用超能力来窥探你内心的真正想法……现在我知道了，你们是可以信赖的。”

“你刚才躲在街道对面，是在偷听我们的心思？”陆华问道，“这么说我们的超能力是什么，你全都知道了。”

孙雨辰没有隐瞒，点了点头：“但你们不必担心，我也会把自己的能力告诉你们的。”

“读心术？”杭一问。

“我的能力是‘意念’。”孙雨辰如实说道，“一开始，我以为这个能力只能做到类似‘隔空移物’这样的事情，但星期一上午，我发现当我把意念集中在某个人身上的时候，就能听到他（她）内心的声音。”

“那岂不是别人的心思全都瞒不过你？”陆华咽了口唾沫，“这个能力真是太强了。”

“这是好事呀！”辛娜站起来说，“你能加入到我们的同盟中来，那我们的力量就大大增强了！”

孙雨辰看着面前的大美女，红着脸说：“谢谢你，辛娜。”

“啊，你怎么知道我的名字？”辛娜刚一问出来就明白了，“哦，你刚才已经‘听’到了。”

“抱歉，我以后不会探听你们心里的声音了。”孙雨辰不好意思地说，“我已经确定你们是能信任的伙伴了。”

“你能控制住自己吗？”陆华怀疑地问。

“当然能，我只有在高度集中意念的时候，才能运用超能力，平常时候是听不到别人心声的。”孙雨辰说。

“欢迎你加入同盟！”杭一拍着孙雨辰的肩膀，高兴地说，“有了你的读心能力，我们在收集同伴的时候，几乎可以说是万无一失了！”

“嗯！对方的所有心思都瞒不过你，是否真诚，一目了然！”辛娜说。

孙雨辰显得很开心。“希望我能帮到大家。”他忽然想起了什么，“对了杭一，我来找你，还有另一件事。”

“什么事？”

孙雨辰看着他说：“我想你可能错怪韩枫了。”

杭一愣住了。

“我能够听到别人心里的声音，起因就是你和韩枫。”孙雨辰说，“星期一上午那场地震后，我看到你把韩枫推到一边，然后在质问他什么。当时我非常想知道你们在说什么，但离得太远，听不到。这时我的意念全都集中在了你们身上。不一会儿，我就听到了你们内心的声音。

“你们争执过后，你和陆华离开了，剩下韩枫怅然若失地站在原地。这时我听到他的心声，似乎十分委屈。我想你可能错怪了他，所以今天早上来告诉你。”

杭一呆站了几秒，摸出手机，拨打韩枫的电话，响了许久都没人接。

他气得根本不想搭理我了。杭一略微踌躇，朝大门外走去。

“杭一，你去哪儿？”陆华问。

“我去找韩枫，跟他当面道歉！”

“等等，我跟你一起去！”

孙雨辰、辛娜和米小路对视一眼，也跟着追了出去。

米小路走在最后，他把桌子上写着 50 个人名字的那张纸收了起来，同时看了一眼 —— 孙雨辰 —— 纸上没对这个名字做任何标注。

二十五　灾难的力量

韩枫的家位于琮州市中央别墅区的核心地段。这里是有名的富人区，建筑风格是典型的美式大宅。杭一和陆华以前来玩过几次，每次来都会感叹这里的高端和气派。但这次，杭一心中愧疚，无暇欣赏优雅景致。他和几个朋友在大门口做了访客登记，进入别墅区。不一会儿，来到一套豪华的大房子面前。

孙雨辰看着这套有着私人游泳池和大花园的庄园式居所，咂嘴道："韩枫家是做什么的？这么有钱。"

"他爸是某家企业的老总，超级富豪。"陆华说。

"怪不得呢。"

他们说话的时候，杭一走到房子门口，按下可视门铃。不一会儿，房门打开了，一个四十多岁的中年男人站在门口，是这里的管家。他认出了杭一，礼貌地问道："是找韩枫少爷吗？"

"是的，他在家吗？"杭一问。

"少爷在后院的木屋。"

"我们可以去找他吗？"

"可以。"管家做了一个"请"的姿势。

杭一和几个朋友从大花园绕到大房子的后院，这里有间造型别致的小木屋，是依照韩枫的兴趣爱好专门搭建的。杭一来玩过，知道这间小木屋是韩枫的专属天地。

木屋的门开着，杭一走到门口，看见韩枫的背影，正伏在一张桌子上专心地做着什么。他咽了口唾沫，喊了一声："韩枫。"

韩枫没有转过身来，杭一知道他还在生自己的气，但既然决定来道歉，就要有诚意。他等了一会儿，黯然道："韩枫，对不起，我错怪你了。"

韩枫还是没理他。陆华跟着道歉："还有我，那天我也错怪你了，现在我们知道了，地震不关你的事。"

回应他们的仍然只有背影。辛娜小声道："韩枫这么小气吗？你们这么诚恳的道歉他都不接受。"

杭一叹了口气："可能我们是真的伤到他了吧。"

"韩枫，你要是还生我们的气，就骂我们几句吧。别不理我们呀。"陆华皱着眉说。

还是没反应。杭一无奈地叹息道："算了，既然他怎么都不肯原谅我们，那我们走……"

杭一的话没说完，韩枫忽然站起来了，双手捂着耳朵，脑袋有节奏地晃动着，屁股扭动，嘴里唱着跑调的英文歌。他击打着空气中想象出的架子鼓，又迅速换成贝斯，沉浸在忘情演出之中。一个华丽的旋转，他转过身来，倏然看到木屋门口张口结舌的几个人。

韩枫的动作戛然而止，整个人像石雕般凝固了。几秒钟后，他的脸唰地红到了耳根，慌忙取下蓝牙耳塞，尴尬地说道："啊，杭一，陆华……还有辛娜？你们……什么时候来的？"

杭一用手把下巴合拢："我们在这里站了一分多钟了。"

"啊？"韩枫大概觉得真是出丑到家了，狼狈地说，"你们怎么不叫我？"

"怎么没叫你？我们喊了你好几声，你没听到呀！"

陆华笑得捂住肚子，腰都快直不起来了。米小路和辛娜也捂着嘴偷笑。韩枫更加窘迫了。"笑够没有？适可而止吧！"

"好了好了，我们进去说正事吧。"杭一说。

他们走进这间大约三十平米的小木屋，发现这里简直是一个模型天地。飞机、汽车、建筑、机器人……几百个不同类型的模型摆放在木头架子上，令人目不暇接。架子上还有螺丝刀、扳手、铁锤、粘胶等工具。一看就是男生的喜好。

“这些模型不会都是你自己做的吧，韩枫？”辛娜惊讶地问。

“大部分是，有些是买的。”韩枫说。

“我要是也有这样一间木屋就好了。”孙雨辰也很喜欢模型，羡慕不已。

“那你以后来我这里玩呀。”韩枫招呼他们坐在木椅上，“你们怎么会一起来找我？”

“我们成立了‘守护者同盟’，准备尽可能地让 13 班的人团结起来。孙雨辰加入了我们，他的能力是‘意念’，能听到别人心里的声音。昨天早上……”杭一把事情经过告诉韩枫。

“靠！我说你错怪我了，你还不信！”韩枫往杭一肩膀捶了一拳。

“是我错了，我昨天一时心急，就……”杭一揉着肩膀，“你没有生我们的气吗？”

“有什么好气的？我知道你们冷静下来后，会想通的。我怎么可能是这种心肠歹毒的人嘛。”韩枫大度地说。

朋友对自己如此包容和信任，反倒让杭一心中更加愧疚了，他拍着韩枫的肩膀说：“对不起，我以后再也不会怀疑你了。”

“我也是。”陆华跟着说。

韩枫点了点头，两只手分别按在杭一和陆华的肩膀上。大家都露出微笑。

“不过说起昨天的事，真的很蹊跷。”韩枫挠着脑袋，“我后来想了想，也难怪你们会怀疑我。”他的表情严肃起来，“你们知道我身体一直很好，几乎从来不会拉肚子什么的。偏偏第一节课后，肚子就给劲儿了。接着就发生了地震，怎么会有这么巧的事？”

杭一蹙眉沉思。

“这场地震的范围只在明德附近——很明显是我们班的谁在搞鬼！”韩枫继续道，“但是，难道我们班有谁的能力跟我是一样的吗？”

“应该不会。‘旧神’说过，我们 50 个人选的超能力都没有重复。”陆华说。

“那怎么会有这么多巧合？这件事情……简直就像在刻意针对我一样！”韩

枫费解地说。

“会不会是一个阴谋？”辛娜说。

“你认为是有人故意嫁祸给韩枫？”孙雨辰说。

“但这怎么可能呢？这个计划只有我和韩枫、杭一、米小路四个人知道。除非有人知道我们的想法……”

陆华说到这里，张着嘴停下了，猛然想起了什么。其他人也都愣住了。

孙雨辰发现整屋的人全都看向自己，一下慌了：“喂，你们……该不会是认为……不，不可能！昨天早上，我还根本不知道自己有读心的能力。是地震之后，我才试出来的！”

“这可是你自己说的。”米小路看着孙雨辰，又看向韩枫，慢慢站起来，离他们远些。“探听到韩枫内心的想法，也是你说的。”

杭一一惊：“小米，你什么意思？”

“天哪，你该不会是怀疑我和孙雨辰是串通起来的吧？”韩枫瞪大眼睛。

“我可没这样说，是你自己挑明的。”米小路说。

孙雨辰站了起来，气愤地说道：“我好心来化解你们的误会，加入你们的同盟，没想到你们始终还是彼此怀疑。既然连基本的信任都没有，那还谈什么结盟、合作？！”

说着，他就要朝门外走去。然而，刚刚转过身，木屋的门突然自动关拢了。

韩枫快步跑过去拉门，却发现拉不动了。他回过头惊诧地说道：“门从外面锁上了！”

“怎么会这样？”辛娜站起来。

“辛娜，小心！”杭一大喝一声，一下抱住辛娜。一把从后面木架上飞出来的小刀扎在了杭一的手臂上。

辛娜惊魂未定地看着杭一，如果刚才杭一没有护住她的话，这把小刀可能会刺穿她的脖子。现在杭一的右手臂鲜血直流，伤得不轻。

“你没事吧！杭……”辛娜话没说完。只听陆华大叫一声：“又来了！”

一柄尖嘴钳又向杭一和辛娜飞射而去，陆华冲过去大喝一声，张开双手，一个圆形防御壁倏然祭起，把杭一、辛娜和旁边的米小路一起罩在其中。“当”的一声，尖嘴钳击打在光壁上，掉落在地。

陆华呆了一秒，额角流下一滴汗珠，转身喝道："孙雨辰，你想杀了我们？！"

"我什么都没做！"孙雨辰大声辩解。

"这里能用意念来操纵物体的，只有你！"

孙雨辰来不及解释，一把铁锤竟然向他飞去！他抱住脑袋矮身躲过，铁锤把他身后的一个汽车模型砸得粉碎。孙雨辰回头一看，吓出一身冷汗。

接着，骇人的情形出现了。木屋中的所有东西——工具、铁钉、模型、椅子……上千件物品仿佛被施了魔法，一齐飞到木屋顶部，悬浮在空中。杭一感觉不妙，来不及细想，一个箭步跨出去，把目瞪口呆的孙雨辰和韩枫往后猛地拖到陆华的圆形防御壁中。

几乎就在这一瞬间，上空的物件像爆炸般朝四面八方飞射开来，力道之大，令人恐惧——木屋中间那张坚固的实木桌子，也被砸出了数个窟窿，几乎散架。

孙雨辰和韩枫吓得全身瘫软，如果不是杭一及时把他们拖进防护罩，再慢半秒，他们必死无疑。

辛娜全身颤抖，说道："天哪，太可怕了！有人想用超能力杀死我们！"

"最起码可以肯定不是孙雨辰了。"杭一擦着额头上的冷汗，"除非他想自杀。"

"你们是不是被谁盯上了？"韩枫瞪大眼睛，惊骇地说，"而且就是 13 班的人！我猜他现在就躲在我家附近，用超能力攻击我们！"

"这个人的能力比我强得多！"孙雨辰说，"我只能用意念控制一件物体，而且不可能有这么大的力道。"

"抱歉，是我错怪你了，"米小路说，"这个袭击我们的人，有着远胜于我们的能力。"

"但他怎么可能……"

"别说了！"陆华紧张地说，"地上的物体又飞起来了！"

"那个人准备发动第二次攻击，我们都别动，躲在陆华的防御壁中！"杭一告诫大家。

"对，只要在这个光球里，不管再来几次也伤害不了我们。"韩枫说。

但陆华却颤抖起来："不，我不知道……能坚持多久。"

“什么？”

“运用超能力是要消耗体能的。”孙雨辰不安地说，“我试过的，使用‘意念’，我最多只能支撑五分钟。”

“啊？”韩枫感到一阵眩晕，赶紧问陆华，“那你呢，陆华？”

“我不知道，这是我第二拨启动防御壁。”陆华向上撑开双手，不敢有一丝松懈，汗水不断从他的额头上渗透出来，“但我不认为能坚持太久，我感觉体力在慢慢下降。”

大家惶恐的目光碰撞在一起，感觉死神就游荡在身边，随时可能降临。这时，第二拨爆裂又来了，各种物件像子弹般激射在光球上，发出令人心胆俱裂的声音。

“糟了，这样下去不是办法呀！”杭一焦急地说，“陆华的体能是有限的，攻击我们的人，却仿佛有着无穷尽的能量！他一拨又一拨不断地攻击，我们早晚会撑不住的！”

“可是木屋的门从外面锁住了，我们该怎么办？”韩枫也没辙了。

“打电话求救！”米小路说。

“跟谁求救，我家的管家？他有办法制止吗？或者是警察？等他们赶到，我们估计都挂了！”韩枫说。

说话间，各种工具和碎片再次升空。陆华脸色苍白，显得几近虚脱：“我……我快不行了。”

“你要撑住呀，陆华！”韩枫大叫道，“我们的命都掌握在你手里了！”

“这是我想撑……就能撑的吗？”陆华的脸色越来越难看了，“要是叫你一直长跑……你能坚持多久？”

“那你就别说话了，节省点儿体力吧。”杭一说，“我们都别慌，想想看有没有什么办法。”

地上的各种碎片、碎渣又飞起来了，但是和前几次不同，这些碎片不再凝聚在空中，而是飞向门缝和上方窗子的缝隙，将这些细小缝隙全数封死。不一会儿，整个木屋的所有缝隙就都被填满了，屋内一片死寂。

“这是怎么回事？”韩枫惶惑地说，“那个袭击者改变策略了吗？他打算让我们彻底出不去？”

“恐怕不是出不去这么简单。”杭一观察着四周，骇然道，“你们没有注意到吗，这间木屋的所有缝隙都被堵死了，简直成了一个密闭空间，空气进不来了。”

“啊！”孙雨辰大惊失色，“他打算把我们闷死在这里面！”

“这间屋的氧气能支持多久？”米小路问。

“我们有六个人在呼吸，撑不了多久的。”杭一看了一眼陆华，知道他也撑不久了。难道我们真的会全都死在这里？

“快……快想辙呀！”韩枫慌乱地说，“在自家院子的木屋里窒息而死，这也太荒唐了！”

“我们一起把门撞开吧！”杭一想不出别的办法了。

“只能这样了！”孙雨辰说，“来吧！”

陆华仍然保持着防护罩，不敢掉以轻心。以他为中心，几个人朝门边移动。杭一、韩枫和孙雨辰做好准备，一起数到三，用尽全身力气朝木门撞去。然而，这扇厚实的木门纹丝不动。三个人再次撞击……一连五六次，把吃奶的力气都用上了也撞不开这扇门。

“没办法了……这是质量最好的实木门，而且那些堵住门缝的碎渣也让门变得更紧了。”韩枫瘫在地上，汗流满面、气喘吁吁。

辛娜的呼吸也变得急促了。“我好像，有点头晕了。”

“糟糕，已经开始缺氧了。”杭一喘着气说，“我们刚才加大了运动量，让氧气消耗更快了。”

“我也……快要不行了。”陆华的脸几乎都变成紫色了。笼罩在大家周围的圆形防御壁此刻就像肥皂泡般一触即破。

氧气在急剧减少，每个人的呼吸和心跳都加快了，并感觉意识渐渐模糊起来。韩枫看着大家，紧咬嘴唇，突然大喊一声：“不管了，我要使用超能力了！”

“你的能力——‘灾难’？”杭一疑惑地看着他，“你打算干什么？”

“事到如今，还有什么办法，只能引发地震了！”

“又……又是地震？”

“你还想得出来别的活路吗？”韩枫说，“再坚持一下，陆华，等我把房子震垮，咱们就能脱身了！”

“你试过吗，韩枫？”杭一担心地问，“会不会造成严重的后果？”

韩枫摇摇头：“我一直不敢试，但现在被逼到这步田地，只能保命了！做好准备！”

说着，他大喝一声，双目圆睁，盯着地面。

几秒钟后，地面和房子开始摇晃起来，但幅度并不太大。韩枫暗暗发劲，试图加大力度，但振幅还是不够剧烈。大概一分钟后，他精疲力竭，地震也随之停止了。

“啊，这就完了？”孙雨辰失望地说，“刚才的震级有多少？3 级？3.5 级？”

“我已经尽力了……”韩枫累得说不出话来。

现在大家都明白，星期一那场地震绝不可能是韩枫造成的了。但讽刺的是，他们反而失落起来。此刻，他们多希望韩枫能引发一场七八级的小范围地震，将这间木屋震垮——可惜事与愿违。

就在大家都快要绝望的时候，杭一突然看到了希望，欣喜地喊道：“别灰心，这场小地震虽然没能震垮房屋，却把填塞木门缝隙的碎渣震掉了！木门也震松了一些，现在我们一起用力，应该能把门撞开了！”

杭一的话就像曙光照在了大家身上。陆华的防御壁已经解除了，他和杭一、韩枫、米小路站成一排，孙雨辰也在后面做好了准备。辛娜帮他们数数：“一、二、三！”

四个人用尽全身力气，一起踹向木门！孙雨辰则用意念的力量推动——“轰”的一声，门被蹬开了！

终于脱困了，大家冲出木屋，不敢懈怠，警觉地左顾右盼，试图找到袭击他们的人。但周围看不到一个人影。

“这家伙离开了吗？”韩枫愤恨地说，“让我抓住，饶不了他！”

“我看我们应该感到庆幸才对。”孙雨辰擦着汗水说，“这个袭击我们的人，能力比我们强大得多。也许他根本就不用靠近我们，躲在附近也能用超能力实施攻击。”

“你的意思是，他的能力范围和强度都比我们大得多？”陆华费解地说，“但是这怎么可能呢？我们每个人的能力不都是最初的‘1 级’吗？怎么会有这么大的差别？”

“你能确定他的能力是‘1 级’吗？”杭一忽然严峻地看着陆华。大家也都愣住了。

好几分钟后，韩枫忍不住打了个寒战。“难道，短短一天的时间，已经有人击杀了数人，升了好几级？”

二十六　援助

贺静怡的背包里现在放着三千英镑。她站在中国银行的门口，心脏怦怦狂跳。

昨天，这只是三千人民币，现在价值已经翻了近十倍。用超能力完成这一转变，贺静怡只用了不到五分钟。经过试验，她已经能做到批量转换了。

现在的问题是，她需要兑换这些外币，她不能直接用英镑在超市和商场付账。

可是，贺静怡已经在中国银行门口徘徊了半个小时，就是不敢进去。她害怕这些“变”出来的钱过不了银行工作人员的火眼金睛，况且还有验钞机——如果被他们检验出是假币，这么大的数额，等待她的将是牢狱之灾。

贺静怡此刻躲在银行旁边的一个角落，手中捏着一张英镑，翻来覆去地看。今天早上，她到网吧去查询了关于英镑的各种资料，重点比对自己手中的这张钱和图片中的是否一样。实际上，她没能发现任何区别。这张纸币无论颜色、大小、图案，都和图片中的英镑无异，捏在手中的质感也告诉她这就是一张真正的钱。可她就是心虚、胆怯，双腿始终不敢迈进银行。

踯躅不前之际，一个中年妇女悄悄靠了过来，低声问道：“姑娘，你是不是有外币要出手呀？”

贺静怡估计她是看到自己手上拿着英镑才这样问的，她点了点头。

“英镑还是美元？”

“英镑。”

“有多少？”

贺静怡略微迟疑，告诉了她：“三千。”

“三千英镑？数额不少呀。”中年妇女仔细打量了贺静怡一番，似乎没想到这样一个年轻姑娘竟然会持有这么多外币。

贺静怡紧张起来，不知道这个女人有何意图。

“你是要全部兑换吗？”女人问。

贺静怡轻轻点了点头。

“我给你兑换吧。”

贺静怡疑惑地问道：“你换这么多英镑……做什么？”

中年妇女笑道：“我就是做这行的呀。”

此刻，贺静怡并不知道眼前的这个中年妇女，其实就是外汇黑市中的“黄牛”，这些人专门从事非法外汇交易，从中渔利。后来，贺静怡跟这类人频繁接触，并改变了整个外汇市场，甚至对世界经济带来影响。这是后话，暂且不表。

贺静怡凭直觉得知，大概这个女人是从事地下外汇交易的。同时，直觉还告诉她，这种行为大概是非法的。她抿着嘴唇没说话。

中年妇女说：“我给你报个价吧。银行兑换的汇率是 1 英镑兑换 9.61 元人民币。如果我换给你，可以给你 9.86，怎么样？”

贺静怡没想到黑市价竟然比银行还高，但越是这样，她越担心这里面有问题，不敢答应下来。

中年妇女见贺静怡不开口，摇着头说：“不换就算了，随便你吧。”转身就要走。

“等等……”贺静怡叫住她，决定放开胆子一试，“好吧。”

“三千英镑你带在身上吗？”女人问。

“嗯。”贺静怡指了指背包。

“我得先看看钱，不能在这大街上，咱们找个地方吧。”

贺静怡警觉起来：“到哪儿去？”

中年妇女笑了起来：“别紧张，就对面的茶楼吧。你是第一次兑换外币吧，姑娘？别害怕，老实跟你说，我是帮人洗钱，你明白吧？不是骗子，你不用担心，吃不了亏的。”

贺静怡似懂非懂地点了点头，心想茶楼好歹是公众场所，估计她不敢乱来。

两个人到茶楼开了个小雅间，点了壶最便宜的茶。坐下来后，贺静怡把背包直接交给中年妇女。跟她交易，贺静怡心里稍微平静一些，一来大家都是女的；二来毕竟不是在正规银行，就算她发现钱有什么问题，大不了交易不成，起码不会被抓进公安局。

中年妇女把三千英镑拿出来，先用手翻了翻，然后从皮包里拿出一个小型验钞机，将钞票放进入钞口。

贺静怡目不转睛地注视着“哗哗”翻动的钞票，屏住呼吸。

点了两遍钞，中年妇女满意地说：“没问题，三千英镑。我算算，三千乘以9.86……”她用手机上的计算器算了一下。“我该给你两万九千五百八十元，真是个吉利数字。”她笑了一下，拿出一大沓人民币，开始数钱。

贺静怡坐在对面，吞咽着唾沫，血液又开始往头顶上涌了。一枚五毛钱的硬币，换成了四千五百元；然后，其中的三千元又换成了两万九千五百八十元；如果我把这两万九千五百八十元又变成英镑……如此指数性增长下去，天哪……她感觉头部一阵阵眩晕，不敢再设想下去了。

这时，中年妇女数好钱了，递给贺静怡：“来，你点一下吧。”

“不用了。”贺静怡直接将钱装进包里。

“你确定吗？”

“我信得过你。”贺静怡说。

中年妇女微微颔首，若有所思地看了贺静怡一会儿，说：“姑娘，我不会问你这些外币是怎么来的，这不是我该关心的问题。你记一个我的手机号吧，以后如果还要兑换外币，直接打电话给我。”

贺静怡的脸有些发烫，这番话分明暗指她知道这些外币来路不正，不过可能正如她说的，这不是她关心的问题。只要交易能让大家获利就行了。贺静怡并不反感和她进行下一次交易。她点了点头。

“你把手机号告诉我吧，我打给你。”

“我…… 没有手机。”

中年妇女怔了一下，大概想不到怀揣三千英镑的人会连手机都没有。她从皮包里拿出一张白纸，写下一串号码递给贺静怡：“这是我的手机号，你拿着。”

她们俩离开这家茶楼。和中年妇女分开后，贺静怡立刻跳上一辆出租车，靠在座椅上，长吁一口气。

从这一刻起，她再也不怀疑了，她的超能力能让她得到这个世界上的所有东西。之前所有曾设想过和不敢奢想的愿望，都将成为现实。

不过贺静怡并不是贪婪的人，她隐约觉得使用“金钱”的超能力应该适度，否则有可能会造成类似通货膨胀之类的不良后果。她并不想当百万富翁、亿万富翁，只希望能和母亲一起过上幸福、富足的生活罢了。

接下来，她分别到几个亲戚家，把之前借的钱全数奉还，并支付了一定的利息作为感谢。亲戚问到钱是怎么来的，她就说是自己打工赚的。

还完钱后，贺静怡打算去赵又玲（女 47 号）的家。她和赵又玲的关系其实并不算好，只是在同一个补习班上课，朋友都算不上。赵又玲性格孤僻，平时不太跟大家交流。贺静怡觉得可能她跟自己一样，多少有些自卑。最开始她并不知道赵又玲家境贫寒，是在培训中心的办公室做卫生的时候，无意间看到了赵又玲递交的低保证明（明德培训中心对贫困的学员有学费优惠），才知道有人跟自己处境相似。

赵又玲的家住在贫民区，地址贺静怡是在低保证明上看到的，跟自己的家离得不算远，所以她看一眼就记住了。她现在打车前往，不一会儿，在城郊接合部一排破旧的老平房前面停了下来。

很巧，赵又玲正在一个公共自来水管前面用盆子接水，看样子是在准备做午饭。她一眼就看见了从出租车上下来的贺静怡，愣了一下。贺静怡竟然有钱打车？她来这里干什么？

贺静怡也看到赵又玲了，她挥手打招呼：“赵又玲！”跑了过去。

“贺静怡，你是来找我的？”赵又玲警觉地问。她想起了“旧神”要他们 50 个人互相厮杀的事。

“是啊。”贺静怡沉浸在有钱后的快乐之中，完全没察觉到对方的敌意。

“你怎么知道我住在这里？”

“我从低保证明上看到的。”

“什么？”

“就是你交给培训中心的低保证明呀。”贺静怡觉得大家都是一类人，用不着遮遮掩掩。

赵又玲心头却是一紧。贫困的人，最怕别人知道自己穷。自尊心极强的赵又玲，在这一点上比一般人更敏感。那份低保证明，她是悄悄交给培训中心负责人的，还以为瞒住了所有人，没想到贺静怡早就知道了。她既尴尬又气恼。你是来干什么的？羞辱我吗？

贺静怡并没看出来赵又玲暗暗不爽，她说道：“能请我去你家坐会儿吗？”

“我那个穷家，没什么好坐的。有什么事就在这儿说吧。”赵又玲冷冷地说。

贺静怡没想到赵又玲态度如此冷漠，意识到自己可能不该说得如此直白，伤了她的面子。贺静怡心中不安，觉得更应该用资助对方的方式来弥补了。但她看了看周围，好多人都在屋外的简易灶台旁炒菜、做饭，路人来来往往，实在不是说话的地儿。“没关系，就去你家坐一小会儿好吗？我有事跟你说。”她再次要求。

赵又玲猜不透贺静怡想要干什么，她始终对其保持着戒备。想了想，她勉强说道：“好吧。”

赵又玲把贺静怡带到一间破烂不堪的平房内，这个家中的布局和摆设，和贺静怡家半斤八两。这让贺静怡更认为自己应该帮助赵又玲了。她们坐在木头凳子上，贺静怡问道：“你一个人住吗？你父母呢？”

“都在外面打工。你找我到底什么事？说吧。”

“是这样的，”贺静怡开始说准备好的台词，“我买彩票中了奖，得到了一些钱。我想，补习班上可能就咱们俩家庭条件……相对差一些。”她尽量委婉地表述，“我就想，能不能帮帮你。”

赵又玲盯着贺静怡的眼睛：“你中了多少钱？”

“没多少……几千块钱。”

贺静怡不是擅长撒谎的人。赵又玲轻易看出她没说实话。她在心中盘算着贺静怡来这里的真正目的，嘴上问道："你想帮我？怎么帮？"

事情和之前想象的不太一样，贺静怡不打算给赵又玲一千元了。她打开背包，手伸进去拿出五百元钱，递给赵又玲。

"给我的？"

"嗯，拿着吧。"

赵又玲感觉脑部在充血。这算什么？你有钱了，就跑到这里来猫哭耗子假慈悲，同时提醒我，现在补习班上的穷鬼只有我一个了？买彩票中了奖，鬼才相信你的话！那个书包里装的不会都是钱吧？从一大堆钱中抽几张出来施舍给我，把我当叫花子吗？

突然，她又想到了另一点。"那件事情"之后，贺静怡就有钱了，这显然不是巧合。难道贺静怡选的超能力，跟金钱有关系？她拿钱给我，会不会另有目的？赵又玲的脑子里出现一些幻想——这几张钱拧成一股麻绳，勒在了她的脖子上……她心里打了一个寒战。

贺静怡完全想不到，面前是一个心胸狭隘、多疑善妒，并且心理扭曲的人。她看到赵又玲低垂眼帘、默不作声，还以为她心存感动，说道："你收下吧，以后有困难的话，告诉我一声。"

赵又玲心中生出一个邪恶的念头。她假装感谢地把钱接过来，说道："谢谢你了，贺静怡。"

"没关系，希望能帮到你。"贺静怡微笑着站起来。

"这就要走了吗？"

"嗯，我还得回去做饭呢，你不也要做饭吗。"

"可惜我这里的菜实在拿不出手，不然真应该请你在这里吃饭。"

"不用客气，走了啊，拜拜。"

"嗯，再见。"

贺静怡走出赵又玲的家，帮助别人的感觉果然很好，她觉得自己以后会多一个朋友，哼着歌轻快地朝家走去。

贺静怡出门后半分钟，赵又玲像鬼魅一样从屋中溜出来，悄悄地尾随在贺静怡身后。

二十七　怨恨

贺静怡回到家，已经中午 12 点半了。她走到母亲床边，高兴地说道：“妈，今天上午我把之前欠亲戚的钱全都还了。”

“嗯，好好感谢你舅舅、大伯他们没有？”

“感谢了，我每家多给了五百元呢。”

“应该的，他们有没有问你这钱是哪儿来的？”

“问了，我就说是利用空余时间当家教赚的。”

“他们没怀疑？”

“没有，还直夸我能干呢。”

母亲叹了口气：“按理说，都是一家人，不该跟你舅舅他们撒谎。但是中奖这种事，真的不宜让别人知道……”

贺静怡想了想，说：“那我们要是突然买了一套漂亮的大房子，舅舅他们会怎么想？我当家教可赚不来这么多呀。”

“我上午也在想这个问题，那样就肯定瞒不住了，到时候你舅舅他们反倒会见怪。”母亲说，“静怡呀，我不想住什么漂亮大房子，只要生活状况比现在好些，每天能吃饱穿暖，我就很满足了。我仔细想了一下，要不咱们就去租一套附近的房子吧，只要两室一厅就够了。买房的事，还是等你工作之后再说吧。”

听到母亲的要求仅仅是“吃饱穿暖”，贺静怡感到心酸，她坐到床边，搂住妈妈的脖子，轻声道：“妈，我听你的。不过你相信我，咱们以后真的不用再担心钱的问题了。我除了要让你吃好穿好，还要请最好的医生治好你的病，然后带你到全国、全世界去旅游。”

母亲温柔地摸着女儿的头，眼眶中泛着泪花：“好，乖女儿。”

贺静怡用掌心擦干溢出的泪水，对母亲说：“妈，如果租房子的话，就租华宇广场附近的吧。那里是市中心，生活很方便。”

“嗯，你看着办吧。”

“我一会儿就去中介那里看房子，咱们争取这两天就搬过去。”

母亲笑道：“先做饭吧，肚子填饱再说！”

贺静走向简陋的厨房：“妈，今天来不及煮饭了，中午就吃面吧。”

“好。”

贺静怡正打算往炉灶里加一个蜂窝煤，架锅烧水，发现蜂窝煤已经用完了。她这才想起，今天早上就把最后一个蜂窝煤用了，上午又出去办了这么多事，没来得及买。

贺静怡走出厨房，摊了一下手：“蜂窝煤没了。”

“哦，叫卖煤的送一些来吧。”母亲说。

“不用了，妈，咱们很快就要搬到有天然气的商品房去住了，不会再用蜂窝煤了。我去隔壁张阿姨家借几个吧。”

“老是跟人家借这借那的，多不好意思呀。”

隔壁的张阿姨是个热心人，虽然家庭条件也不比贺静怡家好多少，却时不时地接济母女俩。贺静怡一直想找个机会感谢一下张阿姨，现在正是时候。她说：“妈，咱们就快搬走了，要不拿些钱给张阿姨，表示一下谢意吧。”

“对，对，张阿姨经常帮助咱们，应该的。”

“拿多少合适呢？”

母亲想了想：“就四百吧，多了让人怀疑。”

“好。”贺静怡从背包里拿出四百元揣在身上，对母亲说，“妈，你再等一下，我借了蜂窝煤就回来烧水煮面。”

“嗯，你去吧，多说些感谢的话。”母亲说。

贺静怡打开厨房后门，旁边张阿姨家的厨房门也是打开的。她几步走过去，看到张阿姨正在厨房里煎着小麦饼，深深嗅了一口，说："好香呀，张阿姨。"

张阿姨是一个胖胖的中年妇女，看见贺静怡后，笑着说："静怡，吃饭没有？"

"就是吃不成呢，家里的蜂窝煤用完了，想跟您借两个。"贺静怡吐了一下舌头。

"拿吧拿吧，用火钳夹，多拿几个！"张阿姨大方地说。

贺静怡心里很温暖，想起了张阿姨一直以来对他们母女俩的照顾。她微笑着走过去，说道："张阿姨，我和我妈可能最近要搬走了。"

"啊？"张阿姨吃惊地问道，"搬到哪儿去？"

"暂时还没定，可能华宇广场附近吧。"

张阿姨把一个煎好的小麦饼用锅铲盛到盘子里，停下手中的事，睁大眼睛问道："华宇广场附近？那里可是繁华地段呀！静怡，你们发财了？"

"哪儿呀，我最近在做兼职，给小学生当家教，赚了些钱，就想租个市中心的房子，上班方便些。"

张阿姨搓着手，"啧啧"地感叹道："真好啊，静怡，我真羡慕你们这些有知识的年轻人！"

贺静怡笑了一下，从裤兜里摸出四百元钱，说道："张阿姨，以前经常麻烦您，挺过意不去的，这钱您拿着……"

"不不不不……"张阿姨连声拒绝，把钱推开，"邻居嘛，你们又孤儿寡母的，帮一下是应该的，怎么能要你们的钱呢？"

"张阿姨，您一直这么关照我们，不表示一下谢意，我们真的过意不去呀。"贺静怡硬往张阿姨手里塞。

"有什么过意不去的，拿了你的钱我才过意不去呢……"

互相推搪了半天，最后贺静怡硬把钱塞进了张阿姨的裤兜，张阿姨才勉强接受了："唉，你说……这怎么好意思呀。"

"没事，只是我们的一点儿心意。"贺静怡说，她转身去用火钳夹蜂窝煤，"我回去了，张阿姨。"

"等等，静怡，你们还没吃饭吧。你回去烧火煮饭，那得等到什么时候？"

张阿姨说，“正好我在煎鸡蛋饼，你们就拿几个回去吃吧。”

“不用了，张阿姨，我回去煮面吃。”

张阿姨拉下脸来，佯装生气地说：“静怡，你要是这么客气，钱我也不收了啊。”

“好好好……那我就尝尝您的手艺吧。”

“这才对嘛。”张阿姨笑起来，“你去客厅看会儿电视吧，几分钟就煎好了。”

贺静怡走到张阿姨家的客厅，一台29英寸的小电视播放着一部精彩的连续剧。贺静怡家没有电视机，她好久都没有看过电视节目了。就坐下来看一会儿吧……

贺静怡的母亲躺在床上，回忆起一生的辛酸往事，从此都要告别，心中感慨不已。出神之际，忽然听到屋子里发出“吱吱”的异响，接着嗅到一股烧焦的味道，还没弄明白出了什么事，赫然看到屋里裸露在外的电线竟燃烧起来！

老式平房里的电线，全是明线，盘布在整间屋的墙上，一旦燃烧起来，瞬间就能点燃屋内的所有易燃物。顷刻之间，屋里的窗帘、木头柜子、被褥就燃烧起来，贺静怡的母亲瞬时被火焰包围了。她失声尖叫，却因为下肢瘫痪而无法下床逃命，只能大声喊道：“静怡！静怡！”

贺静怡正在隔壁津津有味地看电视，突然停电了。她愣了几秒，听到母亲惊恐的呼喊，赶紧朝家跑去。张阿姨也听到了，和贺静怡一齐出门，两人跑到贺静怡家门口，看到令人惊骇欲绝的一幕——整个家中燃起了熊熊大火，更骇人的是，贺静怡的母亲躺在一张火床上，全身都烧起来了，厉声惨叫。

“妈——”贺静怡发出撕心裂肺的喊叫，不顾一切地冲上前去。张阿姨一把将她抱住：“静怡，别上前去，你也会被烧着的！快叫人救火呀！”

两个人大声呼救。周围的邻居都过来了，有人立刻拨打了火警电话，其余人你一盆、我一瓢地接水扑火，但火势太汹涌了，这种程度的救火根本无济于事。眼看着，贺静怡的家已经成了一片火海，甚至快殃及隔壁了。贺静怡发疯般地要进去将母亲抱出来，但这完全是送死。她被几个邻居死死拽住，声嘶力竭地哭喊，眼见母亲已经不可能有救了，贺静怡两眼一黑，昏死过去。

醒过来的时候，贺静怡发现自己坐在家对面的大槐树下。火已经扑灭了。消防车、救护车停在旁边，家已变成黑灰废墟。贺静怡神情恍惚地站起来，跌跌撞撞地拨开人群，询问着：“我妈呢？我妈妈呢？”

张阿姨走过来将贺静怡抱住，流着泪说：“静怡，你妈妈她，已经……你要节哀啊。”

贺静怡浑身抽搐，泪像泉水般涌了出来。她左右四顾，看到救护车的旁边停着一个担架，上面用白布盖着一个人。贺静怡想要走过去，张阿姨将她拦住：“静怡，别去看了，你会受不了的！”

贺静怡摇着头，挣脱张阿姨的手臂，踉跄着奔过去，跪在地上。她哆嗦着将白布掀开一些，看到的是像黑炭般恐怖骇人的母亲的尸体。

这实在是太残酷了。几个邻居赶紧走过来将贺静怡拖开。贺静怡悲痛欲绝，仰天恸哭，一次又一次哭昏过去。在场的人无不潸然泪下。

救护车将尸体直接送往火葬场。贺静怡跪在地上，目送着救护车将遗体带走——和自己相依为命的母亲就这样永远地离她而去了。

大家都劝贺静怡节哀顺变，尽快调整情绪，准备处理后事。贺静怡双手撑在地上，什么都没听到。

她突然想到了一些事。

旧神。超能力。50个人互相厮杀。

这几天，她完全沉浸在自己的超能力“金钱”所带来的幸福感之中，彻底忽略这些事了。

家里好好的，不可能突然失火。一定是有人想用超能力杀死我，结果害死了我妈妈。

当贺静怡意识到这一点后，全身的血液几乎要冲破血管。她睁大眼睛，紧咬嘴唇，眼眶中的泪随着恨意悄无声息地涌出来，滴落在地上。

杀。我也要杀!

虽然我不知道是谁干的，但肯定是13班的人。

宁可错杀48个，我也不会放过这个杀死我妈妈的凶手。现在的我，已经没有任何羁绊了。我会不顾任何后果地使用超能力，就算世界毁灭了也不要紧，只要我能为妈妈报仇！

有钱能使鬼推磨，等着瞧吧。狗娘养的杂种，我不会放过你（们）！是你（们）把我贺静怡逼成魔鬼的，那我就要把你（们）送进地狱！

恨意像有毒的气泡那样在贺静怡心中滋生、膨胀。从这一刻起，她的心中种下了一颗毒瘤。她再也不是以前那个柔弱、善良的贺静怡了，而变成了只为复仇而生存的超能力者。

她的能力，将改变整个世界。

在距离贺静怡的家几十米远的地方，一个女生躲在一棵大树旁，惊恐万状地目睹了这一过程。

她就是这起惨剧的制造者——赵又玲。

事情是她做的，但她也不禁浑身颤抖。这是她第一次尝试使用自己的超能力进行攻击，竟然引发了如此严重的后果。

我改变了贺静怡家的电流强度，让电压瞬间陡增到上千伏，引发了这起火灾。她惊骇地捂着嘴。我当初选的“电”这个能力，竟然这么恐怖。

但是我杀错了人。贺静怡没死，她妈妈却被烧死了。赵又玲打了个寒战。贺静怡会猜到是我做的吗？她会不会报复我？我目前的能力只有1级，是她的对手吗？

不行，我不能再待在这里了，要是被人发现……赵又玲惊惶地朝自己家中跑去。

她气喘吁吁地跑回家，关上房门。紧张令她口干舌燥，她正要端起桌子上的杯子喝水，突然发现杯子下压着一张字条。她疑惑地拿起字条，看到上面写着——

我知道你刚才做了什么。如果你不想让秘密泄露，或者让能力暴露的话，就和我见个面。明天下午3点钟，在南部新区的艾美酒店。具体房间号询问前台，就说找碧鲁先生。你是个聪明人，知道该怎么做。

看完字条上的内容，赵又玲手脚冰凉，惊愕得半天回不过神来。她刚才出来得急，没有锁门，在这段时间，竟然有人潜进她家中，并留下这张字条。更关键的是，这个人知道她用超能力杀了人！

天哪……赵又玲身体一阵阵发冷。这是怎么回事？难道有人一直在暗中监视我？这个“碧鲁先生”会是13班的某个人吗？他说要约我见面，有什么目的？

几分钟后，她意识到，自己恐怕没有选择，只有和这个神秘的碧鲁先生见面，才能解开心中的疑惑。

二十八　噩梦

一辆黑色轿车在一栋住宅楼前面停下。车上有三个人，开车的是一个二十多岁的年轻男人，体格健壮，身穿黑色西装，戴着墨镜，神情严峻。他在帮派里的名号叫“火山”，是个以一敌十的打架好手。旁边是他的老大“豹哥”——一个腆着啤酒肚，身穿灰色夹克的中年男人。坐在后排的是豹哥 6 岁半的儿子小威，正摆弄着一架玩具飞机，嘴里模拟着飞机飞行的嗡鸣声，玩得兴起。

火山朝楼上看了一眼，低声说道：“豹哥，你真的要去？”

“都到这里了，不上去岂不成了笑话？”豹哥不以为然地说，“没关系的。”

“周五就要选下一届话事人（黑社会老大）了，候选人只有天鹫和你。他这个时候请你到他家去做客，我怕有诈呀。”

豹哥看了一眼后座的儿子，压低声音说：“别让小威听到。他跟天鹫的儿子季凯瑞是好朋友，今天是季凯瑞打电话给小威，说想跟他一起玩，天鹫才邀请我过来吃饭的。我看他挺有诚意，应该不会搞鬼。”

“豹哥，别掉以轻心。天鹫这个人阴险狡诈，这个时候请你，我总觉得有问题。”

“我出来混了这么多年，还要你提醒？”豹哥乜了火山一眼，“我下午已经让小弟躲在这附近观察了。天鹫手下的人都没过来。5 点钟的时候，他老婆接了儿子后，就上楼了。现在他家里就只有他和他老婆儿子三个人，你说他敢把我怎么样？”

火山想了想，说："那他请你来做什么？不会真的只是吃顿饭这么简单吧？"

"我看他这次是想来软的。"豹哥哼了一声，冷笑道，"天鹫的势力没我大，怕我对付他，所以想先表明态度吧。我就卖个顺水人情，有何不可？好了不说了，我带小威上去，你就在楼下等我。"

"豹哥，我跟你们一起上去吧。"

"不行，天鹫都没叫他的人，我带人上去，不大好，反倒显得我底气不足了，你就在这里等我。"

"那你小心，豹哥。"

"走，小威。"豹哥打开车门，拎着一盒东西，牵着儿子上楼了。

门铃响了一声后，门就打开了。开门的是天鹫7岁大的儿子季凯瑞，他看见门口的小威后，高兴地把小伙伴抱了起来："你怎么才来呀，我等你好久了！走，到我房间去玩机器人大战！"

"好啊！"小威高兴地说。

季凯瑞的母亲名叫罗娟，是一个风姿绰约的美妇人。她走到门口来，笑着说："凯瑞，光想着玩，叫人没有？"

"豹叔！"季凯瑞大方地喊道。

"乖，凯瑞，你看豹叔给你买了什么？"

季凯瑞接过豹叔递给自己的礼盒，打开一看，欣喜地叫道："哇！最新款的薄型PS2！谢谢豹叔！走，小威，咱们去玩吧！"

两个孩子跑进房间了。罗娟招呼道："豹哥，快进来坐吧。"

豹哥进屋了。罗娟将门关上。客厅里季凯瑞的父亲——名号"天鹫"的黑社会大哥——起身迎接："坐，豹哥！"

"天鹫，最近还不错吧？"豹哥落座于皮质沙发上，跷起二郎腿。天鹫递了一支好烟过去，帮豹哥点燃："还行吧，不过不敢跟豹哥你比。"

"别谦虚了，你现在罩的场子越来越多了。新区那边你也涉足了吧？"

"小生意而已。"天鹫笑着说，"豹哥，你喝茶还是咖啡？"

另一边，季凯瑞和小威两个人在房间里，已经把PS2游戏机连接好电视了。季凯瑞把随游戏机附赠的光碟放进去，说："咱们开赛车吧！"

“好！”小威兴奋地握着手柄。

季凯瑞的妈妈端着两杯果汁走进来，放在他们面前，说道：“凯瑞，好好跟小威玩，不要打架啊！”

“不会打架啦，我最喜欢凯瑞哥哥了！”小威说。

罗娟轻轻笑了一下，对儿子说：“凯瑞，吃饭之前，你们就在这间屋子玩吧。我没有叫你，你们不要出来，大人在谈正事呢。”

“知道，知道……小威，你选哪辆车？你瞧我选的这辆银色法拉利多帅……”

罗娟走出房间，将门轻轻带拢。

豹哥和天鹫品着上等的龙井茶，开始是闲聊，慢慢说到了正题上：“豹哥，咱们都是十多岁就加入社团了，打拼了几十年，才有了今天的地位。这次鬼哥打算隐退，移民澳大利亚，有资格做接班人的，就只有咱们兄弟俩了。”天鹫说。

豹哥似乎早有所料，他头也不抬地用盖子轻轻将上浮的茶叶拂至一边：“你想说什么？”

天鹫笑了一下说：“我知道，论资格的话，豹哥你加入社团的时间比我更早；论势力，你现在罩的地方比我多。这些，我都没法跟你比。要比的话，也只有一样而已。”

豹哥抬起头来：“什么？”

天鹫把身子往前倾一些，凝视着豹哥：“人气。”

豹哥盯着他看了几秒，突然爆发出一阵大笑：“人气？天鹫，咱们这是黑社会选老大，你以为是《快乐男声》呢？要不要叫下面的小弟们发短信统计票数呀？”

“嗯，我就是有这个想法。”天鹫兴致盎然地说，“不过发短信倒是不必，叫各个区的兄弟们投票选举就行了。”

豹哥皮笑肉不笑地说：“天鹫，你在跟我开玩笑？”

天鹫一本正经地说：“不，这个想法我已经跟鬼哥说了，他也赞成。”

豹哥脸上的笑意消失了：“不可能，鬼哥怎么没跟我说？”

“鬼哥叫我跟你说，我现在不就跟你说了吗？”

“这么说你们已经定了？”

“也没有。鬼哥说叫我跟你商量，听听你的意见。”

“我的意见？”豹哥忍不住骂了句脏话，“以前选话事人，都是上面几个老的说了算，这次却要玩什么选举？！我们是黑社会，你当是选联合国领导人呢？”

“别生气嘛，豹哥，时代在发展进步，我们也要与时俱进嘛。”天鹫不温不火地说。

豹哥抑住怒火，说道：“不过话说回来了，天鹫。就算是选举，你也占不了便宜吧？我豹子手下上千个弟兄，你的人有这么多吗？你的票数能超过我？”

天鹫噘着嘴，轻摆着手指：“话可不能这么说呀，豹哥。选举可没规定是谁的小弟就必须选谁，得看大家比较拥护谁当老大。”

豹哥瞪着眼睛愣了半晌，突然站起来吼道：“天鹫，你买通了我手下的人？”

天鹫叹了口气，用讥讽的口吻说道：“怎么可能呢，豹哥。你手下上千个兄弟，我买通得了这么多吗？再说你看见过我拿钱给你手下的人吗？没有吧。那就别冤枉我。”

豹哥气得脸都憋红了，点着一根手指说：“天鹫，我知道你一定暗中搞了鬼。你他妈的算计我？！”

天鹫始终不软不硬的口气：“哪儿呀，豹哥，我今天是诚心跟你商量。这些事情全是你自己无端猜测的，怎么能怪我呢？”

“算了，我不跟你说了，我自己去找鬼哥！”豹哥怒气冲冲地朝门口走去。

这时，罗娟正好端着一盆鸡汤走出来，看见豹哥往门外走，说道：“豹哥，你这是要到哪儿去呀？马上就吃饭了，你们先喝碗鸡汤吧。”

“喝个屁！”豹哥已经怒不可遏。他冲季凯瑞的房间喊道：“小威，走！回家！”

房门打开了，小威怅然若失地走出来，问道：“怎么说走就要走呀？爸爸，我正跟凯瑞哥哥开赛车呢。”

豹哥走过去一把拉住儿子：“下次再玩！”

“不嘛，你等我把这一盘开完嘛！”小威赖着不走。季凯瑞也站在旁边央求道：“豹叔，你等我们再玩一会儿嘛。”

豹哥往小威的屁股上重重地一拍，骂道：“老子叫你马上走，你听不懂是吗……”

小威不明白爸爸为什么话说到一半就停下了，他抬起头来，看到爸爸心脏部位有一把染满鲜血的刀刃伸了出来。接着，爸爸摇晃了两下，重重地倒在了他面前。

季凯瑞距离豹叔和小威只有不到一米的距离。他的眼前出现了一层红幕。接着，他听到了小威的尖叫声，看到了拿着刀、表情冷酷的爸爸。他呆呆地看着这一切，头脑中一片空白。

这时，一个穿着黑西装、戴着墨镜的男人冲进他的家门。这个人一把将尖叫的小威的嘴巴捂住，然后将他拖进了一间屋内。他不知道这个男人对小威做了什么，只知道没过多久，就听不到小威的叫喊了，后来也永远听不到了。

罗娟走到天鹫跟前，责怪道："不是说好了吗？不在孩子面前动手，你怎么就……"

天鹫说："我也不想。但再不下手，这家伙就出门了。况且刚才的机会再好不过了。"

穿黑西装的男人擦着汗从房间里走了出来，说道："天哥，我叫人来处理尸体。"

天鹫点了点头，拍着他的肩膀说："放心吧，火山。我当了老大，你就是二把手，豹子的生意以后就交给你了。"

"谢谢天哥，我一定好好做！"火山欣喜地说。

季凯瑞盯着这个叫火山的人，记住了他的脸和他的名字。

天鹫挥了一下手，示意火山去办事。然后，他蹲下来，看着儿子说道："凯瑞，你知道刚才发生了什么事。你可能会觉得爸爸很残忍。但我告诉你，爸爸也是被逼的。如果我不这样做，有一天倒在血泊中的就会是我，还有你妈妈和你。为了不让这一天到来，我只能这样做。"

季凯瑞面无表情地看着眼前的男人，身体颤抖，眼泪一颗一颗从眼眶滚落。过了许久，他只说了一句话："小威呢？"

"小威没做错什么。但我当着他的面杀了他爸爸，就不能再让他活着了。否则，他以后会用同样的方式来对待我们。凯瑞，你现在可能会恨我，但你长大后，就会明白了。”爸爸垂下眼帘，片刻后抬起头来，“今天既然你看到了这一幕，我就给你上一课吧——不要轻易相信这个世界上的任何人，只有你手里的武器永远不会背叛你，记住。”

“那你呢？”季凯瑞问。

“问得好，我也是不能信任的。”说着，他举起枪，对准季凯瑞的额头。

“乓”的一声枪响，22 岁的季凯瑞（男 10 号）从噩梦中惊醒，满头大汗。

他从床上坐起来，用手背拭擦着额头和脸上的汗水，急促的呼吸逐渐平缓。

这个梦，从 7 岁那年到现在，他不知道做过几百遍了。梦所对应的事件，他都有些记不清了，反倒是梦境留给他的印象更加深刻。季凯瑞不愿去回忆当年发生的事情，但有一件事是无法回避的——他的好朋友小威，在那天之后，就从这个世界上永远消失了。

从此之后，季凯瑞就变得沉默寡言，再没有一个朋友。

15 年了，他仍然无法走出这件事所带来的阴影。

季凯瑞从床上下来，光着上身，穿着一条平角短裤。他面庞冷峻、身材匀称、肌肉健美结实，额前的头发几乎遮住了眼睛。他走到卫生间，冲了个澡，然后裹了一条浴巾站在洗漱台前，看着镜中湿漉漉的自己。

小威。不知为什么，他又想起了自己曾经的小伙伴。如果他现在还活着，应该也跟自己差不多大了。季凯瑞闭上眼睛，心头发紧。十多年前，我为什么没有阻止火山？是我被吓蒙了，还是根本无力阻止？我当时，怎么那么懦弱？

他又开始恨自己了。

如果那个时候，我就拥有现在的超能力，小威就不会死。

他再次抬起头，看向镜中的自己，暗暗启动超能力……

几分钟后，季凯瑞的母亲罗娟推开卫生间的门，看见儿子站在洗漱台前，手臂上鲜血淋淋。这个黑道大姐头也不免吃了一惊，问道：“凯瑞，怎么了？”

季凯瑞看都没有看母亲一眼，冷冰冰地说：“没什么。”

“那你手臂怎么会受伤？”罗娟说，“我去把医药箱拿来，给你擦药包扎吧。”

“不用了。”季凯瑞抬起手臂，用嘴吮吸血液，吐出来，然后随便扯了几张纸巾，按在伤口上，走出了卫生间。

罗娟知道儿子的性格，无法勉强，只能作罢。但她感到奇怪——卫生间里没有任何锋利的东西，季凯瑞身上也只裹了一条浴巾。是什么划伤他手臂的呢？

季凯瑞回到自己房间，把门关上，然后扯下浴巾擦头发。他所拥有的超能力让他自己都感到恐惧，同时又让他憎恶——这种超能力怎么不早十几年出现？

实际上，从获得超能力那天起，他已经试过好几次了。这个超能力每次运用，都会呈现出不同的状态——而这正是可怕之处。

这时，放在床头柜上的手机响了一下。季凯瑞走过去，拿起一看，是一条陌生号码发来的短信：

你的能力我非常欣赏，如果你不愿意自己的能力曝光，或者你希望自己的能力变得更强，可以和我合作——相信剩下48个人就都不是我们的对手了。如果感兴趣的话，明天下午3点钟，在南部新区的艾美酒店。具体房间号询问前台，就说找碧鲁先生。

季凯瑞看完短信，仰起头思忖了几秒，将手机丢在床上，说了句“无聊”，便不予理睬了。

合作？他的世界里从来没有这个词。

二十九　碧鲁先生的阴谋

星期三下午 3 点，赵又玲（女 47 号）坐车来到位于南部新区的艾美酒店。这是琮州市最豪华的五星级酒店之一。对住在贫民区的赵又玲来说，来这种高档场所就像到了另一个星球。

从装饰着现代艺术幕墙的过渡入口来到富丽堂皇的酒店大堂，闪耀的巨型水晶吊灯和各种奢华装饰看得赵又玲两眼发直。她生命中前 20 年去过的装修最高档的地方是德克士餐厅——而且仅仅是去过，都没在那里消费。眼前的一切令她叹为观止。但她无暇观光，在大堂内转了半天，找到了酒店前台。

“你好，我找碧鲁先生。”赵又玲对前台接待小姐说。

“您好小姐，碧鲁先生在 63 楼的总统套房。请您乘坐电梯直达 63 楼。电梯口会有服务生带您前往。”接待小姐用甜美的声音告诉赵又玲，看起来早有准备。

赵又玲点了点头，朝电梯走去。总统套房是不是这里最高级的房间？这个碧鲁先生究竟何许人也，如此大的派头。他会是 13 班的某个人吗？这种地方不属于普通人的消费范畴吧，也许这个人是某个大人物？赵又玲心中疑虑重重，越发忐忑不安。她深呼吸几口，尽量鼓足底气。如果形势不对，我就用我的超能力攻击他，然后逃走。

电梯到了 63 层。赵又玲走了出来，电梯旁边一个穿着白衬衣的男服务生对她行了个礼，说道：“小姐是到碧鲁先生所在的总统套房吧？”

“是的。”

“请跟我来。”

服务生带着赵又玲走到一个大房间门前，轻轻敲了敲门。里面的人回应“请进”，服务生把门推开，弯腰做了一个“请”的姿势。赵又玲进入房间后，门从外面带拢了。

赵又玲一下紧张起来，心脏怦怦乱跳。总统套房内的布置和装饰华丽得刺眼睛，不过此刻她没心思管这些了。她睁大眼睛看着会客厅，前方的沙发上，坐着好几个人，这些人她都认识——全是13班的人。受邀者不止我一个？她瞬间明白了。

沙发上的人都回过头来看着赵又玲，但没有一个人跟她打招呼。看得出来这些先到的客人并不轻松。只有一个人例外，这个人独坐在单人沙发上，看到来者后，起身说道：“赵又玲，请过来坐吧。”

说话的人是13班一个长相斯文、面貌英俊的男生——赫连柯（男6号），他戴着一副细框眼镜，身穿一套修身小西服，看上去风度翩翩。赵又玲诧异地走过来，问道：“赫连柯，是你邀请我们来的吗？你就是那个碧鲁先生？”

“请先坐下。还有最后一个客人没到，等会儿一起说吧。”赫连柯微笑道。他拎起茶几上的玻璃茶壶，给赵又玲倒了一杯冰翡翠绿茶：“喝茶吧。”

赵又玲坐到长沙发右侧空着的位置，她抬眼看过去，沙发上坐着的这些人，应该都是受邀者了，从她身旁数起，分别是：魏薇（女21号）、蒋立轩（男42号）、陆晋鹏（男5号）、谭瑞希（女32号）。加上自己，一共五个人。

他们没有交谈，个个正襟危坐，显得局促不安。赵又玲忽然心中一颤——难道他们都跟我一样，用超能力杀了人，然后被要挟而来？

等了大概二十分钟，赫连柯吐了口气，摇头道：“最后一个客人估计是不会来了，算了，我们不用等他了。”

“最后一个客人是谁？”谭瑞希问道。她是补习班里平常不太引人注目的一个女生。

“既然他没来，就不用管他了。”赫连柯将身子坐直，“大家等了这么久，我就不说废话了，直入主题吧。”

沙发上坐着的五个人神情都专注起来。

“在此先跟大家道个歉，邀请大家来的方式，我承认带有胁迫的性质。但这是没办法的事，不这样的话，恐怕你们不会来。现在大家已经坐在一起了，我先声明两点：第一，我不是碧鲁先生，但以后多数时间，我会代表碧鲁先生和大家沟通；第二，请你们放心，碧鲁先生和我邀请各位前来，绝对没有任何敌意，相反，我们要谈的是‘合作’——这肯定是对大家都有好处的事。所以请你们不必拘谨，更不用提防什么，这是完全没有必要的。”

赫连柯说话的口吻，就像在宣布某种律令。他的态度和话语虽然十分礼貌，却暗含一种威严，有着凌驾于其他人之上的气势，显得底气十足。这种自信的背后，显然有某种强大能力作为支撑。赵又玲想起了发给自己的短信。他似乎能感知到我们的一举一动，甚至洞悉我们的超能力。但我们却不知道他的能力是什么，更不知道那个“碧鲁先生”是何方神圣。不能轻举妄动。她在心中告诫自己。

蒋立轩，一个身材瘦长、颧骨突出的男生说道：“赫连柯，既然要谈合作，就要拿出诚意。碧鲁先生邀请我们来，却连面都不露，这算怎么回事？”

“碧鲁先生出于某些原因，暂时不能露面，委托我作为他的代言人。时机成熟后，他自然会跟大家见面。这一点请大家理解。”赫连柯说。

陆晋鹏说：“那你告诉我们，这个碧鲁先生，是不是13班的人？”

赫连柯踌躇片刻，回答道：“是的。”

“什么？果真是13班的人？”蒋立轩不满地说，“既然都是一个班的人，干吗故作神秘？取个化名，遮遮掩掩，还要你来当什么代言人。他为什么不能主动出来跟我们见面？”

赫连柯沉下脸来，语气比起刚才加重了：“我说过了，他出于一些原因暂时不能露面。你们把我当成他就好了。如果还要纠缠此事，或者出言不逊，会发生什么事情，我无法保证！”

此话一出，对在场的人都形成了有效的威胁。虽然没人知道碧鲁先生和赫连柯的能力是什么，但直觉告诉他们，不要与这两个人为敌。他们的能力，可能远远胜于自己。

气氛沉闷了一阵，谭瑞希说：“那么，具体说说合作的事吧。”

“好吧，长话短说。50 个超能力者对决，胜出的一个人，会成为‘新世纪的神’。这个残酷的竞争，不管大家内心是否接受，已经降临在我们头上了。按照‘旧神’所说，一年之内，如果我们没能决出胜负，也就是说，没有剩到最后一人，50 个人就会全灭，地球也会迎来毁灭性的灾难。”赫连柯严肃地看着面前的几个同学，“在这件事面前，我们只能有两种立场。而这两种立场，现在已经分化出来了。”

他顿了一阵，继续道：“一种是，无视‘旧神’定下的规则，妄图用所谓‘团结’的方式来对抗上天的旨意，用我们 50 个人的性命和地球的命运做赌注；另一种是，按照旧神定下的规则去做，虽然残酷，但最后活下来的那个人却能成为‘新世纪的神’，拯救世界。”他摊了一下手，“我很想知道，在这个问题上，你们是怎么看的。”

谁都听得出来赫连柯的立场是什么。但一时之间，房间内没人说话。过了良久，魏薇说道：“我认为应该按旧神说的去做。”

“你说的是真心话吗？”赫连柯看着她。

“当然。旧神说的话怎么看都不像假的。我们 50 个人已经获得超能力了，这就是最好的证明。”魏薇说。

赫连柯似有几分满意地点了点头，问其余四人：“你们呢？”

“我也认为，不应该忽视旧神的告诫。”赵又玲说。

赫连柯注视着剩下的三个人，看来非得要每个人都表态不可。陆晋鹏、谭瑞希和蒋立轩只有表示他们支持的是后一种立场。

“很好，希望你们是真心的。”赫连柯颔首道，“既然大家意见一致，那事情就好办了。现在，我就具体地说吧——从我们掌握的情况来看，杭一、陆华和韩枫等人，已经组成了同盟，目的是劝阻大家放弃竞争和厮杀。我不能说他们的出发点是坏的，但事实是，他们这种行为，有可能引发严重的后果，并且和我们的立场背道而驰。如果任由这股势力发展下去的话，我们 50 个人，甚至地球——都可能因为他们的天真而毁灭。”

说到这里，赫连柯深吸了一口气，神情严峻地看着面前的五个人。谭瑞希问道：“那么，你觉得我们应该怎么做呢？”

“大家本来是一起补习的同学，有着友谊和感情，但在如此重大的事情面前，恐怕只能舍弃道义了。”赫连柯垂下眼帘，顿了几秒，说道，“必须阻止他们这种愚蠢的行为，在他们还没发展壮大之前，将他们扼杀。”

对面坐着的五个人不约而同咽了口唾沫。陆晋鹏说道：“所以你找我们来，希望我们这边也能结盟，合作对付杭一他们，对吗？”

“纠正一下，不是‘对付’，而是‘遏制’。我们和杭一他们没有仇恨，有的只是认识上的分歧，但这种分歧是致命的。所以，我们别无选择。”

“简单地说，就是把他们击杀，不是吗？”魏薇说。

“而且要快。他们那边要是壮大起来，事情就没那么好办了。”赫连柯说。

沉寂了一阵，赵又玲说道：“你找我们来，是希望由我们充当刺客去袭击他们？但他们那边的人也不是吃素的，我们有什么把握一定能赢他们？”

赫连柯展露出自信的微笑：“没错，我找你们，是因为我知道你们的能力都很强，想借助你们的力量。说到这里，我猜你们一定会感到疑惑——我是怎么获知你们的能力的呢？”

陆晋鹏张开嘴，迟疑地说道：“难道你的能力就是……”

“不，不是我。”赫连柯摇头。

“是那个碧鲁先生？”魏薇猜测。

赫连柯依然摇头，说道：“谜底还是暂时不揭晓吧。等到大家建立起足够的信任后，这个答案你们自然就知道了。现在我们要探讨的是，怎样做到完胜杭一他们，这才是重点。”

“完胜？”蒋立轩蹙眉道，“你有这种把握？你知道我们一定会赢？”

“我们一定会赢，毫无疑问。”赫连柯说，“我的自信显然不会没有理由。那么，我就告诉你们，我们这边所拥有的两个优势吧。”

五个人都全神贯注地看着他。

“第一，我既然能知道你们的能力，也就能知道他们的能力。正所谓‘知己知彼百战百胜’；第二——”他莞尔一笑，“我会用我的能力辅助你们。”

谭瑞希问道：“你的能力是什么？”

“我就直言不讳地告诉你们吧——以表诚意——我的能力是‘强化’。这个能力本身不具备攻击能力，但是能提升范围内其他人的能力强度。比如说，你们现在的能力都是 1 级，但是在我的能力范围内，能达到 5 ~ 6 级的强度。当然你们之后还会升级，我也有可能升级。如此叠加起来的效果，你们自己想象吧。”

对面五个人目不转睛地看着他，显然都被这番话震惊了。过了一会儿，赵又玲迟疑地问道：“你说的……是真的？”

“如果我现在满足你的好奇心，让你立刻试一下，这家漂亮的酒店就毁了。我猜你肯定也不愿意吧，所以还是算了，以后有机会让你们验证的。现在，还是先把话说完吧。”赫连柯说。

魏薇明白他的意思了：“你说的合作就是，让我们和你一起出击，既‘知己知彼’，能力又是强化过好几倍的——这样胜算自然就大多了。”

“几乎可以说是绝对的胜算。”赫连柯看着他们，“怎么样，这个提议不坏吧？”

“听起来很不错，但这里面有些小问题。”魏薇说，“我们结盟，狙杀杭一他们，或者还有 13 班另外的那些同学——然后呢？最后获胜的人只有一个呀。把他们都杀死后，我们再自相残杀吗？”

赫连柯冷酷地说道：“也许吧。现在我也猜不透这件事情发展到最后会形成怎样的局面。你说的这种情形也的确有可能发生。但越是这样，不就越体现出‘升级’的重要性吗？提醒你们一点，你们和我配合出击，最后是用你们的能力杀死对手。也就是说，升级的只会是你们。不管怎样，对你们都是没有坏处的。仔细想想看吧。”

短暂的沉默后，谭瑞希问道：“赫连柯，你就甘心一直辅助我们，让我们不断升级变强？这样对你有什么好处？你到底打的是什么算盘？”

“我只能说，我做这一切是为了碧鲁先生，也是为了地球的未来。好了，别再问我了，我不会再解释下去。该说的我都说了，你们自己权衡吧。哦，对了，还有一点忘说了。你们每成功杀死一个对手，碧鲁先生会付给你们一百万元作为酬谢。同时还能升级，怎么样，不坏吧？”

房间里陷入了静默，每个人都在暗暗思索。

一百万。赵又玲的心在颤动。如果他说的是真的，那自己……再也不会是穷人了。

看来只能跟他们合作了。如果我现在拒绝，不就等于成了他们的敌人？赫连柯会联合其他人来对付我的。5 倍的能力……我可吃不消。谭瑞希眉头深锁。

我真的要加入“主战派”吗？这样岂不等于受了他们的操控，必须一直杀人？陆晋鹏感到难以接受。但是，我已经失手杀了继父和两个警察，警方不会放过我的。如果我不想办法变强的话，总有一天会吃亏。也许，真的只有如此了。

有趣。蒋立轩暗忖。我现在的能力已经很强了。再加强 5 ~ 6 倍，会有多惊人的威力呢？我真是太期待了！况且还有钱拿，傻瓜才会拒绝。

赫连柯和那个神秘的碧鲁先生，肯定对我们隐瞒了什么。魏薇的直觉在提醒她。所谓的合作，可能是一个阴谋。他们是想利用我们，达到某种目的。不过，正如赫连柯所说，升级的是我们。只要我变得足够强，就不用再依靠他的能力作为辅助了。合适的时候，我会把赫连柯和那个什么碧鲁先生都杀死。哼，你们想在我身上打如意算盘？恐怕太低估我了。

“怎么样，你们考虑好了吗？”赫连柯问道。

“好吧，我愿意合作。”谭瑞希率先说道。

“还有我。”赵又玲跟着说。

“联盟，好主意。”蒋立轩笑着说。

“嗯，好吧……我同意合作。”陆晋鹏勉强答应。

“我也是。”魏薇说。

“太好了，我就知道你们不会让我失望。”赫连柯满意地说，“那就这么定了。今天你们就各自回家吧，我会电话或短信跟你们联系。提醒一点，既然已经是盟友了。我们可不能因为私利而互相攻击。如果谁做出这种事，他（她）会成为我们共同的敌人，你们没意见吧？”

五个人都点了点头。这种安全协议对他们来说是十分必要的。

“至于狙杀杭一那边的人，我会制订好策略和计划，再找你们当中合适的人商议。在此之前，你们不要轻举妄动。等候我的消息。”赫连柯说。

陆晋鹏等人都应承下来。然后，他们离开总统套房，各自回家。

赫连柯将门关上锁好，长吁一口气。他走向套房中的主卧室，将门轻轻推开。

窗边，站着一个人，正从63层楼上俯瞰风景。

“很顺利，他们都加入联盟了。”赫连柯说。

“我在房间里听到了。”碧鲁先生背对着赫连柯，说道，“可惜只来了五个人，最关键的季凯瑞没有来。”

“他毕竟现在还没杀人，我威胁不到他。他本来也是那种不受控制的人。”赫连柯耸了一下肩膀。

碧鲁先生没有说话。

“我始终在想，我们为什么非得要找他们来袭击杭一？就凭我们两个人的能力，应该绰绰有余了吧？”赫连柯说。

碧鲁先生摇头道：“如果单独对付某个人，是没问题。但他们现在联合起来，就有些棘手了。特别是陆华那个‘防御’的能力，能抵挡所有类型的攻击。很难搞。昨天我在韩枫家附近袭击他们，不就失败了吗？星期一的那场地震，本来我想离间杭一和韩枫，现在看来也没成功……如果不快些下手的话，让他们聚集更多的人，就麻烦了。”

“杭一和陆华不会永远在一起的，我们如果分开袭击他们……”

“我不敢冒险了。我要是再失手一次，他们有可能会猜到我的身份。”

赫连柯沉默片刻：“这么说，我们首先要对付的是陆华？”

碧鲁先生转过身来说道：“不，陆华的能力只是很讨厌，但并不可怕。我真正忌惮的，只有杭一和季凯瑞的能力。特别是杭一，他现在还不懂自己的能力该怎样运用，也不知道这个能力的可怕之处。必须在他熟练掌握和成长起来之前，就将他扼杀！一定不能让他悟出来，更不能让他升级。不然的话——”

碧鲁先生凝视着赫连柯：“最后我们可能都不是他的对手。整个计划也会毁于一旦。”

赫连柯第一次看到碧鲁先生露出如此严峻的神情，他不敢再掉以轻心了：“我知道了。那么，季凯瑞那边怎么办？任由他对我们不理不睬吗？”

“季凯瑞的能力非常强。如果能想办法让他加入我们这边，是最好不过的。要是实在不行……”碧鲁先生左手捏着下巴，“我也想好怎么对付他了。”

三十　你是接班人

季凯瑞和父亲天鹫平常很少说话。但今天，他正要走出家门时，被父亲叫住了：“别忙着出去，我有话跟你说。”

季凯瑞背对着父亲，过了几秒，转过身来，坐到客厅的沙发上。他对面的父母正襟危坐，表情严肃。

“你下个月就满 22 岁了，对吧？”父亲问。

“对。”季凯瑞面无表情地回答。

“有件事情，必须要跟你谈谈了。”父亲点燃一支烟，吸了一口，吐出烟圈，“你爹妈是黑道中的大哥、大姐头。这一点，不管你是否喜欢，都是摆在眼前的事实。我们以前做过的一些事情，可能直到现在也让你无法释怀。我虽然跟你解释过，你大概也不能理解。算了，这些我都不想再多说了。今天找你谈，是有重要的事情。”

父亲又深吸了一口烟，注视着季凯瑞：“我要你加入社团。”

“让我也混黑社会？真是个好主意。”季凯瑞站起来，“可惜我没兴趣。”

“站住。我话还没说完，你要到哪里去？”父亲呵斥道。

季凯瑞背向父亲，并没有转过身来，就这样僵持着。母亲罗娟走过去对儿子说：“凯瑞，不管你是否愿意，好歹听你爸把话说完。我们这样考虑，也是迫不得已。”

季凯瑞犹豫了片刻，重新坐了下来，跷起二郎腿，双手交叉抱在胸前，歪着脑袋，看起来十分不耐烦。天鹫看到儿子面对自己是这种态度，想要发作，罗娟走过去使了个眼色，暗示不要让局面更僵。天鹫只有忍住，将手中的烟狠狠揿灭在烟灰缸里。

“小子，你以为你爹真的愿意你加入黑社会？我混了这么多年，会不清楚这条道上的危险？俗话说虎毒不食子，我又怎么会害你？”父亲转过脸去，叹了口气，“现在帮派斗争激烈，我和你妈虽然势力强大，但是也不能保证不出任何意外，万一哪天遭遇不测……”

没等父亲说完，季凯瑞就打断他的话，冷漠地说道：“那是你们咎由自取。你们做过多少坏事，自己心里清楚。就算有一天遇到这种事情，也是报应。”

罗娟立刻站了起来，睁大眼睛瞪着儿子，又不安地瞥了一眼身旁的丈夫，生怕丈夫会拍案而起，和儿子干起仗来。

没想到的是，天鹫竟然埋着头，没有开腔，似乎在竭力忍耐。过了半晌，他说道：“好吧，就算我和你妈死不足惜，那你呢？如果我们真的被仇家干掉，那你也逃不掉！”他抬起头来，“你不为我们着想，总该为自己着想吧？我叫你加入社团，就是希望你能建立起自己的势力，身边好歹有一帮手下。这样的话，那些仇家也不敢轻易对你下手。”

罗娟走到儿子跟前，按着他的肩膀说：“凯瑞，你爸和我真的是一片苦心，全都是为你考虑呀。”

季凯瑞把母亲的手从自己肩膀上推开，漠然地说：“让你们费心了。不过，你们担心自己就好了，不用管我。没人敢对我下手的。”

“没人敢对你下手？”父亲皱起眉头，“这话我都不敢讲，你凭什么？”

“我没说准确。”季凯瑞不屑一顾地昂起头来，说道，“不是没人敢对我下手，而是——没人是我的对手。”

父母同时一愣，对视了一眼。父亲问道：“什么意思？你哪儿来的这种自信？”

“这你就不必管了，总之我不用你们操心。你们要说的就是这些吧，说完了吗？”季凯瑞再次站了起来。

天鹫盯着儿子的眼睛，缓缓说道：“小子，你记住，我叫你加入社团，可不是让你当个小角色。我是打算把你培养成我的接班人——社团的老大。你现在不用急着拒绝，好好想想吧。如果你有一天改变了主意，就跟我说。”

季凯瑞埋着头思索了几秒，默不作声地转过身，打开门，出去了。

儿子刚刚离开，罗娟立刻看向丈夫：“你说的是真的？你让凯瑞加入社团，是想把他培养成下一任老大？我记得你跟火山说过，下届推选他当老大呀。你不怕他对你不满？”

天鹫再次点燃一支烟，深不可测地说道：“火山这个人，你还不了解吗？这么多年，表面上他对我忠心耿耿，那是因为他羽翼未丰，还要仗着我这个靠山。但近两年，他在社团的势力越来越大，野心也越来越大。如果他真的当上了下届老大，恐怕会对我们不利。他可是心狠手辣，什么事都做得出来。你没忘记十几年前，他是怎么背叛他大哥的吧？”

罗娟后背泛起一阵凉意：“这么说，你只是先把他稳住而已？”

“对，我让凯瑞加入社团，就是为了压制火山。”天鹫吸了口烟，“我通过这么多年的观察，发现季凯瑞具有天生的领导能力。只是他平时压抑了自己的本性而已。如果有一天，他当了社团大哥，没有人会不服他。而我们两个老的，也就可以安枕无忧、颐享天年了。”

罗娟叹了口气：“可惜凯瑞不愿意，我们总不能强迫他呀。”

“他会愿意的。”天鹫浅浅笑了一下，“他是我儿子，我了解他。而且他刚才说了句话，你没听到吗？”

“他说‘没有人是他的对手’？”罗娟担心地说，“这孩子太狂妄自大了。”

“不，他不是自负。”天鹫眯着眼睛说，“虽然我不知道他说这话的依据是什么。但我隐隐感觉到，他身上出现了某种变化。也许他拥有了某种超出我们想象的强大能力……”

罗娟皱起眉头，显然不太相信。

“等着瞧吧。”天鹫看了她一眼，意味深长地说。

三十一　激战

“来来来，我带你们参观一下。”韩枫像向导一样热情地向大家介绍着他租的这套大房子，“楼上楼下加起来一共三百多平方米，家具家电非常齐全，楼下是客厅和饭厅，还有厨房和两个房间。楼上是几间卧室，六个房间呢。这边还有一个小型吧台。怎么样，不错吧？”

孙雨辰环视着这套位于市中心黄金地段的商品房，豪华的装修和富有格调的布局令人咋舌。他说道：“韩枫，你可真是大手笔。这样的房子，一个月得多少租金呀？”

“这你们就甭管了，反正不会让你们出一分钱。”韩枫豪气地说。

“有钱人的世界，果然不是我们能理解的。”杭一感叹道，“不过你也真够神速的，星期二说的事，星期五就办妥了。”

“那是当然。不过不是我的功劳，这房子是我们家管家帮我找的。”韩枫说。

陆华坐在柔软舒适的真皮沙发上，整个身子深陷了进去，舒服极了。他拍着沙发扶手说：“这个地方以后就是我们‘守护者同盟’的大本营了！真不错。”

韩枫十分得意，招呼大家都坐下。

辛娜看着杭一缠着纱布的手臂，关切地问道：“杭一，你的伤怎么样了？”

“没事，医生说没伤到骨头，只是小伤而已。”杭一不以为然地说。

“都是因为我，你才受伤的……”辛娜歉疚地说。

“别这么说，辛娜。”能为你而受伤，对我来说是幸福的事。杭一心中说道。

不敢讲出来。

孙雨辰显得没有其他人那样放松，他微蹙着眉头说道："有个大本营确实挺不错的，只是……我们经常聚集在这里，好吗？"

"有什么不好？"韩枫问。

"上次在你家，我们就被人盯上，差点儿丧命了。"孙雨辰忧虑地说，"这个地方，现在可能还比较安全。但总有一天也会被人发现的。假如有人居心不良，又想趁我们大家都在的时候，将我们一网打尽，那怎么办？"

杭一说："这个问题那天我们不是讨论过了吗？如果有人想要暗杀、袭击我们，不管我们身在何处，都会下手的。如果我们各自在家，势单力薄，反而更危险。只有团结在一起，才能互相照应。相信我们几个人的能力加在一起，能够应对各种状况。袭击我们的人也会有所忌惮。"说到这里，他挠了挠头，"可惜，我的能力好像没什么用……"

"这可未必，我想没有谁的能力是完全没用的。"韩枫说。

"我们需要住在这里吗？"米小路问，这是他十分关心的问题。他做梦都想跟杭一生活居住在一起，哪怕同住的还有另外一些人。

"看你们喽，要住的话当然没问题。"韩枫说。

"其实我倒是觉得，如果能住在这里是最好的。"陆华说，"你们看前天报纸上的新闻了吗？阜宁区袁家桥村的一间平房，发生了一起离奇的火灾，一个瘫痪在床的妇女被活活烧死在了屋内……"

"这件事跟我们有什么关系？"韩枫问。

"我记得以前曾听谁说过，跟我们同一个补习班的贺静怡就住在那附近，而且她妈妈好像就瘫痪了……"陆华皱着眉头说。

"啊，难道是有人用超能力袭击了贺静怡，结果杀死了她母亲？"孙雨辰惊骇地说。

"不知道，希望不是。"陆华说，"贺静怡没有手机，无法联系到她。"

杭一眉头深锁，思考了一刻，说道："我觉得这件事没准儿真的跟13班的人有关系。"

陆华不安地说："如果真是这样，那太可怕了。要是袭击者选择我们在家的时候下手，我们家里的人都会跟着遭殃！”

“所以你觉得我们应该住到这里来。”孙雨辰明白了。

“没错，我不希望我父母也被卷入到这场杀戮中来。”陆华担忧地说。

这个问题，确实是他们每个人都需要好好思考，并引起重视的。沉寂了半晌，杭一说：“陆华说得有道理，我建议我们大家从今天起，都搬到这里来。”

太好了，我居然能跟杭一哥住在一起！米小路心中一阵悸动，忍住没有表现出来。

辛娜说：“从你们的角度考虑，我也赞成。但是我就不用了吧，我不是13班的人，应该不会成为攻击的目标。况且我一个女生……也不好和你们几个男生住在一起。”

米小路求之不得，内心欣喜不已。

杭一迟疑良久，看着辛娜说：“其实我觉得，这件事情你以后都别参与了吧。那天在韩枫家，真是太险了……辛娜，你跟我们在一起的话，随时都有可能遇到危险。”

“杭一，我说过了，这件事情我已经参与进来了，不会中途退出的。理由不需要我再讲一遍吧？”辛娜看着杭一坚定地说，“而且我相信，跟你们在一起是安全的，你们一定会保护我的，对吗？”

杭一和辛娜对视在一起，重重地点了一下头。他在心里发誓，就算舍弃生命，也要保护好辛娜。

“好吧，这件事情就这么说定了。从今天起，我们五个人就住在这里。”韩枫说，“但是要尽量保密，别让其他人知道大本营的所在地。”

几个人都点着头。杭一看了一下时间——下午4点10分。他说：“我现在就回家吧，我编个理由说服我爸妈，然后拿一些衣物之类的东西过来。”

“我跟你一起。”米小路说。

“今天没别的事情的话，我也回去了。”辛娜说，“明天上午我再到这里来，你们可别睡懒觉啊！”

“我也要回家一趟。”陆华跟着站起来。

剩下的韩枫和孙雨辰表示可以留在这里，暂时不用回去。

杭一、米小路、陆华和辛娜乘坐电梯下楼。杭一和米小路的家在一个方向，陆华和辛娜的家在一个方向，他们分两拨走了。

杭一和米小路走了一段路后，上了公交车。这个时段，公交车上的人并不多，他们坐下来之后，杭一从随身携带的运动挎包里摸出PSV，玩了起来。

“车上都玩呀？”米小路说。

“是啊，充分利用时间嘛。”

“什么游戏？”米小路脑袋伸过去看。

“《战场的女武神》——战争类游戏，你玩过吗？很好玩。”

“没有。”米小路对战争类游戏不感兴趣。

杭一埋头玩着游戏，米小路没事做，暗暗启动超能力，观察车上各种人头上的情绪小球。他想起陆华和孙雨辰说，运用超能力是非常消耗体力的，但奇怪的是，他根本不觉得。米小路心中暗忖，也许越强的超能力，越消耗体能？他不禁想试试，自己如果一直用超能力的话，能持续多久。

大概二十分钟后，他们俩下车了。杭一走在路上都在玩。米小路则一直用超能力观察身边的人，在人头攒动的热闹地段，各色小球在周围跳跃闪烁，令他如同徜徉在游乐场的海洋球中，十分奇妙。他注意到擦身而过的一个女人，头上的小球不断转换着颜色，忍不住扭头多看了她几眼，猜测她到底遇到了什么烦心的事情。这时，米小路突然在人群中看到了一个颜色，几秒钟才醒悟过来他看到了什么。

一颗黑色的小球隐藏在他们身后的人群中。

黑色代表的是杀意。米小路的心一下提了起来。他上一次看到黑色小球，是在游泳馆内。

米小路紧张起来了，他用胳膊肘碰了碰杭一，低声说：“杭一哥，别玩了，有情况。”

杭一放下游戏机，问道：“怎么了？”

“你别回头去看，听我说。”米小路一边走一边说，“我刚才暗中使用了超能力，发现在我们身后的人群里，有一个人的头上是黑色小球。黑色代表的是杀意。”

杭一顿时警觉起来："你能确定吗？"

米小路点点头："不会错。我清楚自己的超能力。"

"他（她）的目标是我们吗？"杭一问。

"不知道，这个人混在一大群人中，无法分辨。"米小路说。

杭一想了想："我们现在过街，继续往前走一段。"

他们穿过街道，又拐了两个弯。几分钟后，杭一问道："黑色小球还在我们后面吗？"

米小路往后瞥了一眼，回过头来，脸色煞白："是的，说明他（她）还在我的能力范围内！"

"这个人的确是在跟踪我们。"杭一明白了，"他（她）的目标就是我们。"

"这么说是13班的人？"米小路惊惶地问道，"又一个袭击者盯上我们了？"

"多半是。"杭一回过头去看了一眼，街道上有上百个人，他没有看到熟悉的身影。

"我们该怎么办？"米小路紧张地问。

"先要让这个人现身才行，不能让他（她）一直混在人群中。"杭一迅速思索着，想出了主意，"前面的商场有地下停车场，我们到那里去。"

杭一和米小路进入商场，乘坐电梯来到负一楼的地下停车场。这个时候来商场的人不多，停车场里也很空旷，几乎只有他们两个人。米小路不安地说道："杭一哥，我们远离人群……好吗？"

杭一心里也没底，他一边往停车场深处走，一边说道："我也不知道，可总不能让这家伙跟踪我们回家吧。他（她）如果跟着我们下来，我们立刻就能知道他（她）是谁了。"

两个人躲在一根大柱子后面，紧张地注视着电梯。不一会儿——果然如杭一料想那样，这个跟随他们而来的人现身了。

是13班的蒋立轩。

原来是他。杭一暗暗吃惊。毫无疑问，他是来袭击我们的。但他为什么偏偏盯上我们？

蒋立轩脸色阴冷，缓步走入停车场，左右四顾。他没看到目标，索性喊道：

“杭一，还有跟你在一起的小子。我知道你们在这里，别躲躲藏藏的，出来吧！”

躲在柱子后面的米小路用眼神询问杭一。怎么办？

逃避不是解决的办法。杭一咬咬牙，从柱子后面走了出来，看着蒋立轩，保持着十多米的距离。米小路也只有走出来。

“蒋立轩，你跟踪我们？”杭一问。

蒋立轩耸了一下肩膀。

“你想干什么？”

“杭一，能不能别问这么幼稚的问题？”蒋立轩皮笑肉不笑地说，“咱们在玩一个什么样的游戏，你不清楚吗？”

杭一倒抽了口凉气。他毫不掩饰自己的目的，是个极度危险的家伙。他忽然后悔起来。我不应该到这地下停车场来的，也许对于刺杀者来说，是正中下怀。

“我自以为跟在你们后面，没露出任何破绽，没想到居然被你们察觉到了。这一点我倒是很好奇，你们是怎么做到的？”蒋立轩说。他看向米小路，明白了：“哦，对了，我记得这小子那天也在我们班上。这么说他也是超能力者，是他用超能力察觉到了我吧？”

米小路看着他，没有开腔。蒋立轩却兴奋起来：“这么说，我一次就能干掉两个，连升两级？真是太好了！”

杭一尽量保持冷静，直视着蒋立轩，问道：“你为什么盯上我们？”

“我不确定该不该告诉你。”蒋立轩说，“虽然你们俩马上就要死了，知道也无妨，不过，还是算了……解释原因不是我所擅长的，我擅长的是解决问题。说实话，杭一，你可真会挑地方。本来我一直犹豫该在哪里动手，你们却自己跑到这空旷无人的地方来。其实我也不想殃及无辜——谢谢你们配合。”

说着，蒋立轩朝杭一他们慢慢走过来。杭一和米小路都紧张起来，他们对于袭击者的能力一无所知，更不知道该如何与之对抗。米小路冷汗直冒，有种不祥的预感，喊道：“杭一哥，我们跑吧！”

“跑？真是个好主意。建议你们试试看。”蒋立轩冷笑着说。

杭一和米小路试着迈动脚步，却惊愕地发现，他们的身体就像灌了铅一般，无比沉重。别说是跑，就连跨出一步，都变得无比艰难。并且，随着蒋立轩的靠近，他们的身体变得越来越重，仿佛一股巨大的力量在把他们往下拖。他们无法承受，跪倒在地。

“让你们死个明白吧。”蒋立轩一边缓步前行，一边说道，“我的能力是‘重力’，能改变和控制范围内的人所承受的重力——当然我自己例外。简单地说吧，我每靠近你们一步，你们所承受的重力就会增加一倍。我刚才走了几步？ 6步还是7步？那么你们现在承受的就是6～7倍的重力，明白了吗？”

什么，这就是他的能力——重力？杭一在一股巨大引力的拉扯下，已经趴在了地上。现在才知道他的能力，已经晚了。

“抱歉才让你们知道。你们可能会后悔刚才离我这么远，使得我要靠近你们，不得不走20步以上。我昨天查找了一些资料，得出结论，人类的身体结构不可能承受得住20倍重力——身体器官和所有骨头都会被压碎。这种死法实在是残忍，但是希望你们不要怪我。这是游戏规则，我也是迫于无奈。”

说话的时候，他又走了几步，杭一和米小路身上的压力已经超过10倍了。现在他们俩紧贴在地上，无比痛苦，眼睁睁看着死神向他们逼近。

可恶，难道我就这样被他杀死了吗？杭一不甘心地想，却毫无办法。他感觉自己就像被压在了一座大山下，呼吸都变得困难了，也许真如蒋立轩所说，骨头马上就会碎裂。他趴在地上，发现自己的手上竟然还握着PSV游戏机，而且一直忘记关闭电源了。PSV屏幕上显示是《战场的女武神》中的游戏画面。

这就是我活着看到的最后一个画面？杭一悲哀地想道。游戏里的人物不是经常都能承受几十倍以上的重力吗？如果这是在游戏的世界就好了。

就在他这样想的时候，不可思议的事情发生了——他们身处的地下停车场突然变成了陌生的环境，看起来就像荒野中的战场。这个画面对杭一来说无比熟悉。他惊诧地看了一眼PSV屏幕——这是正在运行的《战场的女武神》中的一关！

周围环境的倏然改变，令蒋立轩为之一震。他愣了几秒，望向杭一：“难道这就是你的能力——‘游戏’？”

他竟然知道我的能力是什么。杭一想道，他不会是一个人，在他背后……

蒋立轩迟疑了几秒，发现除了环境变化之外，并没有发生别的事情，杭一两人也仍旧趴在地上，动弹不得。他不禁笑道："原来你的能力也不过如此。将场景变成游戏画面又怎样？你仍然在我能力的控制中。既然你这么喜欢玩游戏，我就让你死在游戏世界中吧！"

说着，他发起狠来，不再像之前那样慢慢靠近，而是快步走过来。重力骤然提高数倍。就在他距离杭一他们只有不到五米的距离时，杭一用尽最后的力气喊道："小米，把头埋下！"

蒋立轩还没弄懂这句话是什么意思，只感觉脚下踩到了什么东西。"轰"的一声巨响，他被炸飞到了几米之外。

就在这一瞬间，杭一和米小路突然感觉施加在他们身上的十几倍重力消失了，恢复了正常状态。他们赶紧从地上站起来。米小路目瞪口呆地看着被炸到墙壁边、血肉模糊的蒋立轩，不知道发生了什么事："杭一哥，这到底是……"

"别说了，我们赶快离开这里！"杭一拉着米小路，从车行道快步逃出了地下停车场。

杭一走后，被实体化的游戏画面消失了。周遭环境恢复原状。在值班亭打盹儿的工作人员赶到现场的时候，早已不见杭一他们，只看到令他触目惊心的尸体……

杭一和米小路跑出去好几条街，才在一条没人的小巷子气喘吁吁地停下来。他们靠在墙边休息了好几分钟，呼吸逐渐平缓。米小路咽了一下唾沫，瞪着眼睛问道："杭一哥，刚才到底发生了什么事？"

杭一擦着头上的汗，将手中握着的游戏机展示在米小路眼前："我在快被杀死之前，无意间试出来了。我的能力……好像能把游戏变成现实！"

米小路惊讶得说不出话来。过了半晌，他问道："但我还是不懂，蒋立轩怎么突然就被炸飞了？"

"我玩的《战场的女武神》这一关，是设置了地雷的。蒋立轩并不熟悉这个游戏，所以毫无防备，踩到了地雷上。"

"原来是这样……"米小路惊叹道，"能将虚拟的游戏世界变成现实，你的能力竟然这么强！"

杭一没有接话，表情显得惊异、惶惑。米小路问道："怎么了，杭一哥？"

“我感觉，我的身体里莫名地涌出了一股能量……这是怎么回事？”杭一愕然地说道。

米小路愣了几秒，大声说道：“升级！你刚才杀了蒋立轩，这就是旧神说的‘升级’！”

杭一惊讶地看着米小路，两人对视在一起，震惊得许久说不出话来。

停车场内，警察已经赶到了。救护车将盖着白布的蒋立轩的尸体运走。周围的人疑惑不解、惊恐万状，都不知道发生了什么事情。

人群之中，混着一个戴细框眼镜的男生——赫连柯。他擦着额角渗出的冷汗，惊愕的神情比旁人更甚。

蒋立轩刚才使用的，是经过强化后的五倍的能力。但是，他居然还是敌不过杭一。碧鲁先生说得对，杭一的能力，果然可怕！

如果不尽快把他收拾掉，也许我们真的会栽在他手里。赫连柯狠狠地咬了一下嘴唇，转过身，离开了现场。

男42号，蒋立轩，能力“重力”——死亡。

三十二　教训

早晨，季凯瑞在市区一家健身房锻炼了一个小时——一身结实健壮的肌肉，是他长期坚持锻炼的结果。从健身房出来后，他发现街对面新开了一家拉面店，看上去还不错，打算去尝试一下。

这是一家日式拉面店，周围的壁画是江户时代的浮世绘风格。店面不大，但布置得精巧、别致，具有异域风情。由于是第一天开张，人还不算很多，店内只有三四个顾客在吃面。季凯瑞向来不爱凑热闹，就喜欢这种相对冷清的地方。这家店正合他的意。

刚走进店内，老板夫妇就热情地招呼季凯瑞坐下，老板娘为他倒上热茶，并递上菜单。季凯瑞看了一会儿，点了一碗招牌的豚骨汤拉面。老板娘笑吟吟地说，很快就来。

接着又有几位客人上门，老板见生意渐渐来了，自然喜不自胜，一边热情地招呼，一边朝里面一间屋喊道："小威，快出来帮忙！"

正在喝茶的季凯瑞一愣。什么，小威?

随着这声呼喊，一个七八岁左右的小男孩从里屋出来了，看长相就知道是老板的儿子。小男孩非常懂事地卷起袖子就开始做事。他穿梭于店堂内，帮客人倒茶，又帮父母拿材料、打下手。其间，老板又叫了他几次，季凯瑞这才听清了——不是小威，而是小伟。

但是，这男孩和他记忆中的小伙伴小威，真的很像。季凯瑞注视着他，心中五味杂陈。

不一会儿，小伟端着一碟海带丝和一碟撒着海苔末的冷豆腐跑过来，笑嘻嘻地放在季凯瑞面前。季凯瑞怕他端错了，说道："我可没点这些小菜呀。"

"这是赠送的，我们今天开业嘛。"小男孩笑起来整个眼睛眯成一条缝，"你吃吧，大哥哥，是我妈妈亲手做的，可好吃了！"说完就跑开了，又去端给别桌的客人。

季凯瑞尝了一口冷豆腐，味道十分清爽。不知为什么，明明是冷的食物，吃下去竟带着一丝暖意。

豚骨汤拉面端上来了。老板娘微微欠着身子说："如果有什么不合口味的地方，请提意见。"

季凯瑞先喝了一口汤，汤汁浓郁鲜美；再尝了一口面，劲道可口；盖在面上的叉烧更是肉质细嫩、滋味十足。看来店主夫妇是非常用心地在做这碗拉面。季凯瑞观察店内的其他客人，看到他们吃的过程中也纷纷点头，显然十分满足。

原来好吃的食物，也是能感动人的。

季凯瑞的面吃到一半，门外走进来几个穿着奇装异服、发型古怪的年轻人，脸上的金属环和身上的刺青表明了他们的身份。这几个混混大模大样地坐下，其中一个的腿放到了桌子上，另外一个敲着桌子大声喊道："老板呢？过来！"

老板娘正要走过去，老板从厨房里出来，拉了她一下，然后满脸堆笑地走过去，弓着背问道："几位吃点儿什么？"

"有些什么呀？"一个画着烟熏妆的男人慢悠悠地问道。

"小店是卖拉面的，有各种日式拉面。"

"有没有汉堡、鸡翅、可乐？"

"抱歉……只有拉面。"

"妈的，算了，就尝尝你们的拉面吧。"

"好的，请问各位要什么拉面？这里有菜单……"

"不用这么麻烦了！"一个像穿着一身铁钉的男人不耐烦地摆了下手，"你们这里什么最好吃就端什么来！"

"好好好……"老板忙不迭地应承下来，转身进厨房去煮面了。

几个小混混点上烟，在店内高声喧哗，说着各种污言秽语和低级笑话。季凯瑞注意到，好几个想要进店来吃东西的顾客，在看到这群人后，都掉头走了。对于这种情况，老板娘显得既焦虑又无奈，却又不敢上前去制止他们。

七八分钟后，老板端着热腾腾的拉面来了，一碗一碗恭恭敬敬地放在几个小混混面前。这几个人开始吃面，看得出来，他们对于面的味道无从挑剔，嘴里却还是骂骂咧咧地不知道在说什么。

季凯瑞其实已经吃完面了，但故意坐在位子上不离开。他预感这几个小混混会玩什么花样。果然，不一会儿，他看到其中一个小混混把手伸进衣服口袋里，掏出一个塑料袋，抖了些东西在吃剩的面汤里。季凯瑞蹙了一下眉头，知道他们想干什么了。

"老板！"其中一个头发像鸡冠一样的混混猛地一拍桌子，站起来大声吼道，"过来！"

老板赶紧一溜小跑过来了，小心地问道："怎么了，各位？"

"怎么了？你看看这是什么？！"鸡冠头把那碗拉面端起来给老板看。

老板看到面汤里漂浮着几颗黑色的东西，一下就蒙了，张着嘴说不出话来。

"怎么不说话？别说你认不出来老鼠屎啊！"鸡冠头凶神恶煞地说。

"这……这是不可能的呀。我们第一天开张，所有原料都是最新鲜的，汤也是今天早上才熬的……"

"不可能？老鼠屎都在碗里了还不可能？"其余四个人也站了起来，恶狠狠地盯着老板，"那你什么意思？难道这些老鼠屎是我们自己带来的？"

明眼人都知道其实正是如此，但老板苦于没有证据，也只有认栽了，摇着头说："没有没有……我不是这个意思。"

"认账就好，那你说怎么办吧？"

店老板窘迫地搓着手说："对不起……这几碗拉面，不用付钱了。"

"不用付钱就完了？我们把老鼠屎都吃进肚子了，就这么算了？"穿铁钉的男人瞪着眼睛说，"你今天要是不拿个说法出来，我们就砸烂你的店！"

这时，店内的好些客人不管吃没吃完，都站起来，将面钱压在桌子上，匆匆离开了。老板夫妇站在一起，惶恐地面对这些混混。老板擦着额头上的汗说：

“那你们……想怎么样呢？”

铁钉男看了一眼同伴，说：“这样吧，我们五个人，你就给我们一人一千元，我们去看医生！”

“啊？五千元……我们第一天做生意，还没赚到钱呢。”老板焦虑地说，“实在拿不出来呀！”

“没钱？”鸡冠头一把揪住老板的衣领，“你再说一遍？”

老板吓得不敢开腔了。鸡冠头贴着他的鼻子，凶相毕露：“我懒得再跟你浪费时间了，打开天窗说亮话吧——你在这条街做生意，也不打听一下这条街是谁罩的。你要是不给我们大哥上供，就别想做成生意。识相的就赶快把钱拿出来，否则别怪我们不客气！”

老板害怕地摆着手，苦苦哀求：“我真的没这么多钱呀，现在柜台里就只剩几百块钱了……”

“几百块钱？打发叫花子呢？”鸡冠头猛地一推，老板一个趔趄，差点儿摔倒在地。

这时，小伟跑了过来，哭着央求道：“叔叔，你们别欺负我爸爸，他开店的钱都是跟别人借的，真的没钱给你们了……”

“走开小鬼，别碍事！”铁钉男反手一挥，将小伟掀翻在地。

小伟被打的一瞬间，季凯瑞身体里的血一下涌了上来，十几年前的事浮现在他眼前。他倏地站了起来。

突然，一个漂亮女孩从另外一边快步走过去，拦住准备打人的流氓，怒斥道：“你们这些人渣……还是男人吗？欺负弱小，算什么本事！”

季凯瑞一愣，定睛看着这个和他年纪相仿的女孩。

“哟，美女，主持正义呀？”烟熏男阴阳怪气地说，向女孩走过去，“我是不是男人，你试试不就知道了吗？”

几个流氓爆发出一阵肆意的狂笑，女孩面红耳赤，却没有退缩。

鸡冠头走过去说道：“这样吧，美妞儿，你陪我们玩玩，就当帮他们付钱了，怎么样？”

女孩对他怒目而视，鸡冠头却淫笑着将手伸了过去。女孩吓得赶紧护住身体，向后退去，怒骂道："你别靠近我！臭流氓！"

"别躲嘛，你既然都挺身而出了，就……"

话还没说完，鸡冠头感觉被谁拍了一下肩膀，回过头去，一记迅猛的重拳砸在他的脸上，强劲的力道让他重重地摔了出去，撞飞了一排凳子。姑娘惊叫着退到旁边。

另外几个混混几乎都没看清这个身材高大的男生是怎么闪现到他们面前的，只见他面无表情地回过头来，一双冰冷的眼睛直视着他们。有两个混混见同伴被打了，挥着拳头冲上前来。那男生抬腿一踢，一记窝心脚把其中一个踹飞。另一个扑上来的，拳头被格挡开去，脸上又被猛轰了一拳，怪叫着仰面倒下了。

这个男生一瞬间就撂倒了三个人，显然是个打架高手，剩下的两个小流氓不敢轻举妄动了。烟熏男愣了两秒，跑了出去，双手合拢吹了一声口哨，不一会儿，十几个流氓聚拢过来，将这男生围住了。

被打的三个流氓过了许久才站起来，其中两个都流出了鼻血。另外一个被踹到肚子的一直捂着腹部，表情痛苦。鸡冠头见同伙来了，又嚣张起来，恼羞成怒地骂道："妈的，敢打我们？你小子活腻了！"

季凯瑞被十几个人围在中间，却看不出有丝毫紧张，仍然是那副冷酷的表情，反倒是站在旁边的女孩和老板一家人，吓得浑身哆嗦起来，不知道他接下来该如何应对。

有几个流氓掏出了匕首，恶狠狠地向季凯瑞靠近。突然，一个小头目模样的人眼睛倏然睁大，上前一步，张开手阻止同伙，然后战战兢兢地问道："你，不会是季凯瑞少爷吧？"

季凯瑞闷哼了一声："白痴，才认出我来吗？"

"啊……对不起，对不起，我们不知道是你！"那小头目赶紧屈身赔着不是，同时转过身去扇了鸡冠头一耳光，骂道，"你眼睛瞎了？季少爷都认不出来！"

鸡冠头好像还没反应过来，或许是被这一巴掌打蒙了，怔怔地问道："季……季少爷？"

小头目瞪着他，低声说道："天鹫老大的儿子！你敢动他？我看你他妈才是活腻了！"

“啊？”鸡冠头和刚才那四个小流氓听到“天鹫”这个名号，吓得腿都软了，赶紧点头哈腰地边作揖边道歉，“对不起，实在是对不起！季少爷，我们以前没见过你，你大人不记小人过……”

“滚，马上消失。”季凯瑞冷冷地说。

“是是是……我们这就滚。”一群人正要离开，季凯瑞突然又叫住了他们，“等等。”

小头目回过头来，试探着问道：“还有什么吩咐吗，季少爷？”

“你们老大是谁？”

小头目迟疑片刻，说道：“是火山大哥。”

听到火山这个名字，季凯瑞心中一凛，拳头不自觉地捏紧了：“是火山让你们在这条街胡作非为的？”

小头目眼珠转了几下，解释道：“不……不关火山大哥的事，是这几个才入道的不懂事，不知天高地厚。”

“是吗？可我刚才听这家伙说‘你要是不给我们大哥上供，就别想做得成生意’。”季凯瑞眯着眼睛说，“这还不关火山的事？”

小头目顿了一下，转过身又给了鸡冠头一耳光，喝道：“你们胆子不小呀，敢打着火山大哥的名号来讹钱！看我一会儿怎么收拾你们！”

“我……”鸡冠头捂着脸，看起来一脸的憋屈，却不敢开口。

季凯瑞知道这小头目是在演戏，懒得跟他们废话了。他盯着刚才那几个小混混，警告道：“你们给我记住，下次要是再让我看到你们在这里，或者别的地方妄作胡为、恃强凌弱，就没有今天这么简单了。”

“是是是……我们再也不敢了。”小混混们连声应允，冷汗直冒，转身准备离开。

“站住。”季凯瑞再次叫住他们，“你们好像忘了什么事吧？”

几个小流氓一愣，随即明白了，赶紧问店老板：“对不起……拉面多少钱？”

老板一家人和那漂亮女孩刚才都看呆了，晃了一下脑袋才回过神来。老板摆着手说：“不用了，不用了……”

“干吗不用？这是你们应该得的。”季凯瑞把烟熏男手中的钱包抓了过来，抽出三张一百的，塞到老板手里，“面钱加上他们影响你做生意的赔偿，拿着吧。”他把钱包甩给烟熏男，“你们可以滚了。”

一群小流氓连声告退，灰溜溜地拥出拉面店。

老板一家人感激得满脸通红，不住地向季凯瑞道着谢。小男孩似乎还有些担心，说道：“大哥哥，要是他们以后再来怎么办呢？”

“不会的，我警告过他们了。”季凯瑞伸出大手在小男孩头上揉了两下，“你要是实在不放心，我就天天来吃面吧。”

小男孩这才欢快地拍着手跳了起来：“噢噢，太好了！大哥哥真是太帅了！”老板一家人都笑了起来。

漂亮女孩也露出了微笑，她走到季凯瑞身边，红着脸说：“刚才，谢谢你帮我解围。”

“没什么。”季凯瑞淡淡地说。

女孩冲季凯瑞甜甜地一笑，向门外走去，出门之前，又回眸看了他一眼，脸上泛出桃花般的红晕。

季凯瑞看到女孩笑颜的一瞬间，心颤动了一下。女孩走后，他转过身去，心中激流暗涌，又有着某种难以言喻的惆怅。二十多年来，他第一次有这样的感觉。

就在季凯瑞怅然若失地准备离开拉面店时，店老板在身后说了一句：“哎呀，这是刚才那个姑娘的书吗？忘在这儿了。”

季凯瑞走过去，看到老板拿着的是一本《海边的卡夫卡》，不知为什么，他不由自主地伸手过去，说道：“我看看。”

老板把书递给他。季凯瑞翻开书，看到书的第一页上用娟秀的字体写着一个名字——辛娜。

书中还夹着一张自制的书签，这张硬纸片上画着一张Q版漫画肖像，一个女孩子调皮地眨着眼睛、吐着舌头。旁边写着一句话——我是个丢三落四的人，如果你捡到了这本书，请还给我好吗？这是姐姐送给我的生日礼物。我的电话是：186××××××××。

季凯瑞看着惟妙惟肖的漫画肖像和配的文字，不禁哑然失笑。仿佛这个可爱的女孩此刻就在他面前做着这俏皮的表情。这张书签宛如树叶飘零到湖面上，令他的心湖泛起了涟漪。季凯瑞对老板说："这上面有她的电话，我把书还给她吧。"

"好的，真是太谢谢你了！"老板说。

季凯瑞拿着书，走出店门。

三十三　杭一的能力

辛娜到“大本营”的时候，已经9点40了。走到门口，她才想起自己的书忘在了拉面店。想来那老板看到后，应该会先收起来，就改天去拿吧。

她敲了敲门，很快，韩枫把门打开了。辛娜进门后，看到几个男生都起床了，坐在沙发上看着电视。这倒是颇让她感到意外，笑着说道：“不错呀，你们还起得挺早的，我还以为你们会睡懒觉呢。”

杭一看到辛娜后，立即坐直了身子，精神也瞬间提起来了，跟辛娜打着招呼。辛娜坐下后，注意到其余几个人一直盯着电视，神情都有些严肃，问道：“你们在看什么？”

“来，喝水。”韩枫给辛娜倒了一杯纯净水，坐过来说道，“你问我们干吗起来这么早？你还不知道昨天下午发生的事吧？”

“发生什么事了？”辛娜接过水杯，问道。

“还是让杭一跟你说吧。”

杭一说：“就是我们离开这里，各自回家的路上，我和小米遇到袭击者了。”

“啊？”辛娜惊讶地张开嘴，“怎么回事？”

杭一把遭遇蒋立轩的事情讲了出来，辛娜听完后十分震惊，说道：“发生了这么大的事，你怎么不告诉我呢？”

“我打电话给陆华，陆华说看着你安全回家了。我就放心了。”杭一挠着头说，“我这边发生的事，其实是有惊无险，所以就没告诉你，怕你担心。”

杭一在遇到危险后，最先想到的竟然是确认我的安全。辛娜心中十分感动："你们没受伤吧？"

"没事。"

"那个叫蒋立轩的人……死了？"

杭一默默点了点头。

辛娜想了想，说："他是怎么盯上你们的呢？总不会是在街上偶遇的吧？"

"不可能。"米小路说，"他是预谋好了袭击我们的，毫无疑问。"

"这么说，他跟踪了你们？"辛娜皱起眉头，"上次在韩枫家也是，我们到了之后不久，就遭到超能力者的袭击了。"

"我们确实被某些人盯上了。"陆华不安地说。

"难道蒋立轩是从你们离开这里就盯上了你们？那岂不表示我们的大本营已经暴露了？"韩枫愕然道，"这也暴露得太快了吧？"

"这倒不一定。"米小路回忆道，"我在车上使用超能力，并没有察觉到杀意。是下车走了一段路后，才发现的……"

辛娜思忖着说："也许这些袭击者，能用某种方式查探到我们的行踪……"

这时，孙雨辰忽然叫了起来："快看，本市新闻果然报道昨天的事了！"

所有人立即看向电视，目不转睛地盯着屏幕。

"昨天下午 4 点 50 分左右，三联商场负一楼的地下停车场，发生了一起离奇的命案。一名年轻男子的尸体出现在停车场。经调查，死者名叫蒋立轩。最先发现尸体的，是停车场内的工作人员，他声称看到死者的时候，尸体倒在墙边，血肉模糊、衣衫破碎，很像被炸药炸死的样子。

"该名工作人员非常紧张，怀疑停车场内被安置了炸弹，立即报警。警察赶到后，调查了现场，并没有发现炸弹。但经法医初步检查，死者确实死于爆炸。奇怪的是，现场没有发现任何爆炸后的痕迹，停车场的车辆也无一受损。商场内的工作人员均未听到爆炸声。警方由此怀疑，死者的遇害地点可能不是停车场，而是被人抛尸在此。目前凶手的身份暂不明确，案件还在进一步调查当中……"

新闻播完后，经历此事的杭一和米小路呆若木鸡。客厅里的另外四个人也睁大眼睛看着他们。许久后，韩枫问道："杭一，这是怎么回事？"

陆华用遥控器把电视关成静音，房子里一下安静下来。

米小路看着杭一，惊愕地问道："我们明明亲眼看到，蒋立轩踩到地雷后，被炸飞出去，怎么现场会没有爆炸后的痕迹呢？商场内的工作人员也没有听到爆炸声，这到底是怎么回事呀？"

杭一眉头深锁，双手按住太阳穴，说道："让我安静下来想想。"

过了一阵，孙雨辰说："蒋立轩被炸飞后，你们俩就立即跑出了停车场，对吗？你们当时没注意周围的环境？"

"当时周围的环境是杭一哥正在玩的那个游戏——《战场的女武神》中的游戏画面。"米小路思忖着说道，"不过这是杭一哥的超能力所致……大概我们离开后，周围环境就恢复原状了。"

房间里沉寂了几分钟，陆华忽然像想明白了什么，"啊"了一声后，站起来说道："我大概知道为什么会这样了。"

杭一和其他人都注视着他。

陆华说："你们还记得旧神赋予我们超能力的时候，曾经说过一句话吗？他说唤醒了我们隐藏在潜意识中的力量。我想这句话的意思可以理解为，其实我们获得的超能力，是一种由'精神'所产生的力量。如果这样理解的话，就能解释得通了！"

杭一没怎么听明白："你说清楚些吧。"

陆华推了一下鼻梁上的眼镜架，说道："杭一，经过昨天的事情后，你可能认为你的超能力是能够将游戏中的内容实体化。但是看了刚才的新闻后，我明白了，其实并不是这样！你并没有把游戏中的事物变成现实，而是产生了一个'精神领域'！

"简单地说吧，你启动超能力后，制造出了一个与游戏画面相同的幻境。只有在你的能力范围内的人，才能看到和感受到。所以你和米小路、蒋立轩都看到了周围环境的改变，其他人却无法看到。"

"等等，"杭一打断陆华的话，"你说我的超能力产生的只是一个幻境？这怎么可能？蒋立轩可是实实在在地被炸死了呀！"

"我还没说完呢。"陆华继续说道，"重点是，在这个'幻境'中死去的人，也会在现实中死去！这个道理就类似于，一个人在噩梦中被吓死，现实中也就真的死去了。”

“我明白了，当杭一停止使用超能力后，周围的一切会恢复原状，但‘游戏结果’——有人受伤或死亡——却会保留下来！”韩枫惊愕地说。

陆华不安地点了点头。

“可以这样说吗？杭一的能力能把人带入游戏的世界，并用游戏中的方式展开攻击。”孙雨辰总结道。

“差不多就是这个意思。如果我的推测没错的话，意味着……”陆华取下眼镜，擦了一下额头上的汗珠，“杭一，你的能力可能是我们当中最强的，起码目前是。”

杭一被他们的各种分析弄得茫然无措起来，连自己都感到恐惧了。他吞咽着唾沫说：“我可没想过要把谁拖进游戏中杀死，我只是自保而已。”

“我明白，你不用解释。”陆华说，“还好你不是我们的敌人，否则的话……”他耸着肩膀，做了个害怕的表情。

杭一发现周围的人都用畏惧的眼神看着自己，他皱着眉头说：“你们别这样看着我好吗？我不会胡乱使用超能力的。况且陆华也只是推测罢了，不一定就是这么回事。”

孙雨辰抿着嘴唇想了一刻，迟疑着说：“你要不要……现在试试看？”

“什么，现在试？”韩枫跳了起来，“你开什么玩笑！他要是把这里变成战场，不是把我们全都炸飞了？”

“不试就算了……”孙雨辰自己好像也不太赞成这个提议，“我只是觉得每个人对于自己的超能力都应该熟练运用，如果以后再遇到袭击者，就不会被动了。”

“要操练也别在这儿呀。”韩枫瞪着眼睛说，“我要是在这里试‘灾难’，你们同意吗？”

米小路想了想，说：“其实我觉得杭一哥的超能力未必就很可怕。仔细想想，游戏是分很多种类型的。有战争类、动作类的，也有休闲益智类的。比如《牧场物语》《我的暑假》这些游戏，就非常温和，根本没有危险性。”

“这倒是，《我的暑假》我也玩过，非常清新的一款游戏。”陆华说，“杭一，要不你就用这款游戏来试试吧。”他对其他人说，“你们别担心，实在出现什么状况，还有我的‘防御’呢。”

杭一沉吟片刻，站了起来，说道：“好吧。”

尽管被告知没有危险，大家还是紧张起来，他们一齐站起来，聚集在陆华身边，做好防范的准备。

几分钟过后，房间里什么事都没发生，也没出现什么场景的变化。

辛娜试探着问道：“杭一，你使用超能力了吗？”

杭一脸都涨红了，说道：“我用了呀，我脑子里一直想着《我的暑假》中的游戏画面，但是怎么都出不来。”

米小路不解地问道：“为什么呢？那昨天我们面对蒋立轩的时候，你是怎么做到的？”

“难道杭一的能力只有在危急状况下才能使用？”辛娜猜测。

“不会吧。”孙雨辰说，“我的‘意念’任何时候都能使用，杭一的也应该如此。”

大家陷入了沉默。过了半晌，杭一和米小路对视在一起，好像同时想到了什么重要的事，他们“啊”地叫了出来。

“怎么了？”陆华问。

“我想起来了，杭一哥昨天手里握着 PSV 游戏机！”米小路说道。

“对！”杭一说，“而且游戏机是开着的，正在运行着《战场的女武神》这个游戏！”

陆华有些明白了：“你的意思是，你的能力必须……”

“我马上就能试！”杭一从运动挎包中摸出 PSV 游戏机，打开电源。

“等等，”韩枫问道，“你这台掌机里有些什么游戏？”

杭一迅速浏览着游戏图标，依次念了出来：“《战神》《大蛇无双 2》《怪物猎人》《最终幻想 7》《战场的女武神》。”抬起头来看着众人。

“别试了。”韩枫果断地说。

“没有一款非战斗类的游戏吗？”米小路失落地说。

“没有。”杭一抱歉地说。

“那真的别试了。”米小路经历了昨天的事，心有余悸。

但是杭一现在已经心痒难耐、抑制不住了。他说：“没事的，我就用《怪物猎人》这款游戏试那么一下吧。这款游戏没有地雷这一类的东西，场景是绝对安全的！”

对面的人都下意识地朝后退了几步，更加紧靠陆华了。杭一进入怪物猎人的游戏界面，读档到目前玩到的地方。然后，他把游戏机放在茶几上，运了一口气，启动超能力。

一瞬间，周围的场景发生了神奇的变化。客厅消失了，杭一和几个朋友置身于一片秘境丛林之中。这是一片典型的原始森林，针叶林和阔叶林在这片罕无人迹的林地茁壮疯长，盘根错节的参天巨树显得刚毅而深邃。茂密的枝叶让阳光无法直射下来，地面潮湿、阴暗。仔细一看，古树的枝叶和灌木丛中，似乎有一些神秘物种留下的痕迹。一切真实得不可思议。

置身此景的几个人——包括杭一自己在内——全都震惊得瞠目结舌。他们绕着圈张望这片奇景。韩枫难以置信地说道：“这……这真的是游戏画面吗？怎么完全像真的一样？”

“只是杭一的超能力所产生的幻境罢了，我们现在还在你的客厅里。”陆华说，语气却不那么肯定。

杭一激动地浑身发抖：“‘隐士之森’……没错，这的确就是我昨天玩的游戏画面！”

辛娜轻轻碰了一下身边的一株植物，“呀”地叫了出来：“触感是真实的呀！这真的是幻境吗？”

“不管是不是幻境，这里发生的事情，结果会成真。”韩枫提醒道，“辛娜，你最好别碰它们，原始森林里有些植物是很危险的。”

“恐怕你应该说——这个‘游戏’中的某些设定是危险的。”陆华看着杭一，“你应该很熟悉这个游戏，场景中有没有什么陷阱、机关之类的东西？”

杭一摇着头说：“场景应该是安全的，但是……”他突然停住，瞪大眼睛看向斜前方，脸色煞白。

陆华愣了两秒，猛地回过头去。另外几个人也跟着转身。

距离他们十几米远的地方，出现了一个粉紫色的怪物。这怪物看起来很像恐龙图鉴里的迅猛龙，但头部却好似澳洲伞蜥。它的个头有一只小象那么大，粗壮的尾巴足有两米长，长满了像狼牙棒一样的尖刺。此刻，这怪物张开了鳄鱼般的大嘴，露出满嘴的利齿，发出令人毛骨悚然的怪叫。接着，它以迅疾的速度向几个人猛冲了过来。

“啊——！”辛娜发出惊恐的尖叫，而陆华居然双腿一软，瘫倒在地。韩枫大惊失色，想叫陆华赶快启动“防御”的超能力，却来不及了。

这时，只见一个人影飞快地掠过，一把巨大的双手剑猛地挥向这粉紫色怪物，将其砍翻在地。怪物惨叫着倒下了，身上的血溅到了众人身上。大家定睛一看，这个手持大剑的战士，竟然是杭一。

杭一大喊一声：“解除！”一瞬间，场景变了回来，他们站在大本营的客厅里了。他手中的大剑，还有溅在众人身上的血，全都消失了——刚才发生的事情，就像一场梦。

“呼——”韩枫长吁一口气，直接坐在了地板上。他擦着额头上的汗，“真是太险了！”

辛娜的心脏现在还在狂跳，她捂着胸口，惊魂未定地说：“那怪物……是游戏中的吗？”

“是的，叫粉速龙。”杭一显然也被吓坏了，脸色现在都是苍白的，“还好这个游戏我才开始玩，这只是小怪罢了。要是遇到了崩龙这一类的……”他咽了一下唾沫，不敢设想下去了。

孙雨辰整个后背都被汗水浸湿了，他惶恐地问道：“要是被刚才那个怪物咬上一口，会发生什么事？”

“想想昨天蒋立轩的后果吧。”米小路的喉头缩了一下。

客厅内一片静谧，似乎每个人都吓得无法出声了。过了几秒，韩枫冲着杭一吼道：“我叫你别在这里试你的超能力，你不听！我们差点儿就被你害死了！”

杭一也无比后怕和愧疚，说道：“我……我也没想到会这样呀。昨天我使用超能力，只是改变了周围的场景而已。游戏中的角色并没有出现，谁知道今天……”

“杭一哥，你升级了呀！”米小路提醒道，“你的能力应该是昨天的两倍！”

杭一张口结舌，这才明白过来。

“这么说，你刚才突然化身游戏中的人物，用大剑攻击那怪物，也是升级后才办到的？”孙雨辰问。

“可能是吧，”杭一说，“当我看到粉速龙打算袭击你们的时候，一着急，手中自然而然就出现了一柄大剑，我就像游戏角色那样朝怪物砍了过去。”

看到韩枫还气呼呼地瞪着杭一，辛娜说：“别责怪杭一了，他对自己的能力也不了解。再说，杭一在紧急关头救了我们呀，及时化险为夷了。”

杭一向辛娜投去感激的一瞥。韩枫烦躁地吐了口气，忽然看见仍旧呆坐在地上的陆华，气又不打一处来了：“还有你！说什么‘遇到危险，有我的防御壁’——结果呢，居然被吓瘫了！”

陆华的身体仍在微微颤抖，似乎还没从那惊悚的一幕中缓过劲来。他哆嗦着说：“别的我都不怕……我就是怕蜥蜴、壁虎这一类让人恶心的生物。我一看到那怪物，就吓得魂都飞了……”

韩枫翻了一下眼睛，无语了。

过了好一会儿，大家才终于平复下来，坐在了沙发上。杭一把放在茶几上的PSV游戏机关了，说道：“我明白了，我的能力是有局限性的，必须身边有正在运行的游戏才行。”

“也幸好如此，不然你随时都能把我们带入惊心动魄的游戏世界，那还得了？”韩枫说。

辛娜托着下巴思索了片刻，说道：“暂且不说杭一的超能力了。我突然想起，刚才播报的那则新闻，好像有些不对劲。”

杭一看着她：“怎么了？”

辛娜蹙起眉头说：“我记得新闻的最后一句说——‘目前凶手的身份暂不明确，案件还在进一步调查当中’——这不合逻辑呀。”

杭一哆嗦了一下，“凶手”这个词令他十分不自在，他嗫嚅着说：“我只是自卫，而且也没想到会把他杀死……”

“我知道，我说的不是这个。”辛娜看向他，“我觉得奇怪的是，警方怎么可能没怀疑到你和米小路呢？”

“什么意思？”米小路问。

“你们想想看，停车场和商场出入口的地方，肯定是安装了监控摄像头的吧？事发之后，你们跑出停车场，摄像头毫无疑问会拍到你们俩。警察调查此事，难道会不把监控录像调出来看吗？”辛娜说。

杭一和米小路对视了一眼，不觉张大了嘴，不得不承认的确如此。

“对呀，”韩枫也才想到这一点，“确实不合逻辑。按道理警察应该立即把你们俩定为嫌疑人才对，为什么直到现在都没来找你们呢？”

“不但没找，还在新闻中声称警方对此案毫无眉目。”孙雨辰说，“的确太反常了。”

几个人好像都想不透这是怎么一回事。辛娜抿着嘴唇思量了许久，说道：“只有一种可能性。”

大家都看着她。

“警方看了监控录像，但是——他们看不懂画面中发生了什么事。按杭一的叙述，警方在监控录像中看到的，可能是蒋立轩和你们出现在了停车场内，然后，杭一和米小路莫名其妙地趴到了地上。接着，蒋立轩突然飞了出去……对于不知道其中过程和隐情的警察来说，怎么可能看懂这是怎么一回事呢？”

“没错，监控录像里，显然不会出现杭一制造的‘游戏场景’。”孙雨辰说，“但是，警方看不懂，难道就算了吗？更应该找到杭一和米小路询问才对呀。”

“会不会是，警方认为这起案件太离奇，放弃了调查？”陆华说。

辛娜摇头道：“不可能的，这种想法太天真了。”她顿了一下，“依我看，恰好相反。警方认为这起案件已经超出了一般刑事案件的范畴，于是上报到了更高层的机构，寻求更强有力的后盾和支援。为了不打草惊蛇，才借助新闻谎称对此事没有头绪。”

“你的意思是，警方其实相当重视这起案件？”陆华惊讶地说。

“是的。想想看吧，发生在游泳馆的怪异命案，还有那场蹊跷的地震，加上昨天的案件——或许还有我们不知道的另外一些事情。警察不是傻瓜，他们早就会注意到，近期发生的一系列离奇事件，都和明德外语培训中心，特别是13

班的人有关系。所以，他们当然会高度重视，并通报高层机构。”辛娜严肃地分析。

“你说的‘高层机构’，指的是……”陆华试探着问。

辛娜垂下眼帘，片刻抬起头来：“没错——国家安全部。”

三十四　我要当老大

季凯瑞离开拉面馆后，坐车来到父亲“天鹫”所在的进出口贸易公司。这家公司表面上看起来没什么特别，实际上是“社团”的总部。所谓的进出口贸易只是幌子，暗中进行的都是一些走私活动。而这只是社团的一部分经济来源罢了。

季凯瑞坐电梯来到5楼，社团里的一些干部认出了他。季凯瑞没和任何人打招呼，径直走进父亲所在的办公室。

天鹫正盯着电脑屏幕，抽着一支雪茄。办公室的门突然被推开，季凯瑞走了进来。他抬眼看着儿子。

季凯瑞拖了一把椅子过来，坐在父亲对面，开门见山地问道：“社团现在在做些什么事情？”

对于儿子对自己的不尊重，天鹫已经习惯了。他抽了一大口雪茄，缓缓说道：“你问这个干什么？”

“你不是叫我加入社团吗？我总要了解一下。”

天鹫似感到意外地挑了一下眉毛，说：“你知道我们做的很多生意，都是拿不上台面的。你加入之后，慢慢学吧。”

“别的我就不管了，只问一个——敲诈、勒索商家，收取保护费是其中之一吗？”季凯瑞盯着父亲。

天鹫牵动嘴角笑了一下：“这些小儿科的事情，我从来不管。社团这么大，我不可能做到事无巨细。”

“也就是说，你其实是默许下面的小弟去搞这些勾当的？”

“原则上我是不准许的。不过话又说回来了，那些新加入社团的小弟们，也要让他们尝到些甜头才行。只要他们别玩得太过火，我们当老大的也就不必太认真。毕竟我们这一行的人，是不可能完全遵纪守法的。”

季凯瑞漠然地盯着父亲看了一阵，微微颔首。“我明白了……”顿了几秒后，他说道，“你昨天跟我说的事，我考虑好了。”

“哦？”

“我要当社团的老大。”季凯瑞说。

“不错。”天鹫昂起头说，“你以后会当上的。”

“我说的是现在。”季凯瑞指明。

天鹫脸上的笑意慢慢退去了：“现在？”

“现在。”季凯瑞笃定地说。

“意思是要我现在就把位子让给你？”

“对。”

天鹫双手交叠，撑住下巴，盯着儿子看了足有半分钟：“能告诉我原因吗？”

“你不想管的事情，我来管。”季凯瑞说，“我要用我的方式来管理社团。”

天鹫将头扭到一边，手指不断敲打着手背，过了半晌，他看着季凯瑞说：“没错，我昨天承诺过，会把你培养成下一届老大。下一届。你现在甚至都没加入社团，却提出要直接当老大。可能吗？这可不是小孩子扮家家酒呀。”

“我不管这么多。”季凯瑞看着父亲，毫不客气地说，“我说现在当老大，不是在征求你的同意，只是告诉你而已。”

天鹫倏地站了起来，怒吼道：“小子，别太没分寸了！你这是什么意思，想强夺吗？”

“除非你希望我这样做。”季凯瑞说，“我给你三天时间考虑。三天之后，你答复我吧。”说完，起身准备离开。

天鹫恼怒地叫住他：“等等！就算我同意，你觉得外面那些长辈级的大哥会同意吗？他们会服你这个毛头小子？”

“没人敢不服我。”季凯瑞傲气十足地说，“我昨天跟你说过的，没人是我的对手。”他朝门外走去。

躲在门外偷听的一个人，赶紧闪避到旁边的一间屋中。季凯瑞离开后，他打开门，看着这小子的背影，又看了看天鹫所在的办公室，狠狠地将烟头丢在地上，用皮鞋踱熄。

这个人正是社团的二把手——火山。此刻，怒火正如他的名号一般，在身体中汹涌喷发，被他强制遏抑住了。

天鹫果然另有打算。把我当凯子耍吗？浑蛋。

不能再等了，今天晚上就要下手。

晚上7点——跟十多年前那个晚上几乎一样的时刻——火山带着六个心腹埋伏在天鹫家门口，趁罗娟出来丢垃圾的时候，他们用枪控制住罗娟，然后冲进屋内。

天鹫从房间出来，面对的是数把装着消音器的乌黑枪口。对于混了几十年黑道的他来说，这种情形并不令他惊讶。他平静地问道："火山，你想干什么？"

"天哥，不是我想要背叛你。是你不仁，我才不义。"火山道，"你说推举我当下届老大，是糊弄我的，对吧？你其实是想把自己的儿子培养成接班人。"

"我有我的考虑，就算改变主意，也是为社团着想。"

"是为你自己着想吧，天哥。"火山冷笑道，"真巧，我也改变主意了。我不想再在你手下当二把手了。"

"你要是杀了我，社团的其他大哥会放过你吗？"

火山大笑起来："天哥，你这是怎么了？真的老了吗？想想当初你是怎么做的吧——你教我的手段，怎么自己倒忘了？"

天鹫的心一阵紧缩："这么说你蓄谋已久，早就买通了其他干部？"

"其实以我目前的势力，买通他们算是给他们面子了。真要火并起来，他们不会是我的对手，这一点你心里清楚。"

天鹫闭上眼睛，知道自己死期到了。他做着最后的努力："火山，今天栽在你手里，我无话可说。只求你一件事——祸不及妻儿——你放我老婆和儿子一条生路吧，给他们一笔钱，让他们到国外去。"

“别天真了，天哥。”火山冷冷地说，“当时豹哥的儿子才6岁，你放过他了吗？况且你儿子季凯瑞可不是省油的灯呀，他野心大着呢，还没加入社团，就想要当老大了——你说我能放他走吗？”

刚说到这里，季凯瑞打开房间门，从里面走了出来。几把枪立即指向他。但季凯瑞面无惧色，缓步朝火山走去。

“别再朝前走了。”火山说，“再动一下我就开枪。”

罗娟双手分别被两个男人架着，她冲儿子喊道：“凯瑞……别轻举妄动！”

季凯瑞停下脚步，看着火山：“你上午偷听了我们说话？那你有没有听到我说‘没人是我的对手’？”

火山不以为然地“哼”了一声：“我知道你是个打架高手。如果要单挑的话，可能跟我有一拼。只可惜现在不流行肉搏了。七把枪指着你的脑袋，我看你能怎么样？”

“我没说要肉搏呀。”季凯瑞耸了一下肩膀，“我现在挺高兴的。”

“高兴？”火山狐疑地看着他。

季凯瑞注视着火山：“你是我这辈子最厌恶的人。今天你自己送上门来，正合我意。”

不知为何，季凯瑞的话竟让火山心底生出莫名的寒意，他不敢怠慢，手枪瞄准季凯瑞的额头，食指搭在扳机上。

“提醒一句，开枪的话，只会对你不利。”季凯瑞说。

“我倒要看看你能玩出什么花样。”火山不信狠，扣动扳机。

经消音器处理后的手枪发出一声闷响。罗娟一声惊叫，以为儿子必定中弹身亡了，定睛一看，季凯瑞毫发无损地站在原地。她和天鹫愣了两秒，一齐看向火山，只见火山的眉心出现了一个弹孔。他瞪大眼睛，摇晃几下，倒在了地上。

谁都没看清楚刚才发生了什么事情。火山的手枪怎么会从后面射出子弹，完全是个谜。另外的六个人见大哥死了，大惊失色。他们一起瞄准季凯瑞，举枪射击。

“乓乓乓乓乓……”一阵连续的枪响过后，六个人一齐倒在了血泊中，死法和火山如出一辙，每个人的额头上都有一个弹孔。

天鹫和罗娟是经历过大风大浪的黑道人物，此刻也不禁惊得张口结舌，无法动弹。他们缓缓看向儿子，看到的只是季凯瑞湖水一般冰冷的眼神。

“你……你是怎么做到的？”天鹫睁大眼睛问儿子。

“‘只有手里的武器永远不会背叛你’——十多年前你教我的。”季凯瑞说，“可惜他们手里的武器，还是背叛了他们。只不过——”他凝视着父亲，“不会背叛我。”

天鹫没明白儿子说的话是什么意思。但季凯瑞不打算解释了。他对母亲说：“打电话给社团的干部们，叫他们马上到我们家来。”口气完全是在下达命令，这种威严令人无法抗拒。母亲摸出手机，依言行事。

半个小时内，从各处赶到的社团干部们聚集在了天鹫家。他们目瞪口呆地看着地上躺着的七具尸体，没人能看懂这是怎么回事。当所有人来齐后，季凯瑞扫视众人，说道：“各位长辈，我把大家叫来，是想说两件事情。”

社团干部们都没想到发话的竟然不是天鹫，而是他的儿子季凯瑞。但是面对此情此景，没人敢提出疑问，季凯瑞具有威慑力的语气和态度让这些黑道大哥也感觉到了压迫感。他们静静地听着他说话。

“第一，关于刚才发生的事。火山带着他的手下到我们家来，意图枪杀我们。但是结果呢——摆在你们眼前。对于他们是怎么死的，我懒得解释，只是提醒大家，如果以后还有谁敢做出类似的事情，这就是下场。”

季凯瑞语调平缓，却说得铿锵有力、掷地有声。在场的黑道大哥们背后都出了一身冷汗。季凯瑞顿了几秒，继续道：“第二，宣布一件事。从即日起，我——就是社团的老大。如果有不服的人，现在就提出来。”

七具尸体摆在眼前，没有任何人敢吭声。有几个社团干部看向坐在沙发上的天鹫，用眼神征求他的意见。天鹫脸色铁青，猛吸着烟，只能缓缓点头。

见天鹫都默许了，更没人敢提出异议。一分钟后，季凯瑞说：“既然没人反对，那这件事就这样定了。现在说点儿实际的。”

他睥睨众人，严厉地说道：“以前社团做过些什么事，我就不追究了。从今天起，禁止一切违法勾当——走私、贩卖毒品、收取保护费……全部不准再做。另外，社团的人一律不准作奸犯科，也不准和别的帮派发生冲突。如果让我逮到——”他瞥了一眼地上的尸体，“这就是榜样。”

社团干部们面面相觑，脸露难色。其中一个说道：“老大，那岂不是让我们断了所有财路吗？”

季凯瑞瞪了他一眼：“正当生意一样可以发财。明天开始，把社团开的那些赌场、色情场所全部改成餐馆或者商店，找有经营头脑的人去做。”

一个五十多岁的社团干部似乎忍不住了，说道：“我混了这么多年黑社会，现在让我当良民？恐怕做不到了！”

“做不到也得做！”季凯瑞毫不客气地喝道，他指着火山的尸体说，“黑帮争斗，你死我活。你们想走到这一步吗？自己考虑一下吧！”

社团干部们缓缓垂下了头，陷入深思。过了半晌，另一个干部问道：“老大，我们不和别的帮派发生冲突，对方找我们的麻烦怎么办？”

“那就告诉我，我去解决。”季凯瑞瞥了他一眼，再次重复那句话，“记住，没人是我的对手。”

尽管不知道面前这个22岁的年轻人自信源于何处，但社团干部们本能地感觉到了他拥有某种强大能力，纷纷点头，不敢多言。

“别的事情以后再说吧。”季凯瑞扭头看向母亲，“好了，报警吧。”

“报警？”

“当然，难道让这些尸体一直摆在这里吗？警察来了，就告诉他们这几个人在你们面前自杀了，要配合调查什么的，你们去应付吧，别把我牵涉进来。我有重要的事要去做。”

季凯瑞拿起茶几上那本《海边的卡夫卡》，走出家门。

下楼后，他没有发现，一个躲在暗处的人像幽灵般尾随在他身后。

三十五　冷面大少的悸动

季凯瑞本想打电话给辛娜，把书还给她。但是看了一下时间，已经 8 点多了。他考虑了一下，觉得晚上把一个女生约出来有些不妥，便改了主意。今天晚上他也不打算回家了，在附近找了一家旅馆，开了一个单间住下来。

躺在旅馆的床上，季凯瑞闲着没事，翻开了手中这本《海边的卡夫卡》，一开始觉得有些乏味，看着看着，渐渐有了兴趣，觉得书中的主角 —— 那个 15 岁的少年 —— 竟和自己有几分相似。他不知不觉把这本书读完了。

第二天，季凯瑞很早就起床了。他洗漱完毕，看了一下时间 ——8 点 50 分。迟疑了一刻，他摸出手机，拨打书签上写着的辛娜的电话。

对方很快就接听了电话："喂，你好。"

听到这银铃般的声音，季凯瑞的心脏仿佛被拨弄了一下。过了好几秒，他说道："你是辛娜吗？"

"啊，是你？"话筒里的声音透露出一丝欣喜。

季凯瑞一愣："你知道我是谁？"

"昨天在拉面馆帮我解围的那个男生，对吗？"

她竟然记住了我的声音。"对，是我。"

"你是不是捡到了我的书？"

"没错。你现在能出来吗？我把书还给你。"

"好的，我们在哪儿见面？"

季凯瑞想了想说："就在昨天那家拉面馆吧。"

"好的，我十分钟后就到！"

挂了电话，季凯瑞心中一阵悸动。他能感觉到，辛娜也很想和自己见面，而且为的不仅仅是这本书。

季凯瑞用最快的速度走到拉面馆，却发现辛娜来得比他更快，已经站在店门口了。辛娜看到季凯瑞后，露出灿烂的微笑，挥着手跟他打招呼："嗨！"

季凯瑞走到辛娜身边，把书递给她。辛娜把书捧在胸口，说道："谢谢！"然后看了一眼拉面馆，吃吃地笑。

"你笑什么？"季凯瑞问。

"你这个人真有意思。在拉面馆捡到我的书，交给老板不就好了？非要自己还给我，结果却还是让我到这里来拿。有什么不同呀？"

季凯瑞顿了一下，说道："有不同，我可以拿回去看看呀。"

"哦，你看了这本书？"

"嗯。"

"怎么样，好看吗？"

"还行吧。"

辛娜看了看书的封面，又看了看季凯瑞说："我觉得你跟书中这个少年还挺像的。"

她也这么觉得？季凯瑞淡淡笑了一下。

"咱们别在门口站着了。"辛娜大方地说，"你专程过来把书还给我，我请你吃拉面。"

季凯瑞正有此意，没想到被辛娜先说出来了。他点了点头。

两个人走进店内，老板的儿子小伟一眼就认出了季凯瑞，开心地跑过来说道："大哥哥，你来了！"

"是啊。"季凯瑞摸了摸小伟的脑袋。

老板满脸堆笑地走过来说道："感谢两位再次光临！今天吃哪种面？"

两人各点了一碗拉面，老板立刻去做了，不一会儿就端来了两碗热腾腾的拉面，每碗都多加了两块厚厚的叉烧，弄得辛娜有点儿不好意思。

他们慢慢地吃面、喝汤，似乎都希望这段时光能尽可能地延长。吃了一会儿，辛娜说道："你介意把你的身份告诉我吗？"

季凯瑞停止吃面，抬起头来："什么？"

"我的意思是，昨天那些流氓、混混，一开始挺嚣张的，怎么后来变得对你卑躬屈膝了？"辛娜眨着眼睛说，"好像他们挺怕你的。"

季凯瑞不知道该怎样回答，他不希望辛娜知道自己的黑社会背景，也不想说谎话骗她，只有缄口不语。

辛娜看出来他有些为难："没关系，不想说就算了。"

两人又默默地吃了一会儿面，季凯瑞说："你倒挺勇敢的。一个女孩儿，竟然无惧那些流氓，挺身而出。不容易。"

"我是见不惯他们欺负人，特别是小孩子。"辛娜说。

"可是你有没有想过，如果昨天没人帮你解围，你一个人面对那些调戏你的流氓，该怎么办？"

"我没想这么多，大不了跟他们拼了呗。"辛娜捏起拳头。

季凯瑞哑然失笑，摇头道："就凭你那拳头，拼得赢吗？"

"拼不过也得拼呀，总不能让他们得逞吧？"辛娜思考了一下，"或者，我先跟他们周旋，然后趁他们不注意，拨通我爸的电话，让他知道我这边出事了，他马上就会派人过来的。"

季凯瑞怔了一下，放下手中的汤勺，望着辛娜："你爸是做什么的？"

"啊……没什么。"辛娜自知说漏了嘴，尴尬地掩饰着，"我只是……这样假设而已。"

季凯瑞看了她几秒，垂下眼帘，心中暗暗生疑——难道她也跟我一样，家中有某种背景？

辛娜看出季凯瑞在思考这个问题，赶紧岔开话题："对了，你喜欢看书吗？"

"平常不怎么看。"

"那你怎么会把我这本书拿去看？"

因为这是你的书。季凯瑞没有把心里话说出来。"我看这本书的名字挺特别的，就想看看。"

提到书，辛娜便滔滔不绝了：“这本书的作者村上春树，是我最喜欢的几个作者之一。而这本《海边的卡夫卡》，又是他写的书里面我最喜欢的一本。书中的主人公田村卡夫卡是一个孤独而又顽强的少年……”

说到这里，她忽然想起了什么重要的事，张大了嘴：“哎呀，说了这么久，我到现在还不知道你叫什么名字呢！”

对方淡淡笑了一下：“我叫季凯瑞。”

“季凯瑞，挺好听的名字，我记住……”辛娜蓦然停住，惊异地看着面前这个大男生。

季凯瑞察觉到了辛娜神色的变化，问道：“怎么了，我的名字有什么奇怪的地方吗？”

“能告诉我是哪三个字吗？”

季凯瑞掏出手机，在记事本上输入了“季凯瑞”三个字，展示给辛娜看。辛娜看到这三个字，眼里掠过一丝不安，她问道：“你在明德外语培训中心补习？”

“没错。”

“13 班的？”

季凯瑞略微有些吃惊：“你怎么知道？”

辛娜不知道该如何回答。她想起了杭一拿给她看过的一张纸，那张纸上写着 13 班 50 个人的名字。其中让她印象最为深刻的，就是季凯瑞——这个名字的下方画的是黑线。

季凯瑞可能是一个危险人物。杭一他们似乎是这样认为的。

他爸好像是某个黑社会组织的老大——辛娜又想起了陆华说的这句话。联系起昨天发生的事，她明白那些小混混为什么在认出他后，对他毕恭毕敬了。

最关键的一点是，季凯瑞是 13 班的，意味着他是一个超能力者。辛娜的心一阵紧缩。他的超能力是什么？是敌是友？

季凯瑞发现辛娜神思惘然，再次问道：“你怎么知道我是明德 13 班的？”

“啊……”辛娜从恍惚中回过神来，“我也在明德补习呀，我是 19 班的。”

“哦？这么巧。”季凯瑞顿了一下，“不过，你听到我的名字，怎么会有那种反应？你以前听说过我吗？”

“嗯。”辛娜承认。

“肯定不是什么好名声吧？”季凯瑞淡淡地说。

“不，不是这样的。”辛娜摇头道，“他们只是说你比较孤僻，就跟……田村卡夫卡差不多。”

季凯瑞看着辛娜的眼睛，两人沉默了一刻。

辛娜犹豫了许久，终于忍不住问道：“你是超能力者，对吗？”

季凯瑞微微张开嘴：“你知道发生在 13 班的事？”

“是的。”

季凯瑞沉吟片刻，承认道：“没错，我是超能力者。”

辛娜担忧地问道：“你会按照旧神说的去做吗？”

“旧神？”季凯瑞嗤笑了一下，“你是说那场竞争？无聊。”

“这么说你不会和班上的人争斗？”辛娜急促地问。

“除非别人惹到我。”季凯瑞说。

“那表示你不会主动攻击别人，对吗？”辛娜几乎现在就想劝说季凯瑞加入“守护者同盟”。

“你好像很关心这件事。”季凯瑞指出，“你跟这件事有什么关系？”

“我……我只是不想看到同一个班的人互相厮杀。”辛娜摇着头说，“我不能目睹这样的惨剧发生。”

季凯瑞沉默良久后，说道：“如果这是你不想看到的，我会尽量避免让这一切发生。”

辛娜心中涌起一股暖流：“我知道，你是个好人。”

季凯瑞摆了一下手：“好人我可承担不起。充其量，我不会做坏人。”

辛娜看着面前这个酷酷的男生，露出甜美的微笑。

吃完拉面后，辛娜抢着付了钱。他们走出拉面馆，季凯瑞说道：“我们还会见面的，对吗？”

“如果你希望和我见面的话。”辛娜看着季凯瑞的眼睛，柔和地说，“对了，刚才忘记说了，我喜欢村上春树，也喜欢《海边的卡夫卡》，但我最喜欢的，是书中的主人公——再见。”

说完这句话，辛娜脸颊绯红，转身离开了。季凯瑞久久地注视着她的背影，心潮起伏。

街对面的一家商店内，一个人隔着玻璃橱窗注视着季凯瑞和辛娜。他们分开之后，那个人摸出手机，打通了某人的电话：

“碧鲁先生，我知道该怎么对付杭一和季凯瑞了，有比原计划更简单有效的方法。是的，我想好了……”

赫连柯一边打着电话，一边走出商店，融入人群之中。

三十六　末日病

柯永亮和梅葶走到局长办公室门前，分别整理了一下领带，捋了捋头发。柯永亮轻轻叩门。

“请进。”

两人走进办公室，屋内的两个人从椅子上站起来。柯永亮和梅葶只认得出头发花白、身材高大的公安局局长。另一位年龄四十多岁，表情严肃的女士，他们从未见过。

公安局局长伸出手来跟柯永亮和梅葶握手，同时介绍道：“琮州市国家安全局局长，纳兰智敏女士。”

纳兰智敏盘着头发，穿着一身素净的职业套装，气质出众，看上去沉稳、干练。她和两名警员握手时没有一丝笑容：“听说两位是本市公安局最优秀的警探，幸会。”

“过奖了，纳兰女士。”梅葶谦逊地说。

四个人都坐下来后，纳兰智敏双腿交叠，说道：“情况紧急，废话就不说了，直入主题吧。”

她翻开桌子上的一个笔记本，念道：“一名男子摔死在游泳池内；范围局限在一栋写字楼的 7.2 级地震；一个中年男人和两名警察被神秘力量撞击致死；袁家桥村一所房屋莫名焚烧；三联商场地下停车场内一名男子被离奇炸死；7 名黑社会成员集体‘自杀’——”她抬眼看着两位警探，“一个星期之内，我市发生了这么多匪夷所思的事件。这些事件的共同点是什么？”

“都和明德外语培训中心 13 班的学生有关。每一起事件，都牵扯到了 13 班的某个人。”梅葶说。

纳兰智敏微微颔首：“但目前为止，你们没有抓捕任何人。”

梅葶抿了一下嘴唇，回答道：“是的。”

“为什么？”

“证据不足。”梅葶说，“大多数情况下，他们只是这些事件的‘相关者’而已。”

“为什么不把其中一些人带回局里询问？”纳兰智敏进一步质问。

梅葶短暂考虑了一下，说道：“一方面是——起码从表面上看——这些事件很多都不具备直接犯罪的要素，反而具有某种超自然性质，超出了警察的办案范畴。所以我们向上级申报，请求上级机构的指示和支援。”她垂下眼帘，“不过，我们着实没想到短短几天，会发生这么多起事件。”

“另一方面的原因呢？”纳兰智敏问。

“另一方面的原因是，已经有两名警员在调查中死亡，我们意识到了危险性，不敢轻举妄动。”梅葶实言相告。

“这么说，你们是怕死，才不敢深入调查的？”纳兰智敏言辞犀利地指出。

柯永亮用不卑不亢的语调表明自己的立场：“从第一起案件起，我们几乎都在第一时间赶赴现场进行调查分析。目前没有任何警员比我们更深入到这一系列事件中。我不认为是您说的这样。”

“我们只是希望能更稳妥、谨慎地处理此事。”梅葶补充道，“个人安危并不重要。但如果我们也遭遇意外，这些案件将暂时无法跟进。”

纳兰智敏用严厉的眼神盯着他们看了半分钟，终于展露出一丝微笑。她扭头对公安局局长说：“非常好，我需要的正是这种理智、冷静、谨慎而又具有敏锐洞察力的探员。”

梅葶和柯永亮对视了一眼。

纳兰智敏对他俩说：“我已经获得了你们局长的同意，将两位暂时借调到国安局。从今天起，你们两位将组成专案小组，专门负责调查与 13 班有关的事件。

你们不属于国安局的任何机构，直接听命于我。我会给予你们超越一般警察和情报人员的权限。”

柯永亮和梅葶都有些吃惊。柯永亮问道：“为什么找上我们？我相信国安局也有非常优秀的探员。”

纳兰智敏摇头道：“说来惭愧，国安局在这些起事件上，嗅觉没有你们敏锐，调查也没有你们深入。正如你所说——你们是最先注意到这些事件的，而且没有任何警员比你们更深入其中。所以，你们是调查此案的最佳人选——加上刚才和你们的交流，更让我对这一点坚信不疑。”

梅葶说：“您刚才说，这个专案组只有我们两个人？”

“是的。考虑到保密性，调查这些事件不适合一大帮人去做。两个人足矣。不过，遇到紧急情况的时候，你们不用通过我，就能直接调动全市大部分警力，以及获得国安局各部门的支援。必要时，甚至可以调动军方力量。”

“简单地说，你们现在的权限比我这个公安局局长大多了。”局长在一旁说，挑了一下眉毛。

梅葶和柯永亮交换了眼色，两人同时站起来：“是！”

“很好。”纳兰智敏跟着站起来，将两份印着银色徽章的特殊证件交给柯永亮和梅葶。“这个证件将赋予你们刚才我所说的一切权力。”

两人将证件小心地放在衣服内包。柯永亮问道：“我们的首要任务是什么？”

“迅速查清这些事件背后的秘密，弄清楚这一切到底是怎么回事。越快越好。”纳兰智敏说，“不过，目前我有一个具体任务需要你们去调查——直觉告诉我，这是跟 13 班有关的最新事件。”

“什么事件？”梅葶问。

“今天早上，有三个市民被送到市一医院——他们患上了一种十分罕见的疾病——急性病毒性血汗症（后文简称血汗症）。”纳兰智敏说。

“血汗症？”柯永亮从没听说过这名称，“什么类型的疾病？”

“应该是血液病或皮肤病。好了，我不是医生，你们还是去医院了解具体的情况吧。”

“为什么您认为有人得这种病和 13 班的人有关系？”梅葶问。

“血汗症又被称为‘末日病’。据说人只有在极端痛苦或者预感到即将发生巨大灾难的时候，才会偶尔发生这种病症。我国以前从来没有关于此病的报道，也查找不到相关的病史资料。但是一天之内，本市就有三人患上此病，而且三个患者都在差不多的时间和地点发病，这显然很不正常。”

三十七　传染源

“目前医学界对于急性病毒性血汗症尚无定论，比较权威的解释是，血液或血液色素混在汗液内，由汗液排出。原因可能是血管病变性破裂，或者汗腺分泌大量的色素脂褐质引起。不过也可能是其他疾病引起的并发症，比如鼠疫、血友病或严重精神疾病。”

一医院的血液专家卢教授向两位警探解释血汗症，但他的表述过于学术化，柯永亮听得直皱眉头。

卢教授看出警探没能完全理解自己的话，他换了比较通俗易懂的表达方式：“总的来说，血汗症是一种非常罕见的疾病。全世界关于这种病的报道都屈指可数。我刚才查了一下资料，最出名的一次是 1980 年 1 月 3 日，美国东方航空公司 27 次航班上，有三个空姐几乎在同一时间出现了血汗症。”

“也是三个人？”梅葶说。

“没错。”

“为什么血汗症都是三个人同时患病？”

“不知道，也许是巧合。但这次的情况和美国飞机上的有所不同。那三个空姐是在同一架飞机上，有可能互相传染。但这次的三个患者，是在市区的不同地点发病的，而且三个人互不相识。”

“虽说是不同地点，但相隔很近，都是江北区，对吗？”柯永亮问。

“对。”

“而且发病的时间间隔也很短。”

“没错，这三个人几乎是在半个小时内被相继送到医院的。”

“血汗症的传播途径是什么？”

“皮肤接触。不过不排除其他传播途径。”卢教授说。

梅葶思忖了一阵，说道：“有没有这种可能，这三个人是跟同一个人接触之后，被分别传染上的。”

“有这种可能性。但问题是，如果是这样的话，传染给他们的这个人，肯定也患上了血汗症——这个人为什么没被送进医院？”

“也许他（她）只是没被送进这家医院？”

“不可能。这件事发生后，全市医疗系统都高度重视，如果在别家医院出现了血汗症患者，会立即通报出来。”

“那么，会不会是这个人刻意回避医院呢？传染给别人，也是他（她）故意为之。”柯永亮说，“就像一些艾滋病人，意识到自己没救之后，就用针管抽出自己的血液，注射给别人，报复社会。”

“我懂你的意思。”卢教授说，“但是对于血汗症患者来说，恐怕很难做到这一点。第一，这个人的脸上和身上必然渗满鲜血，以这种恐怖的形象走在大街上，很难不引起注目；第二，血汗症患者处于大量失血状态，身体虚弱，接近昏迷，几乎不可能支撑着走上街去。”

“血汗症能够医治吗？”梅葶问。

卢教授摇头道：“尚无有效治疗方法。一些西方国家甚至认为，这种病的出现是大灾难即将来临的征兆，是上帝给人类的警示和惩罚，不可能有医治的方法。”

柯永亮和梅葶交换了眼色，他们想起了“末日病”。

片刻后，梅葶问道：“那么，从发病到死亡，一般多长时间？”

“要看病人体质，快的话可能两三个小时，拖得久一点儿的，也最多四五个小时。”

“这么快？”梅葶惊愕地说。

“是的，我刚才说的美国的那三个空姐，被送到医院后不到两个小时就死亡了。”

“那么这三个人也撑不了多久了？”

“应该是，”卢教授遗憾地说，“我们实在无能为力。”

柯永亮说：“这三个病人现在在隔离病房？”

“是的。”

“我想去看看他们的情况。”

“可以，请跟我来。”

柯永亮和梅葶随卢教授到了一间消毒室，在那里，他们换上了隔离服，戴上口罩和帽子，然后前往隔离病房。

此刻，隔离病房外面的走廊上围满了各家媒体的记者。他们举着照相机，排着队，依次通过隔离病房门口的玻璃窗口拍摄里面的血汗症患者。专家和两个警探费力地挤过人群，打开隔离病房的两道门，进入里面。

病床上躺着的女患者令人触目惊心。她裸露的脸和手臂上全是像汗水一样渗透出来的血珠，完全是一个“血人”。她已经陷入了昏迷状态，但看起来仍然十分痛苦。床单被血浸成了一片鲜红，血汗却还在源源不断地冒出来。此情此景实在让人不忍目睹。

梅葶注意到，院方果然没有采取任何治疗措施。她说道：“就算是治不好，好歹也应该想办法缓解他们的痛苦，或者尽量延长他们的生命吧。不能给他们输血吗？”

卢教授说：“不是我们不这样做，而是之前已经尝试过了——给他们输血的话，反而会增加血汗渗透的速度，根本无济于事。”

“那可以用纱布或别的什么东西绷住他们的脸或身体，不让血流出来吗？”柯永亮说。

“更不行，血液是通过全身汗腺渗透的。堵住某些部位，另外的部位还是会渗透出来。可总不可能堵塞全身汗腺吧，那样只会让他们死得更快。”

也许是听到了他们的谈话，这个躺在床上的女人竟然醒了过来，她睁开眼睛，模样简直像吸血鬼一样可怕。她惊惶地看着病房内的三个人，说道：“救救我……求求你们，救救我。”

梅葶难过地转过身去。卢教授也一脸无奈。柯永亮想了一刻，靠近病床，问道：“你能告诉我，你在出血汗之前，跟谁进行过皮肤接触吗？”

女人虚弱地说：“我的……父母，那是出门前。然后在早餐店，跟那里的店员也有接触。接着，一个女孩请我换零钱给她坐公交车……”

柯永亮眼睛一亮：“一个女孩？什么样的女孩？”

“二十岁左右……头发是往后梳，扎起来的，穿了一身白色的衣服。”

梅葶和柯永亮迅速对视了一眼，认为找到了重要线索。

接着，他们又到另外两间隔离病房，分别询问了那两位血汗症患者。果不其然，每个人都曾经跟这个穿白色衣服的女孩接触过，方式分别是换零钱、帮拿东西和借手机——都有皮肤接触。

“毫无疑问，这个女孩就是传染源。她是故意将血汗症传染给这三个人的。”柯永亮得出结论。

“但她本人怎么不是血汗症患者呢？而且，她为什么要对这些陌生人下手？”梅葶说。

“抓到她就知道了。这个人相当危险，绝不能任由她传播这种可怕的疾病。”

“你认为她是 13 班的某个人？”

“肯定是。”

“可我们怎么抓捕她？只要跟她接触，就会被传染上血汗症呀。”梅葶提醒。

“也许我们应该穿着这身隔离服去抓她。”柯永亮掏出手机，“总之，先把这个情况和那女孩的特征告诉纳兰局长吧，让国安局的人查出她到底是 13 班的谁！”

三十八　染病

上午，大本营的几个男生分别做着自己的事情。辛娜来后，杭一告诉她，自己选定了两个最有可能加入同盟的人，准备今天下午就去找他们。辛娜相信杭一的判断。她本想把季凯瑞的事告诉杭一，但犹豫了一下，觉得由自己去说服季凯瑞可能把握更大，便没有开口。他们聊了一会儿天，到中午了。米小路征求大家意见——出去吃还是叫外卖。

孙雨辰坐在客厅沙发上，用笔记本电脑浏览着新闻，说道："叫外卖吧，随便什么都可以。"

"楼下有家排骨盖饭，可以吗？"杭一问辛娜。

"行。"

"我打电话吧。"米小路摸出手机，"叫几份？"

"只有五个人，叫五份吧。韩枫出去了。"杭一说。

辛娜问："韩枫到哪儿去了？"

"不知道，说出去见个朋友。"杭一回答。

二十分钟后，送外卖的小伙子把五份香喷喷、热腾腾的排骨盖饭送来了。杭一冲楼上喊道："吃饭了，陆华！"

孙雨辰还在上着网，他的眼睛看着电脑屏幕，左手摊开，指头动了几下，放在餐桌上的一盘盖饭就慢悠悠地飞了过去，稳稳当当地落在他的手掌上。

辛娜看呆了，感叹道："这就是传说的隔空移物吧，太神奇了。"

杭一摇着头说："我们这几天都适应了。他坐在一个地方，手一招，水杯、食物、杂志什么的就飞过去了——简直呼之即来挥之即去。懒得不像话了。"

孙雨辰辩解道："我可不是懒啊，我是在锻炼如何熟练掌握自己的超能力。况且我这超能力最大的优点就是——方便，干吗不用？"

"听说他洗澡的时候还训练毛巾给自己擦身体呢，这画面你能想象吗？"杭一低声说。

正在吃饭的辛娜扑哧一声笑了出来，赶紧捂住嘴。

一阵急促的脚步声，陆华从楼上下来了，一脸兴奋的表情，他嚷道："经过一上午的琢磨，我试出来了！原来我的超能力除了'圆形防御壁'之外，还可以变成别的形态！"

几个人都看向他。杭一说："'方形防御壁'？"

陆华往上翻了一下眼睛："你就不能猜得更有创意一点吗？"

"你直接展示一下吧。"

陆华吸了口气，闭上眼睛。不一会儿，他的身体周围出现了一层光，紧贴、包裹着身躯，看上去就像整个人被镀了一层光膜。

这倒真让人有些吃惊。米小路问道："这层光膜有什么用？"

"应该能防御所有攻击。"陆华说。

"你试过吗？"

"没有，我猜测的。"

"要不要马上试一下？"杭一说。

"可以啊。"陆华张开双臂，"你们试着攻击我吧。"

"我来！"孙雨辰显得兴致盎然，"随便攻击哪里都可以吗？"

"可以，来吧。"

孙雨辰盯着茶几上的一个玻璃烟灰缸，眼睛一瞪，然后猛地看向陆华。那个烟灰缸嗖的一下飞了出去，朝陆华的裆部砸去，"砰"的一声碎了，犹如砸在了钢筋水泥上。

"哇，厉害，果然能防御一切攻击。"孙雨辰说。

陆华却被吓出了一身冷汗，涨红了脸说道："你非要攻击这里吗？万一有个闪失……”

“是你说随便攻击哪里都可以的呀，”孙雨辰耸了一下肩膀，“我就选最脆弱的地方试试嘛。”

辛娜用手托住额头，米小路憋着没有笑出声来。杭一却已经笑得直不起腰来了，陆华狠狠瞪了他几眼。

杭一笑够了，见陆华的身上还笼罩着那层光膜，问道：“这种形态是不是没有圆形防御壁那么消耗体力？”

“对，这是最大的好处！”陆华说，“启动圆形防御壁，我大概只能坚持十分钟左右，但是防御光膜，我估计可以维持半个小时以上。”

“嗯，面积小了，自然没有那么耗费能量。但是，这个光膜只能保护你一个人，无法像圆形防御壁那样保护多个人呀。”杭一遗憾地说。

“每种形态各有利弊吧。”陆华说。

“也许你们的超能力，都有各种不同的运用，需要你们去进一步探索和发现。”辛娜若有所思地说。

“更别说‘升级’之后，又会多出些什么功能呢。”米小路说。

大家陷入了各自的沉思。

吃完饭后，孙雨辰继续浏览网上的新闻。突然，他眼睛一亮，看到一条最新的新闻，喊道：“喂，你们快来看。”

杭一等人走过去，孙雨辰指着电脑屏幕说：“最新的报道——今天上午，我市江北区突然出现了三名‘血汗症’患者。两女一男。目前三人都被送到了市一医院进行隔离治疗。血汗症是一种非常罕见的疾病，被西方国家称为‘末日病’……”

看完这则新闻，几个人惴惴不安。杭一皱着眉头说：“怎么会有这种可怕的病，以前从来没听说过。”

“这报道上说，世界末日来临之前，就会出现这种病——会不会是危言耸听？”辛娜说。

孙雨辰马上在Google上查询了关于血汗症的一些相关资料，说道：“不，真有这种说法。”

陆华的脸色变得苍白起来："我记得旧神曾说过'世界崩坏之前'什么的，难道……世界末日真的快来临了？"

几个人对视在一起，感到有些惶惑。孙雨辰说："看看电视上有没有相关的报道吧。"

他用遥控器打开电视。这时，有人用钥匙打开了门，是韩枫回来了。

杭一问道："韩枫，你看今天的新闻了吗？"

"没有，发生什么事了？"韩枫坐过来。

孙雨辰转换到某个频道，说道："本市新闻正在播呢！"

电视中关于血汗症的报道，和网上的基本相同，只是电视画面中更加清晰地展示了血汗症患者的恐怖模样，那些不断渗出血珠、满脸鲜红的人看起来让人极度不安。尤其是听到"目前尚无有效治疗方法，发病的患者估计只能维持几小时生命"这一句，更是令人心中发怵。

新闻主持人建议市民们这几天尽量减少外出的机会，因为不能排除市区仍然有血汗症患者存在。如果发现了，必须立刻拨打报警或急救电话，绝对禁止跟血汗症患者接触云云。

看完了新闻，大家心里都有些沉重。隔了好一会儿，米小路说道："幸好我们今天上午没出去，中午也是叫的外卖。"

"看来这两天最好都别出去了，"辛娜对杭一说，"说服那两个同学的事，往后缓一缓吧。"

"有这么夸张吗？"陆华说，"街都不能上了？"

"你倒是研究出了'防御光膜'，有恃无恐。"孙雨辰说，"我们可不敢轻易冒险。"

"我不是这个意思。新闻上不是说，就算发现了血汗症患者，只要避免进行身体接触，就没事吗？毕竟不是呼吸道传染或空气传染，用得着怕成这样吗？"

"可是你没听新闻里说吗？这三个患者都是在江北区发现的——我们现在就在江北区呀！能不小心点儿吗？"孙雨辰说。

"确实，这病是挺瘆人的，最好谨慎一些。"韩枫擦着额头上的汗，"你们怎么没开空调，不热吗？"

“热吗？我怎么没觉……”杭一看了韩枫一眼，表情凝固了。

“你干吗这么看着我？”韩枫纳闷地问。

辛娜也向韩枫看去，目光刚一接触到韩枫的脸，立刻发出“啊”的一声惊叫，从沙发上跳了起来。而这时，所有看到韩枫模样的人，都同时抽了一口凉气，惊骇欲绝。

韩枫愣了几秒，突然将手翻过来——刚才擦过汗的那只手上全是血。

“啊……”韩枫只感觉一股寒意从脚底蹿了上来，冷汗直冒。他又用手擦了一下脸上的汗，拿到眼前一看，几乎昏厥过去。

杭一等人不由自主地朝后退去，尽量离韩枫远些。韩枫惊骇地看着他们，颤抖着站了起来，他看到了电视墙反光的镜面中自己满脸鲜血的恐怖模样，失声大叫道：“这……这是怎么回事？我刚才还好好的，怎么出血汗了？！”

“你刚才……到哪里去了？”陆华哆嗦着问。

韩枫此刻惊慌失措，完全无法做出冷静思考，说出来的话语无伦次：“我没到……我就是在，跟朋友……”

“别说了，快打急救电话！”杭一大声喊道。

三十九　韩枫的危机

身穿隔离服的医务人员用担架将韩枫抬上救护车，一路呼啸而去。杭一等人乘坐出租车，紧跟着到了一医院。

韩枫被立即送进了隔离病房，杭一他们在走廊上，焦虑不安地踱着步。透过玻璃窗口看到的韩枫的模样令他们心惊胆寒，却又无能为力。

“怎么办？眼睁睁地看着韩枫死吗？”陆华着急地说，“这种病一旦发病，只能支撑几个小时！”

“我要是能想出办法就好了！”杭一烦躁地来回走动，心慌意乱。

辛娜说：“韩枫的家人还不知道这件事吧，我们要不要立刻通知他们？”

杭一停下脚步：“对，应该通知他们。但怎么通知呢？我们不知道他家人的联系方式呀！”

“韩枫的手机里一定有他父母的手机号。”

“没错，但韩枫现在在隔离病房里，手机在他的裤兜内，我们怎么拿得到？”

“我们请医生让我们进去拿韩枫的手机吧。”辛娜说。

“医生会同意吗？”杭一没有把握。

“我去试试看。”辛娜注意到走廊尽头正好有三个穿着隔离服的医生，向他们走了过去。

“您好，医生，我是刚才被送进来的那个男生的朋友。您能让我进去跟他说几句话，拿他的手机跟他家人联系吗？”辛娜询问其中一位戴眼镜的医生。

那个医生毫不犹豫地拒绝道："隔离病房严禁任何非医护人员进入，更别说将患者的随身物品拿出来了。如果他之前摸过手机，就会遗留汗液在上面，其他人接触到，也有可能被传染！"

"那么，能让我们穿着隔离服进去跟他说几句话吗？"辛娜恳求道。

"我说了，隔离病房严禁任何非医护人员进入——你听不懂吗？就算他家人来了，也不能进去。"

辛娜没辙了，丧气地准备转身离开。突然，这个医生旁边的一个"女医生"问道："你是辛娜？"

辛娜一愣，没想到这里有人会认识自己。

那个"女医生"摘下口罩和帽子，露出面庞："你想不起来了？我们在游泳池见过面的。"

辛娜盯着她看了几秒，想了起来："啊，你是当时那个警察。"她又看了一眼旁边那个"男医生"。"还有你……你们是警察，怎么会在医院？"

"当然是调查此事。"柯永亮也摘掉了口罩，问道，"刚才被送进来那个血汗症患者，是你的朋友？"

"……是的。"

"怎么你身边的人，好像都很容易遭遇不幸？"柯永亮意有所指地说。

辛娜抿着嘴，说不出话来。

梅葶朝柯永亮使了个眼色，示意他不要为难这个姑娘。她问道："你朋友是怎么被传染上的？"

"我不知道……"辛娜流下泪来，"他上午出去了，我们不清楚他跟哪些人接触过。他回来之后，大概只过了几分钟，脸上就开始冒血汗了。"

梅葶想了想，说："我们能允许你进入隔离病房，我和你一起进去。"

辛娜不解地看着她，不明白警察的用意所在："你们……"

"我只是想进去问问他，他之前跟哪些人有过接触。"梅葶说，"或者，你帮我问也可以。"

辛娜赶紧点头："好的。"

梅葶看向专家："可以吧，卢教授？"

“有你们的许可，当然。”

“那就麻烦您带我们去换一下隔离服吧。”

不一会儿，辛娜和梅葶换上了隔离服，朝韩枫所在的隔离病房走来。杭一等人差点儿没有认出她来。

“辛娜，你……是怎么做到的？”杭一惊讶地问。

“一会儿再跟你们解释。”辛娜说，随卢教授和梅葶一起进入隔离病房。

韩枫虚弱地躺在病床上，他的脸、手臂上布满血珠，衣服和床单已经被血汗浸湿了，一片殷红。辛娜的心一阵阵抽搐，缓步走到韩枫旁边。

“辛娜……”韩枫微弱地喊了一声。

卢教授在一旁小声提醒道：“他的失血量很大，随时都有可能昏迷，你要问什么，最好赶快。”

辛娜点了一下头，俯下身问道：“韩枫，你告诉我，今天上午你跟哪些人有过身体接触？”

“很多……出租车司机、咖啡馆服务员……数不清了。”

“有没有比较关键的人？你跟谁一起喝咖啡？”辛娜问。

不知是由于失血过多，导致头脑不清醒，还是别的什么原因，韩枫缄口不语。辛娜凭直觉认为这里面可能有某种隐情。

“韩枫，告诉我，你上午到底跟谁在一起？”她再次问道。

韩枫半合着眼睛，看了辛娜许久，刚刚张开口想要说什么，却闭上了眼睛。

“韩枫，韩枫！”辛娜急促地呼唤。

卢教授在她身后说：“不用叫了，他昏过去了。”

辛娜直起身子，显得忧虑而沮丧。梅葶拍了拍她的肩膀：“走吧。”

他们离开这间病房，辛娜在消毒室脱下了隔离服，她问卢教授：“医生，以韩枫的情况来看，他大概还能支撑多久？”

卢教授摇着头说：“他出血汗的速度似乎比前面三个病人更快，照这种情形，可能只有不到两个小时的生命了。”他略微顿了一下，“今天上午送来的三个病人中，已经有一个死亡了。”

辛娜双手捂住嘴，眼泪从眼眶中滚落下来。

梅葶把手放在辛娜的肩膀上，柔声道："和你的朋友们商量商量吧，看有没有别的方法能联系到他的家人。"

辛娜看着梅葶，点了点头，眼神中蕴含着感激。

辛娜离开后，柯永亮对梅葶说："就这么让她走了？"

"还能怎么样？"

柯永亮绷着脸说："他们当中好几个——包括这个出血汗的韩枫——都是 13 班的人。我敢肯定他们和这次的事件有关系。韩枫染上血汗症，绝对不是巧合。"

梅葶微微颔首："没错，但他们看起来像受害者。根据我对微表情的观察，这个叫辛娜的女孩不是在假装，她是真的很难过，并且不知道韩枫为什么会染上血汗症。"

"那我们现在该怎么办？"

"这几个人显然是重要线索，直觉告诉我，悄悄跟踪他们，会有重大发现。"

"跟踪？"柯永亮皱了下眉头，"你是说调个人过来吗？我们俩是肯定不行的，他们认识我们。"

"不用这么麻烦。"梅葶看着柯永亮，"刚才我拍那个女孩肩膀的时候，在她的衣领下面放了一个微型追踪器。"

柯永亮微微张开口："我明白了。"

辛娜回到杭一等人身边，杭一一眼就看到了她脸上的泪痕，问道："怎么了，辛娜？"

辛娜看着杭一，扑过去抱住他，抽泣着说道："医生说，韩枫大概只能活两个小时了……今天上午送来的那三个病人中，有一个已经死了。"

杭一似乎被一道电流击中了，另外几个人也呆若木鸡。

"只有两个小时……"陆华呆滞地说，"我们就要失去韩枫了？"

"没有任何办法吗？"米小路问。

辛娜忧伤地摇着头："要是有办法的话，之前送来的那个患者也不会死了。"

"韩枫跟你说什么了吗？"孙雨辰问。

“没有，他还没来得及说什么，就因为失血过多，昏过去了……”

杭一的心一阵抽搐：“那我们就只能这样眼睁睁地看着他死去……什么都不做吗？”

“不，我们应该想办法跟韩枫的父母取得联系。”辛娜说，“让他们见儿子最后一面。也许……这是我们唯一能为韩枫做的了。”

陆华想了想，说：“对了，我们可以打电话给培训中心报名处的老师，他那里可能有明德每个学员家里的联系方式。”

“嗯，快打吧！”孙雨辰说。

陆华摸出手机，拨打培训中心报名处的电话。但是过了一分多钟，也没有人接听。

陆华焦急地放下手机：“对了，培训中心因为地震放假了呀，现在没有人上班！”

这时，辛娜的手机却响了起来，她看了一眼来电显示，是她爸爸打来的。辛娜朝走廊上相对安静的地方走去，按下接听键。

过了几分钟，辛娜脸色苍白地回来了，眼神中透露着惶惑不安。杭一赶紧问道：“怎么了？是谁打的电话？”

“我爸。”

“他说什么？”

辛娜看着他们：“我爸说，国安局调查到，血汗症的携带和传播者，可能是明德 13 班的一个人——而且是个女的。”

“啊，这件事是 13 班的人做的？”陆华大吃一惊，明白了，“是有人用超能力在作怪！”

“他没说这个女人叫什么名字吗？”杭一问。

“没有，国安局的调查员还没能准确查到她的名字，只是将范围圈定在了 13 班。”辛娜说，“我爸提醒我，不要跟任何 13 班的女生接触。哦，对了，这个女生的头发是往后梳，扎起来的——你们能联想到是谁吗？”

杭一、陆华和孙雨辰对视在一起。这特征太普遍了，他们无法判断，懊丧地摇着头。辛娜说：“没关系，我爸说也许很快就能查出这个女生的准确身份了。

到时候他会立刻打电话告诉我。”

“不管怎么样，我们还是先设法通知韩枫的父母吧。”陆华说。

“这样，我现在立刻打车到韩枫家去，就算他父母不在，也可以叫管家通知他们。”杭一说。

说完，他转过身，准备朝走廊尽头的电梯走去。突然，他的视线范围内出现一个熟悉的身影。

在距离他们十米左右的楼梯拐口，一个女生正悄悄注视着他们。她看到杭一发现自己之后，为之一怔，迅速转身下楼。

尽管离得较远，尽管只看了这么一眼，杭一还是准确地认出，这个女生是13班的一员——井小冉（女28号）。她的头发正是往后梳，扎起来的。

这一瞥，让杭一全身的血液都往头顶上涌。他来不及思考，拔腿朝她跑去。

“怎么了？”陆华等人惊愕地问道，但杭一已经跑到楼梯口了。他们赶紧追了过去。

井小冉是一个纤细柔弱的女生，显然跑不过杭一。她才逃到三楼，就被杭一堵在了康复区的角落。紧接着，陆华、孙雨辰、米小路和辛娜也赶到了。

此刻，康复区几乎没有病人，周围也没有别的退路，井小冉被逼到角落里，无路可去。她惶恐地注视着将她围住的几个人：“杭一，还有陆华……你们想干什么？”

“我们想干什么？”杭一瞪着她，“我还想问你干了什么呢！”

“……什么意思？”

“你到医院来干什么？”

“我看到新闻里说，有几个血汗症患者被送到了一医院，所以……想来看看。”井小冉说。

“你感到好奇，想来看看？”杭一哼了一声，讥讽道，“好有说服力的理由呀。”

“不，我不是好奇……”

“那是为了什么？”杭一喝道，“来看看被你用超能力染上血汗症的韩枫和另外三个人死了没有？或者你感到不放心，想看看韩枫有没有告诉我们，今天上午他跟你在一起？”

井小冉的脸色瞬间变得蜡黄："我不知道你在说什么。"

"都到这种时候了，你还想假装事不关己？"朋友就快死去，杭一无法保持冷静了，一步步朝井小冉逼近，"赶快解除你的超能力！如果韩枫死了，我不会放过你的！"

"杭一！"辛娜紧张地提醒道，"别再靠近她了，别接触到她！"

井小冉惊愕地张大了嘴，愤怒地看着他们说道："你们……凭什么认定这件事情是我做的？就因为我出现在了医院？那你们还不是在这里！我还认为是你们做的呢！"

"你想反咬一口？"杭一气得咬紧了牙关，"好吧，既然如此……"他看向辛娜，"我们到韩枫的病房去，就算把他摇醒，我也会问出——今天上午他是不是跟你在一起！到时候，我会立刻通知警察来抓捕你！"

"韩枫生命垂危，你们却还要去打扰他……好吧，随便你们。反正我说什么你们也不会相信的。"井小冉说。

杭一懒得再和她费口舌了。他对两个伙伴说："陆华，你的防御光膜应该能抵御所有类型的超能力；孙雨辰，你的'意念'能隔空移物，不用直接触碰她也能攻击。你们看好她，别让她跑了。如果她想要什么花招，别对她客气！"

"我知道，你赶紧去确认吧。"陆华说，眼睛丝毫不松懈地盯着井小冉。

"辛娜，我们走！"杭一喊了一声，朝楼梯走去。米小路跟在后面："我跟你们一起！"

杭一心急如焚，疾步朝楼上跑去。辛娜和米小路几乎跟不上他的脚步。辛娜在身后说道："杭一，别着急，冷静下来。"

"我怎么能冷静得下来呢？韩枫就快要死了，我必须救他！"杭一头也不回地说。

他们来到隔离病房所在的那一层楼，辛娜在每间办公室寻找卢教授和那两个警察，希望再次得到他们的帮助。她想好了，实在不行，就将父亲的名字说出来——人命关天，顾不了这么多了。

但找完了所有的办公室，也没看见他们想要找的人。杭一心急如焚，几乎想要硬闯隔离病房了。他急得满头大汗，不断用手掌擦脸。突然，他感觉汗和平常有些不同，黏糊糊、滑溜溜的，抬起手掌一看——一片鲜红。

这时，辛娜和米小路也看到了杭一脸上出现的变化——之前还是普通的汗水，此刻已经变成了一颗颗血珠。他们大声惊叫出来。

尖叫声让这一层的人都看了过来。人们看到杭一后，就像看到吸血鬼一样惊恐万状。医院里突然出现一个新的血汗症患者，犹如发现了一颗炸弹，各种惊叫和呼喊此起彼伏，就连医生和护士都吓得不敢靠近。普通的人更是像躲避瘟疫一样拼命逃窜。

"杭一哥，你……"米小路脑子嗡嗡作响，这种惊骇不亚于他自己患上血汗症。辛娜也吓得全身颤抖。

"别靠近我。"杭一竭力保持冷静。他后退几步，尽量离辛娜和米小路远些。

表面上平静，实际上，杭一感觉世界在摇晃打转。除了对突然冒出的血汗的恐惧之外，还有另外一个问题令他困惑不已——

这是怎么回事？我刚才没有触摸到井小冉呀。

四十　绝望

杭一主动配合着走进了隔离病房。面对这突如其来的状况，辛娜和米小路完全乱了方寸，不知该如何是好。特别是米小路，急得在走廊里团团打转，几乎在崩溃边缘。他甚至一度想冲进隔离病房，抱着杭一，一起迎接死亡。他不能想象自己如何活在一个没有杭一的世界里。

接到辛娜电话的孙雨辰急匆匆地从楼下跑上来，惊诧地问道："杭一怎么会也出血汗了？！"

"不知道……"辛娜流着泪说，"好好的突然就冒出血汗了。"

"这是井小冉做的吗？杭一刚才触碰到她了？"

"我没看到杭一跟井小冉有任何身体接触呀。"辛娜说。

"井小冉是超能力者，也许她根本不用触摸，就能让人患上血汗症！"孙雨辰说道。

米小路已经丧失冷静的判断力了，听到孙雨辰这样说，他红着眼睛嗫嚅道："如果是这样……"说着就要下楼去找井小冉拼命。

"等等，小米。"辛娜将米小路拉住，"别冲动，这不符合逻辑呀。如果井小冉不用触摸就能让人患上血汗症，那之前三个被送进医院的人，怎么都是被接触后才出现症状的？况且，我们都将她控制住了，她还要下手，岂不是太不明智了？"

"辛娜说得对，"孙雨辰说，"要真是井小冉做的，那我和陆华一直守着她，为什么没事呢？”

米小路脑子一片混乱，无法进行思考，他焦急地说：“那杭一哥是怎么被传染的，总有个理由吧？他不可能凭空出血汗呀！”

“你们好好想想，今天杭一跟哪些人接触过？”辛娜问。

孙雨辰回忆道：“从早上起床开始，杭一就没出过门，接触的人只有我们几个。后来韩枫回来，我也清楚地记得，我们当中没有任何人跟他有过身体接触。接着韩枫出血汗，被送进医院，我们就跟着到医院来了。”

“那杭一会不会是被医院里的某个人传染上的？”辛娜说。

“医院来来往往这么多人，身体碰触是难免的，这我们就不可能得知了。”孙雨辰想了想，“不过这也说不通呀，如果杭一是被医院的某个人传染的，为什么那个传染他的人直到现在都没事？”

三个人面面相觑，感到一筹莫展。米小路更是有种近乎绝望的悲怆感。

这时，辛娜的手机响了起来，她看了一眼来电显示，是爸爸打来的，赶紧接起电话。

只听了两句，辛娜的脸就倏然变色，叫道：“……啊，真的？好的，我知道了！”

米小路和孙雨辰盯着辛娜，待她放下手机后，一起问道：“你知道什么了？”

辛娜完全忘了周围的环境，激动地大声说道：“我爸告诉我，国安局的探员已经准确地查出，传播血汗症的是13班一个叫作房琳的女生！”

“什么？房琳！”孙雨辰忍不住大叫起来，“是她？这么说是我们误会井小冉了？”

米小路看到了一线希望，急切地问道：“他们（国安局的人）抓到她了吗？”

“没有，但是发布了通缉令。”辛娜说。

“抓到她，也许能找到解救杭一哥的方法？”米小路的身体颤抖起来。

“也许是！可是不知道什么时候才能抓到她，杭一和韩枫他们可撑不了多久呀！”辛娜焦急地说。

“我们不能在这里被动等待，”米小路看着孙雨辰说道，“你知道这个女生住在……”

“等等，别说话。”孙雨辰伸出手掌制止米小路。他垂着头，神情严峻，似乎在专注地倾听什么。辛娜和米小路愕然地看着他。

过了几秒，孙雨辰脸色骤变，大张着嘴，似乎发现了什么惊人的事情。他抬起头看着辛娜和米小路，骇然道：“我启动了超能力，用读心术听到一个人心里的声音——‘糟糕，他们知道是我干的了，不能再待在这里了！’”

米小路背脊骨冒起一股凉意：“这个叫房琳的女生，就在我们身边？”

孙雨辰迅速地左右四顾，突然发现几米之外，一个戴着口罩和帽子的女护士在偷瞄着他们。他浑身打了个激灵，指着那护士大叫道：“她就在那里！”

米小路和辛娜朝他指的方向看过去，那女护士一惊，知道自己暴露了，将手推车一甩，夺路而逃。

“抓住她，别让她跑了！”孙雨辰大喊一声，和米小路、辛娜一起追赶过去。走廊上的人惊讶地看着他们。

辛娜的心脏怦怦直跳，她知道这回不会错了，这个假扮的护士百分之百就是他们正要找的人——血汗症事件的真正元凶——13 班的超能力者房琳！可这是一个十分危险的人物，他们甚至不敢触碰她，怎么才能将她抓住呢？辛娜猛地想起了陆华，一边跑，一边拨打陆华的手机。

女护士逃到了电梯口，正好有一边的电梯门打开了，从里面走出来几个人。她赶紧冲进去，胡乱按了一个楼层，然后猛按关门按钮。孙雨辰他们冲过来，刚好晚了一步——电梯已经关上了门，向上升去。

“糟糕！她会在哪一层下呢？”米小路焦急地说。

“楼顶……”孙雨辰的超能力再次发挥作用，“我听到她心里的声音了，她打算逃到楼顶去！”

米小路等不及旁边的电梯了，赶紧朝楼梯跑去，孙雨辰和辛娜紧跟其后。

辛娜一边爬着楼梯，一边气喘吁吁地跟陆华通话：“陆华……别再守着井小冉了，我们误会她了！真正的始作俑者是 13 班的房琳……我们已经发现她了，她现在逃向了楼顶……你赶快上来！”

女护士乘坐电梯到了最高一层，慌乱地朝医院楼顶跑去，只希望能暂时躲过追踪者。没想到的是，刚刚逃上来，还没找到躲避的地方，就已经被尾随而至的三个人追上了。

“你，你们……”女护士惊愕地后退着，脸色苍白。

“房琳，别再伪装了！”孙雨辰喝道，“我已经认出你了！”

女护士尴尬地扯下口罩和帽子，露出本来面目——一个头发往后梳、扎成马尾的女孩，正是13班的房琳（女40号）。她显然已经无路可逃了，惊惧地看着孙雨辰三人。不一会儿，陆华和井小冉也跑上来了。

“如果我没猜错的话，你的能力应该是‘疾病’吧？”孙雨辰说，“你为什么要对韩枫和杭一，还有那些素不相识的人出手？”

有些时候，人被逼上了绝路，反倒清醒了。房琳被五个人围住，知道逃是肯定逃不了了，索性心一横，冷笑道：“这个问题有意义吗？在这场竞争面前，我所做的事可有不合逻辑之处？”

“你对韩枫和杭一下手，尚有理由。可是那些路人，和这场竞争毫无关系，你为什么要加害他们？”陆华对房琳怒目而视。

“因为我得试试，我的5级能力能制造出怎样的‘疾病’。”房琳说，“结果就是——恐怖的血汗症。”

“5级能力？”陆华冷汗直冒，“难道你……已经杀了4个（13班的）人？”

房琳缄口不语，未置可否，似乎对这个问题有所顾忌。孙雨辰紧跟着问道：“你的意思是，这些被你接触过后的人会患上血汗症，是你也没想到的事情？”

“没错，我的1级能力最多只能让人感冒或痢疾，但升到5级后，我也不知道会产生什么样的疾病。连续试验了三个人之后，我发现结果都是一样的。在此之前，我也从没听说过这种病的名字。据说血汗症被称为‘末日病’？我不知道这算不算是一种启示。”

“你做出这种事情，自己不感到害怕吗？”辛娜难以相信一个女生竟能持续传播如此恐怖的疾病。

“我怕，当然怕。”房琳说，“所以我更要让自己变强才行。不管是这场竞争，还是世界末日——只有升级、变强才能应对这一切。”

米小路不想再盘问她，听她说下去了。杭一的鲜血在不断渗透，生命在不断流逝，时间经不起耽搁了。他向前一步，盯视着房琳：“我要你马上解除超能力！”

“恐怕旧神没有告诉我解除超能力的方法。况且他们已经患上血汗症了，我无法改变这个事实。”房琳说，“就算你们把我交给警察，也无济于事。”

“你的意思是他们死定了？”陆华愤怒地盯着她。房琳将头扭开，回避他的目光，一副任由他们处置的模样。

几个人都不知道该如何是好了。思忖片刻，辛娜说：“没办法，只有把她交给警察或国安局的人来处理了。”

“可是杭一和韩枫……他们怎么办？”陆华焦虑地说。

“我也不知道，也许，真的没有办法了……”辛娜悲伤地捂着嘴，眼泪淌了下来。

不，有办法。米小路暗忖。他想起了蒋立轩袭击自己和杭一的事。蒋立轩死后，超能力的作用自然就消失了。

这是唯一解除超能力的方法。没有别的选择了。

米小路死死盯着这个叫房琳的女生，启动超能力。他希望将自己的超能力发挥到极限——尽管他从来没试过，这样做会产生什么后果。

就在辛娜摸出手机准备跟父亲联系的时候，忽然发现房琳抱住了头，她那副冷漠的面容变得悲伤、痛苦，口中喃喃道：“世界末日就快来临了……这场竞争，我永远都不可能获胜……”

房琳突如其来的变化令周围的人为之一怔，除了米小路之外，谁也不明白这是怎么回事。他们疑惑地看着她，显得无所适从。而房琳似乎完全忽略了在场的几个人，自顾自地说着一系列悲观的话。几分钟后，众人惊骇地看到，她的脸上渐渐冒出了红色的血珠。

这种出乎意料的状况令所有人都惊呆了。房琳也察觉到了，她用手抹了一把额头和脸上的血汗，恐惧地看着面前的几个人。“这不是我的超能力导致的。”停顿了几秒，她凄恻地一笑，“我知道了，这一切都是真的……”

她一边这样说着，一边神情木讷地走向天台边缘：“与其死于这场恐怖的大灾难，或者被残忍地杀死，不如现在就……”

陆华、辛娜等人还没来得及阻止，只见她纵身一跃，从楼顶上跳了下去。

“啊——！”辛娜和井小冉发出惊恐的尖叫，陆华和孙雨辰也吓呆了。

米小路全身颤抖，后背被汗水浸湿了。

我的能力……竟然这么强？控制一个人的“情感”，令她心中的“绝望”陡增数倍，就能将其杀死。不过，她突然冒出的血汗，和她最后说的那些话，到底代表什么意思？

米小路浑身痉挛般地抽搐了一下，感觉身体内涌出一股力量。他知道，自己升级了。

女40号，房琳，能力“疾病”——死亡。

四十一　劫后余生

血汗症患者为何会突然自愈，对于医院的专家教授们来说完全是个谜。当然，他们的想象力更不足以猜到这和跳楼轻生的假护士有什么关系。但是，柯永亮和梅葶不可能意识不到这些事件之间的联系。他们应对和处理此事的方式十分隐蔽和谨慎。

杭一、韩枫和另外两个患者停止出血汗之后，医院立刻为他们输血。由于这种病本身并没有什么外伤，对内脏器官也没有形成伤害，补充血液之后，患者很快就恢复了体力和精神。杭一和韩枫在医院治疗和观察了三天之后，专家检验出他们（包括另外两个人）确实已经彻底痊愈，不具备传染他人的可能性，就安排他们出院了。

当晚，韩枫在高档饭店定了一桌价格不菲的晚宴，庆祝自己和杭一康复出院。从死亡线上被拉回来的他们，对身边的一切都充满感激。共进晚餐的除了大本营的成员之外，还有新朋友井小冉。

开席之后，韩枫用金属小勺轻轻敲击玻璃酒杯，大家都看向他。韩枫站起来说道："这次的事情，真是多亏大家了。要不是你们，我和杭一已经没命了。"他举起酒杯，"大恩不言谢，敬大家一杯！"

杭一跟着站起来道："还有我呢，我想说的话跟韩枫一样，就跟他一起敬大家吧！"

"你慌什么呀，挨着来！"韩枫说。

“有什么关系，一起嘛。”

“不行不行……”大家都摆着手说，“要一个一个来！”

杭一笑着坐下了：“好吧，韩枫先来。”

“那我就先敬大家一杯……”

“等会儿，韩枫，你听懂我们的意思了吗？”孙雨辰说，“‘一个一个来’不是叫你和杭一一个一个来，是让你们挨着敬我们每个人！”

韩枫是个爽快人，立即同意道：“好！那我就先从……辛娜这儿开始，女士优先！”

“行啊，”辛娜微笑着端起红酒杯，和韩枫碰杯，“祝贺你康复！”

“多亏你爸提供的信息，我们才能获救。我干了，你随意！”韩枫豪气地说，将整杯红酒一饮而尽。

辛娜也不含糊，将半杯红酒喝得一滴不剩，赢得大家一片喝彩。孙雨辰竖着大拇指称赞道：“女中豪杰呀，辛娜，好酒量！”

辛娜轻轻笑了一下，用纸巾揩了一下嘴角，说道：“韩枫，这第二杯酒，就应该敬孙雨辰了。他的读心术可是发挥了重要作用呀。”

“对！”韩枫给自己斟满酒，和孙雨辰碰杯，“谢啦，兄弟！”

“嗐，客气什么，既然大家组成了同盟，互相帮助是应该的嘛。干了！”

“干！”

韩枫和孙雨辰把酒一口饮尽。孙雨辰的酒劲来得真是立竿见影，刚喝完一杯酒脸就红了，说道：“其实我不算发挥了重要作用，真正救你们的人，是米小路。”

这话一出，大家都沉默下来。虽说当时的情况，只有杀死房琳才能救他们，但米小路因此而被迫用超能力杀人，始终不是一件值得夸耀的事。气氛一时变得凝重起来，大家都有些不知道该说什么好。

孙雨辰意识到自己说错话了，主动将酒瓶拿了过来，倒了半杯酒：“我自罚一杯。”

韩枫举起酒杯，对米小路说：“小米，你没有做错什么。房琳是咎由自取，跟你没关系。来，走一个。”

米小路感谢韩枫为自己化解尴尬，和他碰了一下杯，干了这杯酒。

接着，韩枫又分别跟陆华、井小冉和杭一各喝了一杯。连干六杯酒，韩枫脸不变色，当真酒量过人。他拍着杭一的肩膀说：“该你敬酒了！”

杭一端起酒杯。第一杯酒，杭一原打算也跟辛娜喝，辛娜却说：“杭一，感谢的话就不用说了，韩枫都说完了。你第一杯酒应该先敬井小冉——冤枉了人家，得跟人家赔罪才行。”

“对对对……”杭一倒满一整杯酒，红着脸说，“井小冉，真对不起，我错怪你了。”

“没什么，”井小冉大度地说，“我能理解你的心情，看到自己的好朋友命在旦夕，肯定很着急的。”

看到井小冉如此善解人意，杭一更加愧疚了，他将整杯酒一口喝完，擦了一下嘴，说道：“你不用喝，这杯酒是我跟你赔礼道歉的。”

“你干了这么大一杯，我岂有不喝之理？”井小冉端起酒杯，将半杯酒一饮而尽。韩枫带头喝道“好”，众人一起鼓掌。

“不过话说回来，小冉，你那天怎么刚好在医院呢？”辛娜一边剥着虾壳，一边问。

井小冉说：“我是看到电视里的新闻，说一医院被送来了几个血汗症患者，就想来看看……有没有我能帮上忙的地方。”

“帮忙？”孙雨辰问，“你能帮上什么忙呢？”

井小冉缄口不语。大家看出她不太想说，就没有追问下去。

“可是你干吗看到我就跑呀？”杭一困惑地说。

“我也没想到竟然会在医院看到13班的人呀。”井小冉说，“我刚注意到你们，你就突然朝我冲了过来，吓得我只有逃跑了。”

杭一不好意思地挠着头。

“我当时还以为你们要用超能力对付我呢，没想到你们倒怀疑起我来了……”井小冉笑了一下，“不过都是误会，说开了就好了。”

陆华说：“井小冉，你现在也知道我们‘守护者同盟’的原则了，我们是不会主动攻击别人的。而且，我们在你面前也是开诚布公、毫无隐瞒——你都知道我们的超能力了吧？愿意加入我们吗？”

杭一、孙雨辰和辛娜都点着头，用期待的眼神看着她。井小冉很认真地思考了一阵，说道：“让我考虑一晚上，好吗？我明天早上答复你们。”

“好。”杭一颔首。

“你的超能力到底是什么？直到现在都不能告诉我们吗？”韩枫好奇地问。

井小冉咬着下唇，显得有些为难，似乎她的超能力有着某种难言之隐。辛娜对韩枫说：“别难为人家，她想说的时候，自然会告诉我们的。”

也许我们还不能让她完全信任吧，杭一暗忖。我一定会用真诚打动她的。他有种莫名的预感——井小冉的超能力可能很强。

接着，杭一又挨着向大家敬酒，他的酒量没有韩枫好，每次只能喝半杯，一圈下来，就感觉上头了。米小路给杭一盛了一碗鸡汤，又给他倒了热茶，让他喝了解酒。

韩枫今天不知道是高兴还是另有原因，像要刻意买醉。他不断地向大家敬酒。红酒已经开到第五瓶了，估计一大半都是他喝的。朋友们怕他喝醉了，开始劝他少喝点儿，陆华直接把他手里的酒瓶抢了过来，说道：“差不多就行了，本来是为你们出院庆祝，别又喝进医院去了。”

韩枫已经有些醉意了，他把酒瓶硬夺了过来，说道：“没事……我还能喝，我……高兴！”说着又给自己斟满一大杯，自顾自地喝了下去。

大家都看得出来，韩枫没说实话。当他又要将一大杯酒灌下去的时候，被杭一和陆华强行制止了。他们拿走他的杯子，将他按在椅子上，杭一问道：“韩枫，你怎么了？有什么心事吗？”

韩枫瘫在椅子上，耷拉着头，目光涣散。过了好一会儿，他黯然道：“她接近我，竟然是为了害我……”

杭一和陆华对视了一眼，大概猜到是怎么回事了。

“我还以为她是真的喜欢我呢，”韩枫苦笑了一下，摇头道，“我也真傻，那天地震之前我突然闹肚子，也是因为跟她接触过。我却没有怀疑过她……现在想起来，从那个时候起，她就开始设计陷害我了。”

杭一问道：“你跟房琳在交往？怎么不告诉我们这些好朋友呢？”

“她说不好意思，让我保密。我就听了她的……哼，我真是太天真了。”

陆华思考了片刻，说道：“从我们受到这几次袭击，以及种种迹象来看，我们显然是被一些人盯上了。而且这些人可能跟我们一样结了盟。他们知道我们成立了‘守护者同盟’，所以费尽心机地来破坏和攻击我们。”

“我也早就想到这种可能性了。这几次袭击，看起来都是有组织、有计划的。”杭一严峻地说，“我们既然意识到了这一点，就必须更加谨慎了。”他拍了拍韩枫的肩膀，“你得尽快振作起来呀。”

“我知道。”韩枫深吸一口气，看上去恢复了一些精神，“算了，别说这些不开心的事了。我们接着喝！”

“还喝！”陆华瞪了他一眼，“再喝你就醉了！”

“嗐，红酒的度数才多少？我再喝几瓶也醉不了。来来来，孙雨辰，到你这儿了……”

这顿晚餐一直吃到接近 9 点。韩枫之前喝的红酒的后劲终于上来了。陆华和杭一扶他到卫生间去吐完后，架着他走了出来，让他躺在雅间的沙发上。辛娜跟服务员要了热毛巾和热茶，几个人服侍了半天，韩枫的酒劲才渐渐缓和了一些。他用信用卡结了账，被人扶着摇摇晃晃地走出了饭店。

杭一想送辛娜回家，辛娜说：“不用了，你们送韩枫回去，照顾他吧。我自己打车回去就行了。”

“好吧。”杭一说，“那你小心点儿。”

“嗯，我知道。”正好有一辆空出租车开了过来，辛娜招呼住这辆车，对杭一说，“你们先走吧。”

出租车只能坐四个人。杭一、陆华、韩枫和米小路坐上了这辆车。剩下孙雨辰、井小冉和辛娜三个人。孙雨辰本想打车送井小冉回家，井小冉却说：“我家不远，要不……你陪我走一会儿吧。”

“那……”孙雨辰看向辛娜。

“没事，你送井小冉回家吧。我自己打车回去。”辛娜说。

“哦，好吧。”孙雨辰和井小冉跟辛娜挥手道别，朝街道对面走去。

辛娜站在饭店门口等了十分钟左右，一辆空出租车开了过来。她招手后，这辆车在她面前停了下来。她打开门，上了车。

辛娜告诉司机目的地。司机戴着一个大檐帽，遮住了眼睛和半张脸。他默默地点了一下头，一言不发。

辛娜坐在后排，看着手机上的时间。她没有注意到，这个司机昂起头，通过后视镜冷冷地瞥了她一眼。

这辆车渐渐远离繁华闹市，朝黑暗中驶去。

四十二　决斗

杭一、陆华、韩枫和米小路四人到了大本营后，韩枫连澡都懒得洗，直接回房睡了。杭一和陆华一路把韩枫扶回来，也累坏了。陆华到楼上的卫生间洗澡，客厅里只剩杭一和米小路两个人。

杭一好几天没摸到他心爱的 PSV 游戏机了，迫不及待地拿出来，玩起了游戏。米小路坐在沙发上，偷瞄着杭一。

今天晚上，米小路也喝了不少酒。虽说没像韩枫那样彻底喝醉，却也昏昏沉沉、浑身燥热。在酒精的作用下，他开始胡思乱想起来。

这次的事情，真是太险了。如果不是各种巧合，如果我们没有及时抓住房琳，并将她……杭一哥真的会死。

想到这里，米小路浑身抽搐了一下。他又瞄了杭一一眼。我们已经成了另一些人的重点袭击目标，随时可能遭遇危险，前面几次几乎都是死里逃生。他突然悲观起来。我们不可能永远那么幸运，能躲过每一次袭击……

死并不可怕，只要能跟杭一哥在一起。但是，在死之前，我该不该做点儿什么呢？

米小路的心脏怦怦乱跳，胸口越来越热，嘴唇也变干了。他心中的火焰被酒精点燃，随着欲望的高涨越烧越旺。

杭一聚精会神地玩着游戏，完全没察觉到米小路一直注视着自己。直到米小路问："杭一哥，你不洗澡吗？"

“洗啊，”杭一头也不抬地说，“把这关玩了再洗。”

“我们……一起洗吧。”

“一起？”杭一摇着头，“为什么？你先去洗吧。”

“我们小时候经常一起洗澡呀。”

“那是几岁时候的事情了……”杭一把游戏机伸到米小路眼前，“你看，我新得到的装备和武器。”

米小路把游戏机推开，直视着杭一：“我就想跟你一起洗。”

杭一愣了一下，笑道：“好吧好吧。”

米小路见杭一答应了，心中一阵窃喜。他站起来，朝楼下的大卫生间走去，说道：“我去放水。”

杭一继续玩游戏。一刻钟之后，米小路在卫生间喊道：“杭一哥，来洗啦！”

正好这一关打完了，杭一应了一声，关闭游戏机，走了过去。

刚进卫生间，杭一就愣住了，他看见浴缸里放满了水，米小路站在一旁。他说道：“不会吧，你还要泡澡呀？洗淋浴不就行了？”

“泡澡舒服一些。”米小路红着脸说。

“那你泡吧，我就算了。”杭一开始脱衣服和裤子，两三下就脱得精光了。

米小路吞咽着唾沫，说道：“水都放好了，你就泡一下吧。”

“好吧。”杭一跨进浴缸，浸入温暖的水中。“唔，真舒服。”他闭上眼睛，惬意地说。

“我就说泡澡更舒服嘛。”米小路笑道。

“你怎么还穿着衣服呀？你不洗吗？”杭一问米小路。

“我先给你搓背吧。”

“好呀。”杭一从水中起来，坐在浴缸边缘，背对着米小路。

米小路看着杭一宽阔的背部轮廓和结实匀称的肌肉，浑身血气上涌。他默默地脱光了衣服，将沐浴液挤在手中，揉搓出泡沫，再涂抹在杭一的背上。

杭一十分享受地哼着歌，极其放松。他全然不知，身后的米小路几乎是拼了命地在克制自己的欲念，想装作只是好哥们儿那样互相搓背，尽量显得轻松自然。但他就快按捺不住了，血液几乎要冲出血管。

死就死吧。米小路在心里说。我什么都不想管了。他颤抖的双手朝杭一腹部下方伸去，身体也慢慢贴了过去……

突然，放在一旁椅子上的手机响了起来，是杭一的短信铃声。米小路吓得抖了一下，动作停了下来。杭一转过身，自言自语道："谁发的短信？"

他穿上拖鞋，走到椅子旁，从裤兜里把手机摸了出来。他看到这条短信的内容，全身的血液都凝固了。

辛娜现在在我手里。如果你不希望她死的话，就立即到新区的盛世庭园来。不准告诉任何人，你一个人来。如果超过一个小时没到，你就等着帮她收尸吧。

杭一的心猛地提到了嗓子眼，紧张得全身都绷紧了。他知道这不可能是恶作剧——辛娜是真的遇到了危险！他没有丝毫犹豫——就算是圈套，也必须前往。他几乎等不及冲掉身上的泡沫，就将衣服裤子胡乱往身上套。米小路惊愕地看着他，问道："怎么了？"

杭一想起短信上的警告。"没什么，我出去一趟。"

米小路看见杭一焦急的模样，知道肯定出事了。但他来不及再问，杭一已经冲出了卫生间。

米小路看着杭一的背影，心中无比失落。

杭一心脏狂跳，事情关系到辛娜的生死，令他几乎无法冷静思考。刚要出门，他猛然想起应该把PSV带在身上——要发挥超能力必须依靠这个。他抓起游戏机，冲出了门。

杭一心急如焚地跑下楼，来到大街上，迅速拦了一辆出租车，直奔目的地。

位于新区的盛世庭园是正在修建的楼盘，基本已经竣工。这一带几乎都是正在建设或刚刚建好的住宅区，还没有人入住，到了晚上异常冷清。一栋栋高楼黑压压地矗立在马路两旁，看上去毫无生气，只有昏黄的路灯孤独地守候在道路的两旁。

杭一在这里下车后，掏出手机看了一眼时间——11点20，距离收到短信，已经过去 35 分钟了。他焦急地左顾右盼，视线范围内没有任何人。他正要拨打那个陌生的号码，短信发过来了——

前行 150 米。

很显然，他的一举一动都在那个人的监视之中。也许他（她）此刻正躲在附近的暗处，或者在某个制高点用望远镜窥视自己。杭一时刻保持着警惕，快步朝前方走去。不一会儿，他来到两座高楼之间，骤然停下脚步。

两栋楼中间，站着一个人。虽然街灯昏暗，杭一仍然一眼就认出了他——季凯瑞（男 10 号）。此刻，他表情冷酷地凝视着自己，似乎早有准备。

杭一朝季凯瑞走了过去："原来是你！"

季凯瑞却扭头看向旁边，说道："你要我等的人就是杭一？"

杭一一愣，不知道他在跟谁说话。这时，一个人影从左边大楼的阴影处走了出来。杭一定睛一看，是谭瑞希（女 32 号）。

杭一怔住了，不知道这是怎么回事。谭瑞希走向他们，对季凯瑞说："没错，就是杭一。"又看向杭一，"OK，现在两大男主角都登场了。"

"是你发短信叫我来这里的？"杭一问。

"是的。"谭瑞希坦言承认。

"你想干什么？辛娜呢？"杭一盯着她。

"果然你们两个都很在乎这个叫辛娜的女生呀。"谭瑞希叹息道，"漂亮女生真让人嫉妒。什么时候，也有两个男孩为我痴狂就好了。"

什么？季凯瑞也喜欢辛娜？杭一甚至不知道他们是怎样认识的。不过现在不是计较这些的时候。他怒视着谭瑞希："别绕弯子了，辛娜到底在什么地方？"

"别这样看着我，我可没把她藏起来。"谭瑞希指了指头顶上方，"她就在你面前。"

杭一倏然抬头，他所看到的景象令他全身的汗毛都竖了起来。

在距离地面大概 10 层楼高的上方，辛娜像被施了魔法般地悬浮在空中。她看起来就像站在一块透明的玻璃上，这块玻璃随时可能破碎，导致她坠落下来。

虽然杭一无法看清辛娜的状况，却能感觉到她紧闭双眼，摇摇晃晃，恐惧到了极点。他甚至能听到辛娜微弱的呼喊声——杭一，救救我……

“辛……辛娜。”杭一吓得连呼吸都停止了，全身毛孔一阵阵收缩，冷汗直冒。过了几秒，他几乎丧失理智地朝谭瑞希冲了过去，怒吼道：“你做了什么？！把辛娜放下来！”

“别过来。”谭瑞希冷冷地说，“你要是敢对我出手，你心爱的女孩马上就会跌下来摔死。我想，你们的超能力再厉害，也救不了她吧。”

杭一赶紧止步，不敢轻举妄动。他紧张得全身颤抖，仿佛自己也站在几十米高的空中。

谭瑞希嘘了口气，说道：“别紧张，保持冷静。我可以向你们保证，辛娜暂时是安全的，不过她能否活命，就要看你们的表现了。”

“别废话了，你到底想干什么？”季凯瑞说。

谭瑞希说：“别着急，先让我来说明一下现在的状况。首先，我可以诚实地告诉你们，我的超能力是‘平衡’。正如你们所看到的，我可以控制人或事物的平衡性。”

她指着上方说：“辛娜并不是飘浮在空中，她的脚下有一根钢丝，系在两栋大楼之间。很明显，正常情况下，只有顶级的杂技演员才敢表演这种节目。但现在，我用超能力控制了她的平衡性，让她能站在钢丝上，不跌落下来。”

谭瑞希看向两个男生：“不过，大家都是超能力者，心里非常清楚，运用超能力是要消耗体能的。我不敢保证这种状态能持续多久。除非你们想继续看‘走钢丝’表演，否则一定希望能尽快把她弄到地面上来，对吧？”

季凯瑞斜睨着谭瑞希：“我知道你想干什么了。”

谭瑞希看向杭一：“那么，你明白了吗？”

杭一不确定她的企图：“你就直说吧，要我怎样做，你才会把辛娜安全地放下来。”

“其实我只要再加强她的平衡性，她就不会摇摇欲坠了，可以如履平地地通过钢丝走到对面大楼的楼顶。不过这样的话，这个晚上似乎就显得太无聊了。作为补偿，我希望你们能‘表演’另一个‘节目’给我看。”

杭一大概猜到她的阴险目的了，怒视着她。谭瑞希索性把话挑明了：“据说你们俩的超能力都很厉害，不知道你们俩决斗的话，谁会获胜呢？”

“你想让我们互相残杀，坐收渔翁之利？”杭一说，“你这个卑鄙的家伙！”

“我可没有逼你，你们完全可以忽视我的话。不过，站在几十米高的空中，脚下只有一根细钢丝——没试过的人真的很难想象这有多么恐怖。”谭瑞希抬头看了一眼上方的辛娜，“我有些担心她会不会被吓昏过去。一旦她彻底失去意识，就算我再怎么控制平衡性，也不能阻止她掉下来了。”

“你！”杭一急得满头大汗，恨得咬牙切齿。

“觉得我很可恶？”谭瑞希挑衅地说道，“你们可以杀了我呀。不过估计我的超能力也就随之解除了，上面那个女孩会是什么后果，你们自己想象吧。”

“既然如此，就给我滚开。”季凯瑞冷冰冰地说，“别让我误伤到你。”

季凯瑞此刻的脸色看上去十分骇人。谭瑞希被吓得打了个寒战。她知道季凯瑞准备动手了，赶紧朝旁边退去，躲在大楼旁边。

杭一也看出来季凯瑞要来真的了，他感觉到一种莫名的威慑力，说道：“季凯瑞，这分明是个圈套，我们互相厮杀之后，你能保证她一定会把辛娜安全地送到平地吗？”

“如果她不照做，我会毫不犹豫地杀了她。”季凯瑞说，“不过现在，我们没有跟她谈条件的资格。”

确实，只能按谭瑞希说的去做了，没有别的选择。杭一看了一眼高空中的辛娜。坚持住，辛娜，我一定会救你下来。他注视着季凯瑞：“来吧！”

“开打之前，我明确告诉你。我的能力是‘武器’，能将身体或周围的事物变成具有杀伤力的武器，也能操控各种武器。这个能力千变万化，你小心点儿吧。”季凯瑞说。

杭一也直言相告：“我的能力是‘游戏’。能让范围内的人短暂进入虚拟的游戏世界，并保留游戏结果。”

这是一场光明磊落的较量——两个男生都毫不保留地将自己的能力告诉了对手。季凯瑞赞赏地看着杭一，似乎这是一个值得他尊敬的对手。他询问道：“你选吧——冷兵器还是热兵器？”

我最擅长的游戏，除了《拳皇 97》之外，应该就是《大蛇无双 2》了。杭一暗忖，回答道："冷兵器吧。"

"好。"季凯瑞伸出双手，双臂变成像剑刃一样闪着寒光的锋利手刀。"你准备好了吗？"

杭一掏出 PSV 游戏机，启动《大蛇无双 2》，读取游戏进度。他把游戏机放在旁边地上，迅速思索着，游戏中破绽相对较小、最易操作的人物，应该是吕布——"一寸长一寸强"，方天画戟正好可以克制季凯瑞的手刀。

主意拿定，杭一发动超能力。一瞬间，周围的场景变成了跟游戏画面一样的古代战场。季凯瑞第一次看到这番奇景，心中暗暗吃惊，赶紧敛定心神。躲在一旁的谭瑞希也看呆了。

杭一手中已经幻化出了游戏中吕布所使用的方天画戟。季凯瑞由衷感叹道："好厉害的能力，我不会手下留情的。"

"那我就放心了。"杭一说，"来吧！"

"来吧。"

两个男生同时朝对方冲去。杭一心中想象着游戏中吕布的攻击方式，果然使出了同样的招式。一个圆弧般的横斩向季凯瑞挥去。季凯瑞不但不躲，反而挺着胸膛迎了上来。方天画戟挥到他的胸口，就像击打到一面圆盾上，"当"的一声被硬生生弹开，震得杭一虎口发麻。利用这一破绽，季凯瑞灵活的手刀向杭一猛刺过去，杭一赶紧用方天画戟格挡开来，惊险避过，冷汗乍起。

他全身都能变成武器。杭一领教了季凯瑞的厉害，知道这是个强劲对手。不过他并不惧怕，反被激起了斗志，大喝一声，方天画戟连甩了几个 360 度的全方位攻击，季凯瑞不敢再硬挡，退后回避。

一轮猛攻过后，杭一的呼吸急促起来，渐渐感觉体力不支。突然他意识到，自己的超能力本来就十分消耗体能，加上战斗又会加剧体力消耗——这种状态势必支撑不了太久。

我还能维持多久"游戏状态"？照这个消耗量来看，也许只能再坚持一两分钟。季凯瑞的超能力却似乎没有那么耗费体能……关键是，季凯瑞从第一轮之后，都不再跟他硬拼。杭一心中暗叫不妙。糟糕，难道他已经看出了我这个能力的破绽？故意跟我打消耗战？

杭一心里清楚，如果不能速战速决，自己必死无疑。一分钟之内，必须决出胜负！他咬紧牙关，再次向季凯瑞发起猛攻。

站在三十米高空中的辛娜，浑身都在颤抖。她被逼迫站上这根钢丝后，就没敢睁开眼睛朝下面看，只能一动不动地站在原地。在谭瑞希超能力的作用下，她感觉自己其实是站在一块相对较宽的木板上，但身处高空，无论站在何处，都足以让她心惊胆寒。她之所以敢睁开眼睛，鼓起勇气朝下方看了一眼，是因为她听到了杭一和季凯瑞两人拼斗的声音。仅仅一眼，她已吓得几乎昏厥过去，不敢再看，只能在心中不停地向上天祈祷。

不能再耗下去了，必须一击必杀。杭一发起狠来，豁尽全力使出了游戏中吕布最凶猛的无双攻击，这招范围极大、力道无敌，速度奇快。季凯瑞避无可避，只有双臂合拢，将整个身体变成一块大盾。杭一一记重击挥至，力道之大，将季凯瑞整个人击飞出去。

季凯瑞翻滚了好几圈，被震退到数米之外，恰好避过了这轮猛攻。一切都在他的计划当中。现在，杭一攻势已老，他抓住这个机会，迅速捡起地上的一根树枝，左臂伸直，树枝平放在手臂上，右手做出一个拉动弓弩的动作。

这轮猛烈的攻击几乎耗尽了杭一所有的体能。他虽然是游戏高手，实战起来，却完全不是打架经验丰富的季凯瑞的对手。只顾猛攻，不留余地，是对战中的大忌，也是他致命的败因。

季凯瑞半蹲在地上，冷静地瞄准杭一。杭一也看见了他拉紧弓弩的姿势，却已经累得无法躲避或招架。他清楚自己的超能力马上就会消失，一股死亡的寒意向他袭来。

不知为何，季凯瑞并没有立即发射“弓箭”，只是盯视着杭一。杭一和他对视着，时间几乎暂停了。

突然，周围的场景从古战场回到了现实，杭一手中的方天画戟也随之消失了。他心中一惊，一滴冷汗从额角滴落下来。就在这一瞬间，季凯瑞放开“弓弦”，树枝如利箭疾射而出，穿过杭一的心脏。杭一大叫一声，仰面倒了下去。任何人中了这既准又狠的一箭，都不可能活命了。

季凯瑞喘息着站了起来，拭去额头上的汗水，看得出来，他虽然获胜了，也赢得十分艰难——似乎以前从未遇到如此强劲的对手。他瞥了一眼杭一的尸体，又立刻朝天上的辛娜看去。随即，他扭过头，对躲在暗处的谭瑞希说道："出来吧，这场'表演'你看得过瘾吗？"

目睹刚才那场激战的谭瑞希，几乎已是目瞪口呆。她现在实实在在地领教了季凯瑞的可怕，虽然目前仍掌握着主动权，却难免心生畏惧。她战战兢兢地从大楼旁边走出来，看着杭一的尸体，咽了一下唾沫。

"今晚的表演，是不是该结束了？"季凯瑞盯着谭瑞希说。

"嗯……"谭瑞希赶紧点头。她仰望上方，伸出双臂，暗暗增强超能力。

高空中的辛娜突然感觉自己不是踩在独木桥上了，脚下的钢丝似乎瞬间变成了一条大道，令她能稳稳当当地走过去。她听到下方喊道"你可以朝前走了"，就赶紧朝对面楼顶走去，仍然不敢向下看。

季凯瑞全神贯注地凝视上方，紧张程度比刚才更甚。虽然辛娜在增强平衡性的情况下，已经在逐步前行，似乎也很平稳，但此情此景从下面看起来，仍令人胆战心惊。他生怕发生什么意外，汗水浸透了衣背。

就在辛娜还差最后几步就能走到对面楼顶，彻底到达安全地带的时候，一把尖刀从背后刺进了季凯瑞的身体。他浑身一震，一股钻心的剧痛袭来。谭瑞希握着刀柄，颤抖着说："对不起，我必须这样做。这个计划并不是我想出来的，我也是被逼的……"

鲜血从季凯瑞的嘴角冒了出来，他的视线模糊起来，知道自己命不久矣。其实他可以用最后一丝力气，反手一挥，用手刀攻击谭瑞希。但他知道，这样做的话，辛娜也会在获救的最后一刻从高空中坠落下来。

他不想让辛娜陪着自己一起死，他要她好好地活。

虽然认识辛娜才短短几天，这却是季凯瑞一生中最美好的时光。遗憾的是，无法再跟她一起吃拉面，也无法再看到她的笑靥了。

季凯瑞用尽全力朝空中喊道："快走过去，辛娜！"这声呼喊如同惊雷划破天际，辛娜清楚地听见了，也听出了这是季凯瑞的声音。不知为什么，她的眼泪一下就夺眶而出。

看到辛娜终于走完了最后几步，到了对面大楼的楼顶上，季凯瑞放心了。他再也支撑不住，颓然倒地。

看到季凯瑞还剩最后一口气，谭瑞希狠下心来，用力把尖刀拔了出来，准备再往心脏部位补上最后一刀。就在她举起尖刀，马上就要刺下去时，后颈窝遭到一记重击，将她打得头晕目眩，刀从手里滑落下来，她狼狈地扑倒在地。

谭瑞希艰难地从地上撑起身子，转过头来，看到的竟然是怒目而视的杭一。她大吃一惊："你……你不是被季凯瑞杀死了吗？"

"差点儿就死了。"杭一摸着身体左侧被擦伤的血痕——那支"利箭"刚才从他的腋下穿了过去，"如果不是我看出季凯瑞眼神中的意味，让我往右边躲避的话，我的心脏已经被射穿了。"

"原来……你是装死的……"谭瑞希汗如雨下。

杭一无暇顾及她了，他伏下身去扶住季凯瑞的肩膀，喊道："季凯瑞，你怎么样？坚持住！"

谭瑞希的手悄悄伸向地上的尖刀，突然，几个人出现在路口，看到了他们，激动地喊道："杭一在这里！"

杭一听出了这是陆华的声音，心中一阵欣喜。谭瑞希也吓得不敢有任何举动，知道大势已去了。陆华、韩枫、米小路、孙雨辰和井小冉一起跑到杭一面前，看到季凯瑞倒在血泊中、谭瑞希惊恐地瘫在地上。他们看不懂这里发生了什么。

"你们怎么知道我在这里？"杭一问。

"我回来时，正好看到你急匆匆地跑下楼，来不及问你发生了什么，就用读心术探听了你心中的声音……"孙雨辰说，"于是，我赶紧召集大家赶过来了！"

"杭一哥，你没事吧？"米小路急迫地问。

"我没事，但是季凯瑞快不行了，得赶紧送他去医院！"

"季凯瑞怎么会……这里到底发生了什么事？"韩枫的酒早就醒了。

"没时间解释了，赶快打急救电话！"杭一焦急地说。

躺在地上的季凯瑞艰难地开口说道："不用了……"他知道来不及了，此刻他心里只有一个念头，在临死前也用不着顾忌了，"辛娜呢？我想见她……最后一面。”

杭一此刻的心情十分复杂，说道：“辛娜已经安全了，现在估计正在从楼上下来。”

季凯瑞呛了一口血出来，他抓住杭一的手，说道：“不要让辛娜再遇到危险……保护好她……”

杭一的眼泪溢了出来，紧紧握着季凯瑞的手，颔首道：“我会的。”

季凯瑞的眼睛渐渐合拢，看来已经等不到辛娜了。

就在大家悲伤难过的时候，站在孙雨辰身后的井小冉终于忍不住了，她快步走到季凯瑞面前，半跪下来，伸出双手按在季凯瑞的伤口上。

过了一分多钟，奇迹发生了——季凯瑞的伤口神奇地愈合了。他睁开眼睛，坐了起来。但是，井小冉却虚弱地倒在了他身上。季凯瑞扶住井小冉，大家也围了过去，孙雨辰说：“原来你的能力是……”

“没错，我的能力是‘治疗’。但是运用这个超能力之后，我会非常疲乏，导致……”话没说完，她已经昏睡过去了。季凯瑞扶着她站了起来，孙雨辰将井小冉抱住，说道：“怪不得她之前一直不愿告诉我们，原来她的超能力使用过后会有这种破绽……”

“现在，她彻底相信我们了。”陆华说。

在他们说话的空隙，谭瑞希站了起来，试图悄悄溜走。季凯瑞看到她朝前方大道跑去，他冷酷地捡起一根树枝，再次架上了“弓弩”。杭一喊道：“不要……”已经迟了，离弦的利箭飞射出去，不偏不倚地射穿了谭瑞希的身体。她惨叫一声，倒地而亡了。

季凯瑞恢复了体力，也恢复了平常的冷酷。他对杭一说：“放她走的话，她还会用同样的伎俩来对付我们。对这种人，用不着仁慈。”

说完这句话后，他感觉到了身体里涌出的力量。这就是所谓的“升级”吗？他暗忖。

这时，辛娜从十多层高的楼上跑下来了，她看到了眼前站着的一群人——特别是季凯瑞和杭一——无法控制自己的情感，跑过来扑到了季凯瑞怀里。

过了片刻，辛娜拭干眼泪，走过来和杭一拥抱在一起，许久许久。

突然，孙雨辰的神情又紧张起来，他左顾右盼，似乎在寻找什么。大家意识到，他也许又探听到了某人的心声，正要发问，孙雨辰指着前面一辆车喊道："啊，在那里！"

说着，他将井小冉交给韩枫，朝那辆车冲了过去，其他人也跟着跑过去。但是，这辆车已经快速地朝前方开走了，消失在黑暗中。

杭一等人追过来，问道："怎么了？谁在那辆车里？"

"不知道……我只是听到了他（她）心里的声音。"孙雨辰说。

米小路问："他（她）心里想什么？"

孙雨辰看着同伴们，神色惊惶，似乎得知了某种十分骇人的事实。片刻后，他说道："这个人一开始只是想'谭瑞希也失败了，我得趁他们没发现我之前，赶快离开'，但是，当我发现他（她）躲在车内，朝那辆车跑去的时候，他似乎紧张起来了，心里突然冒出一句话，我不知道有没有听错……"

"到底是什么，你直接说吧。"杭一催促道。

孙雨辰脸色苍白地说："他心里想的是——'不能让他们抓住，否则他们会得知，旧神就是13班的某个人。'"

什么？杭一震惊地张口结舌，几乎连呼吸都暂停了。

"旧神"并非他人，而是13班的某个人？

所有人都睁大眼睛，面面相觑。韩枫说："这到底是怎么回事？旧神是13班的50个人之一？"他使劲揉着太阳穴，似乎脑子已经转不过来了。

过了好一阵，杭一说道："也许这件事从一开始，就不是我们想象中那么简单的。这场残酷竞争的背后，或许隐藏着某些惊人的秘密。"

"我也这么认为，但我怎么都想不通，这到底是怎么回事。"陆华烦躁地抓着脑袋。

"那就别想了。"辛娜说，"只要我们大家团结在一起，一切谜题都会解开的。"她热切地看向季凯瑞，"你也加入我们吧，季凯瑞，有了你，我们的力量就更强大了！"

季凯瑞淡淡地说："'合作'这种事情对我来说，太无聊了。"

"但我们刚才已经合作了，而且配合得很有默契，不是吗？"杭一说。

“我不记得跟你配合过什么。”季凯瑞漠然道。

“可是……”

没等杭一说完，季凯瑞已经一个人朝前面孤独地走去了。辛娜想了想，走上前去说道：“不管怎么样，井小冉救了你一命，这总是事实吧？难道你就这样一走了之吗？”

季凯瑞问：“那你要我怎么样呢？”

“很简单，我要你加入我们的同盟，还清这份人情。”辛娜说。

季凯瑞考虑了一阵，说道：“好吧，出于这个原因。但我有言在先，还清这份人情之后，我还是会离开的。”

“行，到时候再说吧。”辛娜挽着季凯瑞的手臂，将他拖了回来；另外一只手挽住杭一的手臂，露出甜美的笑颜。杭一和季凯瑞的脸上微微泛红。旁边的人都笑了起来。

不远处，另一栋高楼的其中一个阳台上，柯永亮和梅葶用红外线望远镜看到了发生在盛世庭园内的一切。安放在辛娜衣领后面的微型追踪器所附带的窃听功能，也让他们听到了几乎所有对话。现在，他们什么都清楚了。

梅葶深吸一口气，拨通纳兰智敏的电话，向她汇报这一重要情报：“纳兰局长，事情已经调查清楚了。明德13班的50个人，全都拥有了不同的超能力，这件事似乎跟一个被他们称为‘旧神’的神秘人物有关……对，他们的超能力几乎全部具有危险性。刚才发生的事，我们来不及阻止了……也许您应该尽快向国家安全部汇报此事——危险等级S。”

梅葶挂了电话，柯永亮赶紧说道：“危险等级S？你会不会定得太高了？你知道，S是关系到整个国家的……”

梅葶伸出手掌，打断柯永亮的话：“老实说，如果不是因为S已经是最高级别的话，我还会要求报更高的等级。”她看着搭档，“知道吗，我的预感从来没有如此强烈过——直觉告诉我，目前发生的这些事情全都是小儿科。不久之后，全世界都会因为这50个人而发生翻天覆地的变化，甚至演变成一场末世浩劫。”

柯永亮和梅葶久久地对视着，从对方的眼睛中看到了自己的惶恐。之后，他们再次举起红外线望远镜，望向13班的这几个年轻人，想象在不久后的将来，他们将怎样改变世界。

目前结果统计

♀	女 41 号	贺静怡	能力“金钱”	等级 1 级；
♂	男 19 号	孙雨辰	能力“意念”	等级 1 级；
♂	男 5 号	陆晋鹏	能力“力量”	等级 1 级；
♂	男 12 号	杭　一	能力“游戏”	等级 2 级；
♂	男 49 号	米小路	能力“情感”	等级 2 级；
♂	男 27 号	韩　枫	能力“灾难”	等级 1 级；
♂	男 9 号	陆　华	能力“防御”	等级 1 级；
♀	女 21 号	魏　薇	能力“密度”	等级 1 级；
♀	女 47 号	赵又玲	能力“电”	等级 1 级；
♂	男 6 号	赫连柯	能力“强化”	等级 1 级；
♂	男 10 号	季凯瑞	能力“武器”	等级 2 级；
♀	女 28 号	井小冉	能力“治疗”	等级 1 级；
♂	男 42 号	蒋立轩	能力“重力”	——死亡；
♀	女 40 号	房　琳	能力“疾病”	——死亡；
♀	女 32 号	谭瑞希	能力“平衡”	——死亡。

残存人数：47 人。